KB103858

마흔, 마운드에 서다

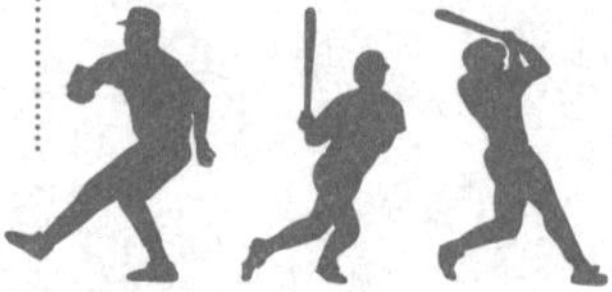

마흔, 마운드에 서다

자이언츠 키드의 사회인 야구 도전기

정범준 지음

알렙

들어가는 말

어떤 이에게 야구는 하나의 유희일지 모르지만 어떤 이에게 야구는 삶의 전부다. 야구가 하기 싫어 숙소를 이탈하는 선수가 있는가 하면, 마흔 언저리에도 메이저리그의 문을 두드리는 사람도 있다.

내게 야구는 어떤 의미일까……. 한마디로 설명하긴 어렵다. 다만 유희는 아닐 것이며, 삶의 전부는 더더욱 아닐 것이다. 굳이 표현한다면 사랑과 추억과 자존심 같은 것들로 뒤범벅돼 있는 게 나의 야구라고 할 수밖에 없다.

나는 야구를 진정으로 사랑한다. 이렇게 말하니 가슴까지 시릴 정도다.

나는 야구를 애틋하게 추억한다. 아마 죽는 날까지 그럴 것 같다.

내게는 나만의 야구가 있고, 나는 나만의 야구를 하고 있다. 야구 지식이나 실력에서도 야구 전문가나 프로야구 선수에게 뒤질 생각은 추호도 없다. 적어도 마음만은 그렇다는 뜻이며, 그런 이유로 야구는 내 자존심과 관련돼 있다.

나는 한 야구 선수에 관한 평전을 쓴 적이 있다. 이제 내 자신이 사회인 야구 선수가 되어 이 책을 세상에 내놓는다. 규정하기 모호하겠지만 이 책은 인생과, 사랑과, 꿈과, 도전에 관한 책일 수 있다.

이 책을 냄으로써 야구와 관련해 내가 쓴 책만 두 권이 되었다. 야구를 사랑하는 사람은 많아도 나처럼 야구 관련 책을 두 권이나 낸 일반인은 거의 없지 않을까. 그런 이유에서 다소 만용을 부려도 용서해

주시리라 믿는다.

내게는 꿈이 있다. 부산 사직구장에서 시구를 하는 것이다. 히어로즈 같은 구단은 일반인도 시구에 참여시키고 있는데 롯데 자이언츠도 참고했으면 좋겠다. '굽신굽신'이 되겠지만 불러만 준다면 KTX를 타고 당장 달려갈 수 있다. 시속 120킬로미터에 달하는 직구와, 최동원은 저리 가라 할 만한 '아리랑 커브'도 장착돼 있다. 허풍은 아니다. 드러나지 않은 거짓은 거짓이 아니니까 말이다. 직접 시구를 하기 전까진 아무도 모를 것이다.

내 삶의 은인(恩人)들에게 전하는 말을 남기며 서문을 맺는다. 서규범(徐奎範), 박기범(朴基範), 안준용(安俊勇)이 아니었다면 작가 정범준(鄭範俊)이란 이름은 없었을 것이다. 김성만(金成滿), 박병호(朴炳昊), 강태욱(姜泰旭) 역시 빼놓을 수 없다. 내가 이 좋은 친구들을 만날 수 있었던 건 부산 금성고(錦城高)를 졸업한 덕분이다. 모두들 항상 고맙고 미안하지만 이번에도 책을 사서 읽으라는 말을 생략하진 않겠다. 물론 이 책을 쓸 수 있었던 건 K 드래곤즈와 그 팀원들, 그리고 야구일기와 다이어리 수첩 덕분이다.

부모님(鄭炳吉·趙恩淑)과 동생(鄭潤聖)에게는 무슨 말을 어떻게 드리고, 해야 할지 모르겠다. 아마도 이젠 아시리라, 알리라 믿는다.

2010년 너무나 짧았던 가을 야구를 아쉬워하며
정범준

P.S. 누군가가 그랬다. 로이스터 감독을 만나기 전까지는
가을은 독서의 계절이었다고.

차례

일러두기

1. K 드래곤즈와 그 팀원들은 실제 팀명과 실명을 사용했다. K 드래곤즈의 팀원들을 나열할 때는 연령순을 우선으로 하고 다음은 가나다순으로 했다.
2. '자이언츠레전드'와 '롯데 자이언츠의 서울 팬클럽'은 실제로 존재했던 A 구단과, 지금도 운영되고 있는 B 인터넷동호회의 이름을 변형한 것이다. A 구단 팀원들의 이름은 가명을 취했고, 나이와 야구 경력 또한 해당인을 알 수 없게 하기 위해 조금 변형했다. A 구단이 팀 내의 갈등으로, 게다가 아름답지 못한 방식으로 해체됐기 때문이다. 이런 것을 제외하면 논픽션의 본령에서 어긋나는 일은 하지 않았다.
3. 이 글에 등장하는 전문 야구인의 한자(漢字) 이름과 출생연도는 홍순일(洪淳一) 편저, 《한국야구인명사전》을 근거로 했다. 사실과 다른 부분이 있을 수 있다.
4. 공식적인 야구 용어는 아니지만 데드볼, 언더베이스 같은 '그 시절'의 용어도 스스럼없이 사용했다. 야구 용어에 대해선 굳이 설명을 붙이지 않았다.
5. 인용문 안의 문장은 한글 맞춤법과 현대 표기법에 맞게 고친 것도 있다.
6. 본문에서 인용한 스포츠신문이나 웹진의 기사는 인터넷상에서만 확인했기 때문에 이 글에 적힌 발행 날짜와 실제 발행일이 다를 수 있다.
7. 본문에 실은 사진의 상당수는 SB리그 최종화 씨가 찍은 것이다. 사진 게재를 허락해 준 SB리그 측에 이 자리를 빌려 감사의 마음을 전한다.

제1장

서른아홉의 가을

•• 남자라면 그날의 목표, 나아가서 그 인생의 목표가 있어야 한다. 하루의 목표, 인생의 목표, 그리고 내 자신의 목표는 사람들이 이런 말을 하게 하는 것이다. "저기 테드 윌리엄스가 지나간다. 이제까지 살았던 사람 중에 가장 위대한 타자다."

1941년 시즌 마지막 날, 그의 타율은 0.39955로 4할이 인정되는 상황이었다. 대기록을 위해 감독은 테드 윌리엄스를 만류했다. 하지만 테드는 부끄러운 기록을 위해 몸을 사리지 않았다. 그는 더블헤더 두 경기에서 8타수 6안타를 기록하여 0.406로 당당하게 4할을 넘겼다.

•• 승리하면 조금 배울 수 있다. 그러나 패배하면 모든 것을 배울 수 있다.

1차 대전 당시 서른여덟의 나이로 병역이 면제되었지만, 크리스티 매튜슨은 자원입대하며 "나는 야구든 인생이든 결코 비겁하지 않았다."라고 말한다.

•• 경기가 끝났을 때, 내 유니폼이 더러워지지 않았다면 나는 아무것도 하지 않은 것이다.

메이저리그 역사상 가장 위대한 1번 타자였던 리키 핸더슨의 말. 그는 1998년 서른아홉의 나이에도 66개의 도루를 기록하여 도루왕을 차지했다.

•• **떨어지는 낙엽은 가을바람을 원망하지 않는다.**

자신이 운영했던 마작하우스의 벽 한켠에 이 말을 남겨놓고 장
명부는 쓸쓸히 생을 마감했다. 삼미슈퍼스타즈에서 한 시즌 최
다승(30승) 기록을, 청보 핀토스에서 한 시즌 최다패(25패) 기
록을 세웠다.

•• **알겠심더. 함 해보입시더.**

1984년 한국 시리즈에서 최동원은 4승을 거둔다. 1, 3, 5, 7차전을 맡아달라는 강
병철 감독에게 최동원이 한 말.

•• **소시민은 도전자를 비웃는다.**

2010년 10월 2일 박찬호에 의해 기록이 깨지기 전까지 동양인으로서 메이저리그
최다 승수(123승)를 기록하였던 노모 히데오의 말이다. 그의 도전 정신은 많은 사
람을 감동케 했다.

•• **나는 야구 하는 게 참 좋았다.**

마흔의 나이에 174승을 달성하고, 마흔넷의 나이에 200승을 달성한, 한국 프로야
구 통산 최다승 기록 보유자 송진우. 그토록 오래 야구를 할 수 있는 이유를 묻는
기자에게, "(야구를) 즐기면서 했던 것이 이유"라며 한 말이다.

세상 무엇과도 바꿀 수 없는 궁극의 엑스터시

남자라면 그날의 목표, 나아가서 그 인생의 목표가 있어야 한다. 하루의 목표,
인생의 목표, 그리고 내 자신의 목표는 사람들이 이런 말을 하게 하는 것이다.
"저기 테드 윌리엄스가 지나간다. 이제까지 살았던 사람 중에서 가장 위대한 타
자다."
— 테드 윌리엄스

2008년 7월 나는 《거인의 추억》이라는 책을 냈다. 책의 부제
그대로 '야구 선수 최동원 평전'이었다. 어느 글에도 썼지만 가슴
으로 쓴 이 책은 롯데 자이언츠 팬들과 부산 사람들에게 바치는 나
의 헌사(獻辭)였다. 야구에 대한 내 사랑의 소산이기도 하다.

왜 그런지 정확하게 설명하긴 어렵다. 책을 내고 나면 한편으
론 기쁘고 뿌듯하면서도 그 기쁨과 뿌듯함, 꼭 그만큼 쓸쓸하고 허
전했다. 이 책을 내고 나서도 마찬가지였는데 이번에는 웬일인지
그 쓸쓸함과 허전함이 견딜 수 없을 정도였다. 1년 6개월 전에 탈
고를 해놓고도 이런저런 우여곡절 끝에 뒤늦게 출간한 책이라 더
욱 그랬던 것 같다.

게다가 그때 내 나이 서른아홉이었다. 마흔을 앞둔 사내의 즐
거움이란 그리 많지 않은 것 같다. 뭔가 설레고 울렁거리게 하는
일, 그러면서 즐거움과 행복감을 주는 일은 과연 없을까. 인생에

서도 성적 오르가즘 같은, 그러니까 엑스터시를 느끼게 하는 일이 있지 않을까. 나는 그런 쓰잘 데 없는 생각을 하고 있었다. 그러다가 뜬금없이 1982년 스페인 월드컵 결승전 경기를 떠올렸고, '타르델리'라는 이름을 인터넷에서 검색해 보았다.

TV를 통해 내가 처음으로 본 월드컵인 스페인 대회는 이탈리아의 우승, 파올로 로시의 득점왕 등극, 그리고 타르델리의 골 세레모니 같은 장면들로 기억 속에 남아 있다.

결승전은 이탈리아와 서독의 대결이었다. 후반 초반 파올로 로시의 다이빙헤딩슛으로 1 대 0으로 앞서가던 이탈리아는 마르코 타르델리의 왼발 슛으로 사실상 승부를 결정짓는다. 아크 서클 부근에서 패스를 받은 타르델리는 트래핑한 볼이 다소 과하게 왼쪽으로 흐르자 몸을 날리며 왼발 강슛을 날린다. 그의 발을 떠난 공은 서독 골 네트 구석에 강하게 꽂힌다. 잊을 수 없는 건 타르델리의 골 세레모니였다. 자신의 골을 확인한 타르델리는 쓰러진 자리에서 털고 일어나 그라운드를 질주하기 시작한다. 스스로도 믿을 수 없다는 듯 머리를 몇 번 좌우로 저은 그는 불끈 쥔 두 주먹을 망치질하듯 흔들며 울부짖는다.

그때 나는 국민학교 6학년이었다. 타르델리의 세레모니는 나 말고도 같은 또래의 소년들에게 깊은 인상을 주었던 것 같다. 타르델리의 세레모니를 흉내내던 몇몇 친구들의 모습이 아직도 눈에 선하다. 그 후 30년에 가까운 세월이 흘러 인터넷을 검색해 본 이후

타르델리의 포효. 어느 네티즌은 "세상 무엇과도 바꿀 수 없는 궁극의 엑스터시를 느낀 것만으로도 나는 타르델리가 부럽다"고 썼다. 서른아홉이 되던 해의 가을, 나는 삶에서 '엑스터시'를 찾고 있었다.

에야 그의 세레모니가 '타르델리의 포효(Tardeli′s Scream)' 라고 불리며 축구 역사상 가장 전설적인 장면으로 손꼽힌다는 사실을 알게 되었다. 어느 유튜브 동영상에서 타르델리는 이렇게 말하고 있다.

제가 어디로 뛰어가고 있었을까요. 저는 몰랐습니다. 저는 정말 몰랐습니다…… 그 순간 아무것도 들리지 않았고, 아무것도 보이지 않았습니다…….

타르델리의 얼굴과 표정은 세상을 다 가진 자의 그것이었다. 세상을 두 손에 거머쥔 그 현실이 스스로 믿어지지 않았을 테고, 그러면서 가슴이 터질 것 같았을 것이다. 머리를 미친 듯이 흔들고 울부짖었던 건 그래서가 아닐까. 이 동영상을 자신의 블로그에 올린 한 네티즌은 이렇게 썼다.

오십이 넘은 중년이 되어 27년 전의 그 순간을 회상하면서 이렇게 말하고 있는 타르델리의 눈빛은 여전히 감회에 젖어 있다. 단 5초간에 걸친 짧은 순간이긴 했지만, 세상 무엇과도 바꿀 수 없는 궁극의 엑스터시를 느낀 것만으로도 나는 그가 너무나 부럽다. 그런 순간을 가져봤다는 것 외에도, 긴 세월이 지나 다시 그때를 회상하면서도 저렇게 가슴 설레는 모습으로 말할 수 있는 그 자체가. 그런 정도의 궁극의 쾌감을 가져보지 못한 나로서는 참 부럽다.

물론 나도 이 네티즌처럼 '궁극의 엑스터시'를 느껴보진 못했다. 하지만 나는 어느덧 사회인 야구를 해보겠다고 생각하기 시작했다. 그렇다고 야구로 엑스터시를 느껴보겠다는 의도는 아니었다. 정확한 이유는 지금도 잘 설명할 수 없다. 다만 그때나 지금이나 내가 가장 좋아하는 것 중의 하나가 야구였다. 좋아하는 것을 즐기며 하는 사람에게는 못 당한다고 한다. 야구를 해서 누구를 이기려는 것은 아니었지만 마흔을 앞둔 그 나이에 야구를 시작하지 않으면 다시는 기회가 올 것 같지 않았다.

좀 더 현실적인 이유도 있다. 그 무렵 건강이 몹시 좋지 않았다. 개인적인 이야기라 자세하게 적을 수는 없지만 1년여 동안의 마음고생과 스트레스가 건강에 악영향을 끼쳤던 것 같다. 자주 코피를 흘렸다. 잘 멈추지도 않았다. 어떨 땐 피 묻은 휴지로 휴지통이 가득 차기도 했다. 무슨 운동이라도 해야 했다. 지금 생각해 보면 섬뜩한 느낌도 있다. 그때 야구를 시작하지 않았다면 갑자기 쓰러질 수도 있었을 것이다.

여름은 깊어갔다. 이 해 8월 베이징 올림픽에서 대한민국 야구 선수단이 금메달을 땄다. 그것은 기적과, 아니 운명과 같았다. 야구를 사랑하는 한 사람으로서, 한국인으로서 가슴이 벅차 올랐다. 이젠 정말 야구를 해야겠다는 생각에 몸이 달아오를 지경이었다. 8월 29일 인터넷 쇼핑몰에서 야구 글러브를 주문했다. 윌슨 A440 12.5인치 글러브였는데 배송비를 포함해 5만 3800원이 들었다. 글러브는 이튿날인 토요일, 집에 배달됐다.

글러브를 사고 나니 미친 듯이 캐치볼을 하고 싶어졌다. 나는 친구 박기범(朴基範)을 졸라 캐치볼을 하자고 했다. 기범은 서규범(徐奎範), 안준용(安俊勇), 김성만(金成滿)과 더불어 고2 때 급우인, 20년이 넘은 지기(知己)다.[1]

8월 31일 일요일이다. 날은 꽤 무더웠다. 덕성여대 후문 쪽에서 기범을 만났다. 그는 선글라스에 야구 모자를 쓰고 반바지 차림이었다. 기범은 내가 쓰고 있던 모자를 보고 대뜸 핀잔을 줬다.

"어디 낚시 가나?"

그러고 보니 집에서 대충 쓰고 나온 모자는 낚시 모자였다. 조금 부끄럽긴 했지만 야구를 모자로 하는 건 아니다. 기범을 이끌고 인근에 있는 효문중·고등학교 운동장으로 갔다.

몇 년 만의 캐치볼이었을까. 대학에 다닐 때 해마다 동문 야구

대회에 나갔으니 꼭 11년 만인 듯했다. 가슴이 울렁거렸다. 과연 예전의 실력이 나올까.

간단히 몸을 풀었다. 그러고는 20미터쯤 사이를 두고 기범과 마주 섰다. 기범이 내게 먼저 공을 던졌는지 아니면 내가 시작부터 볼을 쥐고 있었는지는 분명치 않다. 어찌 됐든 나는 약간 떨리는 마음으로 기범에게 공을 던졌다.

내 손을 빠져나간 공은 내 앞에서 불과 3,4미터 떨어진 땅바닥에 패대기쳐졌다. 기범도 놀라고, 나는 더 놀랐다. 기범은 배를 잡고 웃었는데 나는 얼굴이 벌게지면서도 웃음을 참기 어려웠다. 손목을 쓰겠다는 마음만 강해 실수를 했다고 자위했지만 그런 뒤에도 캐치볼은 점입가경이었다. 기범의 가슴을 향해 제대로 날아간 공을 손가락으로 셀 정도였다. 공은 땅에 튕기거나 키를 넘어갔다. 공을 주우러 다니는 기범에게 미안할 정도였다.

몇 가지 이유를 댈 수는 있다. 이따금 테니스를 치는 기범과 달리 내 오른팔은 잘 올라가지도 않을 정도로 굳어 있었다. 어깨 역시 잘 돌아가지 않았다. 그렇다고 해도 너무 기대 이하였다. 내 야구 실력이 이것밖에 안 되었던가. 말은 하지 않았지만 기범은 노골적으로 나를 놀려댔다. 실실 웃는 웃음만 봐도 알 수 있었다. 11년 만의 첫 캐치볼은 그렇게 참담하게 끝났다.

야구의 추억과 회한

승리하면 조금 배울 수 있다.
그러나 패배하면 모든 것을 배울 수 있다.
─크리스티 매튜슨

이날의 캐치볼은 내 콤플렉스를 새삼스럽게 일깨워 주었다. 원래부터 내 제구력은 엉망이었다. 컨트롤이 안 좋다는 것을 알게 된 것은 국민학교 5,6학년 때였다. 나와 동년배의 사내라면 누구나 야구에 대한 추억이나 무용담 몇 가지는 갖고 있을 것이다. 국민학교 때 반장 한번 안 해본 사람 없듯이 한국 남성의 8할이 동네 야구 4번 타자였다는 우스갯소리도 있다.

야구 중계방송을 처음 본 게 언제인지는 기억나지 않는다. 우리 집에 텔레비전이 처음 생긴 것이 1975년 하반기니까 대략 그 언저리라고 추측한다. 하지만 기억에 남은 경기나 선수는 없다. 오히려 내게는 야구 중계방송을 시청한 것보다, 야구 경기를 직접 본 기억이 남아 있다.

1977년 서울에서 국민학교 1학년 1학기를 마치고 부산으로 전학을 갔다. 전학을 간 학교는 동구 수정동에 있는 중앙국민학교였는데 이 학교에 야구부가 있었다. 등하굣길에 내 눈길을 사로잡은 것은 멋진 유니폼을 입은 형들의 모습이었다. 여덟 살 꼬마였던 나는 그 모습이 너무나 부러워, 몇 분이고 몇 십 분이고 형들이 야구 연습하는 모습을 지켜보다가 무거운 발걸음을 집으로 옮기곤 했다. 야구가 너무 하고 싶었던 것이다.

1학년은 야구부에서 받아주지 않았다. 3학년은 돼야 입회하게 해준 것으로 기억한다. 하지만 3학년이 된 후에도 부모님에게 야구를 하게 해달라는 말을 꺼내지 못했다. 나름대로 조숙한 장남이었던 나는 우리 집이 야구를 하게 해줄 만큼 여유 있는 형편이 아니라는 사실을 어슴푸레 느끼고 있었다.

1978년에 열린 한미대학야구선수권대회를 뚜렷이 기억하고 있다. 그 기억을 나는 "지금이야 미국 대학선발팀쯤은 눈에 들어오지도 않겠지만 당시로선 꽤나 흥미로운 경기였을 것이다. 외국 사람은 다 미국 사람인 줄 알았고, 서울 같은 대도시가 아니면 미국 사람 보기도 어려운 때였다. 어쩌다 미국 사람을 보면 구경하며 따라가던 아이들의 모습이 오히려 자연스러웠던 시절"[2]이라고 쓴 적이 있다. 이 대회에서 최동원(崔東原)과, 그의 '아리랑 볼'을 처음으로 본 것 같다. 야구에 대한 내 추억의 시작이라고도 말할 수 있다. 3학년 2학기 때 우리 집은 동래구 사직동으로 이사를 갔다. 그때 전학을 간 학교가 사직국민학교다.

야구에 대한 추억은 무수히 많지만 동시대 또래들이 공유한 경험과 별반 다르지 않다. 방과 후에 야구를 하기 시작했고, 대통령

배, 청룡기, 봉황기, 화랑기, 황금사자기 같은 것을 알게 됐다. 선린상고 박노준(朴魯俊)의 부상, 프로야구의 출범, 선동열(宣銅烈)의 완벽 투구, 김재박(金在博)의 개구리 번트, 한대화(韓大化)의 쓰리런 홈런, 신경식(申慶植)의 학다리 캐치, 박철순(朴哲淳)의 우승 세레모니 같은 장면들이 파노라마처럼 지나간다. 그 사이 나는 5학년, 6학년이 되어 국민학교 졸업을 앞두게 된다.

6학년 때의 추억들이다. 이 해 프로야구가 생겼다. 어떤 급우는 창단 6개 구단의 베스트나인을 수첩에 적어두고 외우기 시작했다. 나도 덩달아 외우긴 했는데 지금은 롯데 자이언츠의 몇몇 선수들 말고는 거의 기억나지 않는다. 정학수(鄭學守), 김정수(金貞洙),[3] 김용철(金容哲), 김용희(金用熙), 권두조(權斗祚), 노상수(盧相守) 같은 이름이 생각난다. 다음 이야기는《거인의 추억》의 한 구절을 옮겨서 하는 게 더 적절할 듯싶다.

곧 어린이 회원 붐이 일었다. 누구는 OB 모자와 점퍼가 예쁘다고 OB 어린이 회원이 됐고, 해태 유니폼이 멋있다고 해태 회원이 된 친구도 제법 많았다. 지역도 편견도 없는 순수한 동심이었으리라.

그런데 난 누가 시킨 것도 아닌데 롯데 어린이 회원이 됐다. 이유는 잘 모르겠다. 그때부터 나는 부산을 사랑하고 있었던 것 같다. 기억나는 건 그때 우리 반에서 롯데 회원은 나와 친구 한 명, 달랑 둘뿐이었다. 당시 난 사직국민학교에 다니고 있었고 사직동에 살고 있었다.

부모님 졸라 겨우겨우 받아낸 '거금 5000원'을 들고 롯데제과 거제리[1] 공장까지 걸어갔다. 그리고 난 롯데 자이언츠 창단 어린이 회원이 됐다. 그 얼마나 자랑스러운 이름인가.

롯.데. 자.이.언.츠. 창.단. 어.린.이. 회.원.!!!

롯데는 특별했다. 롯데는 푸른 티셔츠와, 6개 구단 중엔 유일하게 타자 헬멧을 주었기 때문이다. 동네에서 야구할 때면 누구나 하늘색 롯데 티셔츠와 타자 헬멧을 부러워했다. 그 시절 롯데 회원 아니면 누가 동네에서 헬멧 쓰고 야구를 할 수 있단 말인가.(364쪽)

그 무렵 부산의 국민학생들 사이에서 돌던 이런 유머도 있다.

이만수가 홈런을 쳤다. 이만수가 자랑스럽게 하는 말.

"이만하면 됐나?"

그러자 1루에 있던 신경식.

"거, 신경 쓰이네."

2루수 정학수의 한 마디.

"마, 정확하게 맞아뿟네."

유격수 김재박.

"김새네."

3루수 한대화.

"한 대 때렸다고 재는 기가?"

프로야구가 생기자 동네야구 붐은 이루 말할 수 없는 정도였다. 거의 매일 동네 공터나 공원에 모여 야구를 했다. '좋나? 좋다!'로 시작되는 주먹 야구도 많이 했지만 글러브와 방망이를 갖춘 정식 야구를 더 많이 했던 것 같다. 주먹 야구는 투수 없이 타자가 고무공이나 테니스공을 주먹 쥔 맨손으로 치는 방식이다. 나머지 룰은 정식 야구와 비슷하다.

이 '주먹 야구'를 부산에서는 '홈런' 혹은 '짬뽕'이라 불렀다. 동네마다 명칭이 다를 수는 있다. 치기 전에 반드시 '좋나?'라고 해야 했고 '좋다!'라는 대답이 없는데 치면 무효(노 플레이)였다. 수비측은 수비 준비가 끝날 때까지 '타임 요청'(아이 탐)을 부를 수 있었다.

그래도 야구의 권위는 정식 룰을 따를 때 지켜지게 된다. 사회인 야구를 하는 사람들 대부분이 그랬겠지만 나도 정식 야구를 꽤 잘하는 편이었다. 그래서인지 6학년 때 열린 반 대항 야구대회에 유격수 겸 4번 타자로 출전하게 되었다.

상대 팀 투수는 배(裵)새벽이라는 친구였다. 4학년 때 한 반이어서 이미 알고 있는 사이였다. 배새벽은 특이하게 언더스로 투수였다. 볼이 무척 빨랐는데 지금 생각해 보면 김병현 같은 스타일이었던 듯하다. 그와의 승부가 어떻게 됐는지는 잠시 접어두고 그와의 일화를 먼저 전해 본다. 그는 아마 기억하지 못할 것이다.

집 앞에서 그와 캐치볼을 한 적이 있다. 그는 매번 전력투구를

나는 '롯데 자이언츠 창단 어
린이 회원'이다. 가장 자랑스
러워하는 경력 가운데 하나다.
1982년 부산 사직동.

해야 만족하는 성격이었던 것 같다. 몇 번 볼이 머리 위로 넘어가
주워 오기도 했는데 자꾸 캐치볼을 하다 보니 그의 컨트롤이 잡혀
갔다. 유치하게도 나는 그에게 "나도 빠른 공을 던질 수 있다."는
식의 말을 했는데 그 결과는 신통치 않았다. 그때 알게 되었다. 내
제구력이 엉망이라는 것을.

하지만 야구 선수에 투수만 있는 것은 아니었다. 나는 낙심치
않았다. 나는 제법 강타자였고 수비도 꽤 잘했다. 1982년은 최동
원보다는 김재박이 더 인기 있던 때여서 유격수 겸 4번 타자도 나
쁘지 않았다. 그렇게 해서 나는 우리 반의 4번 타자로서 상대 팀 선
발 투수였던 배새벽과 대결하게 되었다.

타석에서 언더스로 투수를 만난 것은 그때가 처음이었다. 우리
반은 확실히 나 때문에 졌다. 나는 그에게 3연속 삼진을 당했고 마
지막 타석에서는 유격수 땅볼로 아웃되었다. 더욱 기분이 상한 것

은 내가 아웃되면서 경기가 끝났다는 점이다. 나는 루저(looser)였다. 그의 이름은 시린 내 가슴 한 켠에 새겨질 수밖에 없었다.

설욕의 기회는 다시 오지 않았다. 그와 나는 사직중학교에 진학했지만 1학년 2학기 때 내가 동구 초량동에 있는 초량중학교(현 부산중학교)로 전학하면서 다시는 만나지 못하게 되었다. 대학에 들어갔을 때 나는 그가 나와 같은 대학에 다니고 있다는 소식을 어렴풋이 들었다. 그렇다고 그를 찾아가기도 멋쩍은 일이어서 한동안 그의 이름을 잊고 지냈다. 그러다가 5,6년 전 기범으로부터 배새벽의 근황을 듣게 되었다. 당시 기범은 부산진구 당감동에 있는 한국과학영재학교 교원으로 재직 중이었는데 동료 교원 가운데 배새벽이 있었다. 그간 배새벽은 KAIST에서 박사학위를 받고 한국과학영재학교에 파견 교수로 나가게 된 것이다.

세월과 인연의 오묘함은 내게 반가움의 미소를 띠게 했다. 하지만 이번에도 그를 찾지 못했다. 일부러 찾아가는 것은 여전히 멋쩍었다. 더한 이유는 그럴 시간과 여유가 거의 없었기 때문이었다. 당시 나는 1년에 서너 번 부산에 내려갔는데 짧은 일정 동안 만나야 할 친구들과, 해야 할 일들이 너무 많았다. 2010년 5월 현재 박기범은 한국교육과정평가원 연구원으로, 배새벽은 KAIST 교수로 재직 중이다.

K 드래곤즈를 만나다

나는 야구 하는 게 참 좋았다.
—송진우

사직중학교와 초량중학교에는 야구부가 있었다. 1학년 2학기 때 전학을 가서 사직중학교 선수들은 단 한 명도 기억에 남아 있지 않지만 초량중학교 친구 중에는 아주 유명해진 선수가 있다. 롯데 자이언츠와 삼성 라이온스 등에서 활약한 마해영(馬海泳)이다. 지금도 가끔 나는 "해영이와 함께 야구를 했다."고 이야기한다. 그럴 때 상대방의 반응은 한결 같다.

"오, 그래요?"

그러면 미리 준비된 대답을 꺼낸다.

"같이 했어요. 해영이는 야구부에서, 나는 동네에서."

반이 달랐으니까 마해영은 아마 나를 기억하지 못할 것이다. 하지만 나는 마해영을 떠올릴 때면 잊혀진 다른 친구들, 야구 선수로서 성공했다고는 말할 수 없는 그들을 생각하곤 한다. 몇몇 이름들이 떠오르지만 언급할 수는 없다. 내가 밥 먹고 야구만 했는데 성공하지 못했다면 과연 행복할 수 있을까. 그들은 지금 무엇을 하고 있을까.

중학교 2학년이 되던 1984년은 최동원에 의한, 최동원을 위한, 최동원의 해였다. 롯데의 후기리그 우승이 확정되자 골목으로 뛰쳐나가 장난스럽게 만세를 외쳤던 기억이 난다. 한국시리즈 우승 때의 상황과 광경은 더 말하기가 민망하다. 내 또래 이상의 자이언츠 팬들과 부산 사람들이라면 누구나 공유하고 있는 추억이다. 어쨌든 롯데의 우승 이후로 최동원은 내게 영웅이 되었다. 이미 그에 대한 책도 냈기 때문에 이 이상의 언급은 사족이 될 듯싶다.

중학교 다닐 때 인근 부산고에서 투수로 활약하던 박동희(朴東熙)를 몇 번 본 적이 있다. 로드워크 할 때의 그 건장한 체구며, 언뜻 봤을 때도 솥뚜껑만 했던 그 큰 손이 기억에 남는다. 박동희에게는 영욕이라는 수식어가 어울리는 것 같다. 그는 누구보다도 잘하고 기대를 받은 투수이기도 했고 그랬기에 실망을 안겨준 선수이기도 했다. 그를 떠올리는 것은 아련한 일일 수밖에 없다. 박동희는 2007년 3월 교통사고로 세상을 떠났다.

1986년 나는 동구 좌천동에 있는 금성고등학교에 입학했다. 공 던지기를 하면 담장을 넘기는 친구들이 있을 만큼 금성고의 운동장은 협소했다. 야구부가 있을 수 없는 학교였다. 그래도 우리는 야구를 했다. 1학년 때 옆반 친구들과 부산개방대[5] 운동장에서 야구 경기를 한 적이 있다. 재미 삼아 돈을 얼마쯤 걸었던 까닭에 각자의 승부욕이 대단했던 것으로 기억한다.

나는 우리 반의 투수를 자청했다. 서로 야구 실력을 몰랐던 때였다. 목소리가 크면 투수를 맡을 수 있었다. 포수는 국민학교 때까지 야구 선수였던 강태욱(姜泰旭)이라는 친구가 맡았고, 단짝이던 박병호(朴炳昊)도 어디서 수비를 보고 있었을 것이다.

나는 배새벽을 떠올리고 무조건 전력 투구를 했다. 친구들은 볼은 꽤 빠르다고 하면서도 역시 컨트롤을 지적했다. 나는 몇 회쯤 볼넷을 남발하다가 강판을 당했다. 그때 깨달았다. 역시 안 되는구나……. 그 후 나는 투수로서의 꿈을 접었다. 여기까지가 내 형편없는 제구력과 관련된 추억이다.

사회인 야구에 도전하던 때로 돌아간다. 계절은 어느덧 가을로 접어들었다. 2008년 9월 6일 토요일이다. 기범과의 캐치볼 이후 두 번째 연습 기회를 잡았다. 장소는 기범이 근무하는 한국교육과정평가원 뒤편의 삼청공원 공터. 기범은 테니스 약속이 있어 조금 늦게 합류하기로 했고, 성만이라는 친구와 먼저 캐치볼 연습을 했다.

성만은 이미 기범으로부터 나의 '명성'을 듣고 있었다. 성만 역시 엉망인 내 제구력을 비웃고 있음이 분명했다. 얼마 후 기범이 캐치볼에 합류하자 둘은 내게 비웃음의 양동 작전을 펼쳤다. 그래도 그들에게 반격할 수 없었다. 나에 비하면 그들의 컨트롤이 너무 좋았기 때문이다.

원시 인류가 나무에서 내려와 육상 생활을 시작했을 때 처음 시작한 행동이 무엇이었을까. 억센 동물로부터 자기 몸을 지키기 위해 돌을 던지거나 막대기를 휘두르는 행동이 아니었을까. 내가 원시 인류였다면 진작에 도태됐을 것이다. 달려드는 멧돼지에게 돌을 던져 맞히지 못한다면 내가 죽을 게 아닌가. 부질없는 생각이 었지만 속이 상할 수밖에 없었다.

이튿날인 일요일, 길거리에서 만 원짜리 싸구려 야구 모자를 샀다. 모자를 샀다고 기범에게 문자를 보냈더니 바로 답 문자가 왔다. 문면은 정확히 이러했다.

"모자가 네 야구 실력을 일취월장 시켜주길 진심으로 바란다. 이건 내 진심이다."

기범은 진심으로 나를 놀리고 있었다.

9월 10일 인터넷 쇼핑몰에서 포수 글러브와 알루미늄 배트를 주문했다. 포수를 할 것도 아니었으니까 포수 글러브는 싼 것 중의 싼 것을 골랐다. 배송비를 포함해서 3만 3000원이었으니 어디 보여주기가 부끄러울 정도로 조악한 제품이었다. 배트는 6만 5550원.

이 무렵 '야구용품싸게사기'라는 인터넷 사이트를 알게 되었다. 일명 '야용사'라 불리는 이 사이트에는 야구용품 이외에도 여러 가지 야구 관련 정보를 제공하고 있었다. 이를테면 이 사이트에서는 야구부원을 모집한다는 글도 어렵지 않게 찾을 수 있다. 나는 내가 들어갈 만한 팀을 찾기 시작했다. 아무래도 집 근처에 있는 팀이 마음에 들 수밖에 없다. '강북'이나 '도봉'으로 검색을 하니 제법 많은 팀들이 줄줄이 늘어섰다. 그 다음엔 창단 연도나 팀의 실력을 고려하기로 했다. 창단한 지 오래된 팀일수록 실력 있는 팀일

가능성이 높고 그런 팀에서 주전으로 뛰기엔 나의 실력이 부족했다. 이런저런 팀 가운데 K 드래곤즈라는 팀이 눈에 들어왔다.

2008년 한가위를 이틀 앞둔 9월 12일, K 드래곤즈의 감독 앞으로 메일을 보냈다.

안녕하세요. 야용사 게시판 보고 메일 드립니다. 저는 강북구 수유동에 살고 나이는 삼십 대 후반입니다. 지금은 혼자 개인 연습 중이고 팀에 들어가 야구를 하고 싶은데 팀에 대해서 알고 싶습니다. 메일 기다리겠습니다.

9월 15일 추석, 나는 야구를 보고 있었다. 대구에서 열린 롯데와 삼성의 경기였다. 6회초 선두타자로 나온 이대호(李大浩)가 초구에 방망이를 휘둘러 홈런을 날렸고, 이어 가르시아가 또다시 담장을 넘겨 백투백 홈런을 터뜨렸다.

갑자기 이건 어떤 계시임이 분명하다고 믿고 싶어졌다. 무라카미 하루키(村上春樹)의 어떤 책에서 이런 글을 읽은 적이 있다.

1978년 4월 1일 오후 1시 반 전후. 진구(神宮)구장 외야석 경사면에 깔린 잔디 위에 누워 맥주를 마시면서, 때때로 하늘을 올려다보면서 느긋하게 경기를 관람하고 있었다. 1회말 야쿠르트 선두타자 데이브 힐튼이 좌측 방향으로 안타를 쳤다. 배트가 강속구를 정확히 맞혀 때리는 날카로운 소리가 구장에 울려 퍼졌다……. 내가 '그렇지, 소설을 써보자'는 생각을 떠올린 것은 바로 그 순간이었다. 맑게 갠 하늘과 이제 막 푸른빛을 띠기 시작한 잔디의 감촉과 배트의 경쾌한 소리를 아직도 기억한다. 그때 하늘에서 뭔가 조용히 춤추듯 내려왔다. 나는 그것을 확실히 받아들였다.

이제 나에게 야구는 반드시 해야 할 숙명처럼 느껴졌다. 아니, 그렇게 주문을 걸고 싶어졌다. 얼토당토않게 하루키를 걸고넘어지면서까지 말이다.

추석 연휴가 끝나고 첫 출근일인 9월 16일, 야구공 1타(12개)를 인터넷 쇼핑몰을 통해 구입했다. 가격은 3만 1950원. 이틀 후인 9월 18일에는 값이 6만 원인 스파이크를 주문했다. 이날 K 드래곤즈 감독으로부터 답신이 왔다. 감독의 이름은 나창범(羅昌範)이었다.

반갑습니다. 저는 K 드래곤즈의 감독 나창범입니다. 우리 팀은 월곡동 용띠 친구들이 주축이 되어 2007년에 창단되었습니다. 그래서 팀명이 드래곤즈입니다. K는 편하신 대로 생각하셔도 될 듯하네요. 지금은 다른 선후배님들이 많이 합류했습니다. 거의 초보이지만 경력 많은 형님, 동생들도 있습니다. 사는 곳은 창동, 의정부, 미아리, 도봉동, 상계동, 하계동 그렇습니다. 카풀 가능합니다.

'좋아서 하는 야구, 즐기며 하자'가 우리 팀의 목표이지만 매번 경기에 지면서 마냥 즐기기도 어려울 것 같고…… 항상 그것이 고민인 팀입니다. 물론 다른 팀도 그렇겠지만. 그래서 저희는 일산 한서고 야구장(TK리그)에서는 즐기는 야구를, 도봉동 성대 야구장(원리그)에서는 이기는 야구를 지향하고 있습니다. 한서고에 나오신 분은 승패에 관계없이 모두 경기에 나가지만, 성대 구장에서는 실력 위주로 선발이 결정됩니다. 물론 나오신 분들은 한 타석이라도 경기에 참여할 수 있도록 애쓰고 있습니다.

TK리그나 원리그 사이트에 가시면 우리 팀의 경기 기록과 선수 나이까지 모두 보실 수 있습니다. 서론이 너무 길었네요. 가입비는 따로 없습니다. 유니폼(10만 원)은 각자 맞추시면 되고요. 월 회비는 3만 원 정도 생각하시면 될 것 같습니다. 현재 후반기 카이리그에 등록했는데 10월부터는 경기를 시작할 것 같습니다. 선수 등록이 오늘까지였고 추가 등록은 빠를수록 좋습니다. 이왕 하실 거면 카이리그 처음부터 같이 하는 게 어떨까 합니다. 좋은 사람들과 좋아하는 야구를 같이 해보시지요. 연락 주시면 자세히 설명 드리겠습니다.

메일을 받자마자 곧바로 나창범과 통화를 해서 오는 일요일에 팀원들에게 인사를 하기로 했다.

9월 20일 토요일. 기범, 성만과 덕성여대 운동장에서 캐치볼도 하고 축구도 했다. 친구들에겐 처음이겠지만 덕성여대 운동장은 하늘 아래 최고의 운동장이라고 생각한다. 삼각산과 도봉산을

K 드래곤즈 선수단. 2010년 8월 서울 배재고 야구장.

병풍처럼 두른 덕성여대 운동장에 서면 필설로는 형언할 수 없는 감상에 젖곤 한다. 황당하게 들리겠지만 내가 자연과 일부라는, 그러면서도 자연과 대결하고 있다는 느낌과 비슷하다. 어쩌다 비라도 내리면 그 감상은 더욱 진해진다. 언젠가 비 내리는 덕성여대 운동장에서 홀로 축구 연습을 한 적이 있다. 그때 그 모습을 영상에 담는다면 매우 아름다운 모습일 거라는 생각을 한 적이 있다. 자연의 일부인 내가, 자연에 맞서는 내가 아름답지 않을 까닭이 없다.

이날도 비가 왔다. 비는 간간이 내리기도 하고 이따금 얼굴을 때릴 만큼 흩뿌리기도 했다. 그게 더 운치가 있었다고 할까, 즐거웠다고 할까, 친구들과 나에게는 쉽게 잊히지 않을 추억이 되었다. 운동을 끝내고 간단히 맥주를 마신 것 같다. 들쭉날쭉한 내 컨트롤이 여전히 안주가 됐다.

그러다가 부산에 사는 친구인 규범과 통화를 하게 됐다. 그가 기범이나 성만에게 걸었는지, 아니면 그 반대인지는 분명치 않다. 바꾸지 말라고, 바꾸지 말라고 했는데도 기범과 성만은 돌아가며 규범과 통화를 하더니 끝내 휴대폰을 내게 넘겼다. 내가 "할 말 없으니까 전화 끊어라."고 하자 규범은 이렇게 말했다.

"얘기 많이 들었다. 너, 야구 이론은 허구연인데 실력은 형편 없다며?"

 ## 생애 첫 '벤치 클리어링'

> 경기가 끝났을 때, 내 유니폼이 더러워지지 않았다면
> 나는 아무것도 하지 않은 것이다.
> ― 리키 핸더슨

이튿날인 9월 21일. 집 근처 골프 연습장 앞에서 나창범을 기다렸다. 그의 차에 동승하여 고양시 일산동구 한서고등학교 야구장에 가기로 했다. 차에 타보니 평상복을 입은 신입부원이 앉아 있었다. 이름은 이재호, 1975년생, 정육점을 운영한다고 했다. 나보다는 5년 연하인데 입단 동기인 셈이다.

조수석에는 기존 부원인 듯한 사람이 타고 있었다. 나중에 알

고 보니 1971년생, 이름은 김선홍(金善弘)이다. 그는 나창범의 여동생과 결혼해서 딸 하나를 두고 있었다. 나창범과는 처남매부지간이다. 도봉역 부근에서 한 명을 더 태웠다. 1983년생, 이름은 최원찬(崔元燦)으로 팀의 막내라고 했다. 그는 나보다는 두 달쯤 먼저 팀에 들어왔다. 그렇게 '만차(滿車)'가 되어 우리는 외곽순환로를 달려 일산으로 향했다.

이날은 꽤 무더웠다. 한서고 야구장은 크긴 했지만 외야 쪽이 그냥 풀밭이라 해도 좋을 만큼 상태가 좋지 않았다. K 드래곤즈 팀원들이 몸을 풀고 연습하는 모습을 지켜보면서 쭈뼛쭈뼛 서 있을 수밖에 없었다. 선뜻 다가가서 인사를 나누기도 어색했다. 그렇다고 누구 하나 다가와 인사를 건네지도 않았다.

캐치볼이 시작됐다. 팀원 중의 하나는 실력이 굉장해 보였다. 스물 언저리로 보이는 앳된 얼굴이었는데 당시 내 눈으로는 그야말로 무시무시한 공을 뿌리는 것처럼 보였다. 나중에 알게 된 사실이지만 그는 청원고 선수 정유민(鄭遺敏)이었다. 1990년생인 그는 사회인 야구를 하는 외삼촌을 따라다니며 야구에 대한 꿈을 키웠다고 한다. 그 외삼촌이 K 드래곤즈의 팀원 황상호(黃相皓)다. 황상호는 2009 시즌부터 감독을 맡게 된다. 정유민은 이 해 한민대학교 야구 선수로 진학하게 된다.

이윽고 경기가 시작됐다. 경기만 보는 것이 지루해 이재호와 조심스레 캐치볼을 했다. 내가 조심스러웠던 것은 캐치볼을 하게

2008 시즌 한서고 야구장에서. 투수 신동준이 와인드업을 하고 있다.

되면 내 실력이 드러나기 때문이었다. 기범, 성만과 미리 몇 차례 캐치볼 연습을 했던 것은 막상 팀에 들어갔을 때 창피를 겪지 않으려는 심산이었다. 친구들이야 뭐라고 놀려도 그만이었지만 팀원들에게 망신을 당하고 싶지는 않았다.

하지만 이번에도 역시였다. 제법 신경 써서 볼을 던지는데도 볼은 마음대로 가지 않았다. 이재호의 캐치볼 실력은 나보다는 월등했다. 리틀야구 선수 출신이니까 두말할 것도 없었다. 팀원들이 흘깃흘깃 지켜볼 것이라고 생각하니 얼굴이 화끈거릴 정도였다. 갑자기 '이 세상에서 야구를 제일 못하는 사람이 나'라는 생각이 들었다.

경기는 K 드래곤즈가 야누스라는 팀에게 11 대 3으로 승리했다. 경기를 끝내고 야구장 인근 숲속에서 K 드래곤즈의 감독과 선수들이 미팅을 가졌다. 으레 감독이 나서서 인사를 시켜줄 것이라고 생각했는데 이재호와 나에게 일단 저쪽에 가 있으라는 말이 있었다. 신입부원이 들어서는 안 되는 어떤 회의가 있는 듯했다. 그때 약간 눈치를 채긴 했지만 신입부원이 들어오는 데 대해 팀 내의 반대가 있었던 모양이다.

회의가 끝나고 이재호와 나는 팀원들에게 인사를 하고 자기 소개를 했다. 뭐라고 말했는지는 기억나지 않는다. 아마 의례적인 인사를 하고 의례적인 박수를 받았을 것이다. 이것이 K 드래곤즈와 나의 첫 만남이었다. 그때만 해도 내가 이 팀을 지금처럼 사랑하게 될 줄은 상상도 하지 못했다. 집에 돌아오는 길이었던 것 같은데 나창범에게 《거인의 추억》 한 권을 건네주었다. 감독에게 그 정도 인사는 해야 할 것 같았다. 그는 나와 동갑이다.

뒤에 알게 된 사실이지만 나창범은 의료장비와 시약(試藥)을 판매하는 회사의 영업부장으로 일하고 있다. 영업을 하는 사람답게 사람 만나는 일을 좋아하며 붙임성이 좋다. 2008 시즌에는 포수를 혼자 맡다시피 했는데 다리에 멍이 사라진 적이 없었다고 한다. 창단 초기 연습 경기에서 홈런을 쳤을 만큼 힘이 좋지만 2009 시즌에는 극심한 타격 부진에 빠져 마음고생이 심했을 듯하다. 하지만 선구안이 좋아 그 해 출루율이 5할에 달했다.

9월 22일 월요일, 야용사 사이트에서 포수 장비를 주문했다. 가격은 17만 9000원. 팀 내에서 포수를 지원할 작정도 아니면서 포수 장비를 주문한 이유가 있다. 기범, 성만과의 캐치볼이 점점 재미있어졌다. 던지는 것만 하다 보니 이제는 치고 싶어졌는데 아무래도 포수 장비가 없으면 부상을 당하기 마련이었다. 기범에게 "포수 장비 질렀다."는 문자를 보냈더니 그는 내게 "포수 장비를 착용할 정도로 야구를 사랑하진 않는다."는 답신을 보내왔다. 이날 퇴근하고 나서 나창범이 알려준 야구용품점에 유니폼을 맞추러 갔다. 유니폼 나오는 데 3주 정도 걸린다고 했다.

9월 27일 토요일. 덕성여대 운동장에서 기범, 성만과 캐치볼만이 아닌, 야구 연습을 했다. 돌아가면서 한 명은 던지고, 한 명은 치고, 한 명은 장비를 착용하고 포수를 봤다. 다섯 번을 휘둘러 가장 멀리 치는 사람 순서로 순위를 정하고 꼴찌가 저녁을 사기로 했다. 저녁은 내가 샀지만 꼴찌는 아니었다는 사실을 강조하고 싶다. 1등은 기범이 확실했다. 성만과 내가 친 공은 엇비슷한 곳에 떨어져 꼴찌를 가리기가 애매했다. 우리 집 근처로 친구들이 왔으니 그냥 내가 저녁을 샀다.

9월 28일 일요일. 도봉구 성균관대 야구장에서 윈리그 경기가 있었다. P라는 팀과 맞붙었다. 구체적인 팀명을 밝히지 못하는 것은 이날 프로야구에서나 보던 벤치 클리어링이 있었기 때문이다. 실력도 안 됐지만 유니폼도 나오지 않아 선발로 뛸 수 없었던 나는 구장 한 켠에서 캐치볼을 하고 있었다.

홈으로 뛰던 K 드래곤즈의 주자가 백업을 위해 홈에 서 있던 상대 팀 투수와 부딪혔다. 부딪혔다기보다는 주자가 보디체크를

사회인 야구를 시작할 무렵, 나는 건강이 좋지 않았다. 몸무게가 66킬로그램을 오르내릴 때다. 지금은 74킬로그램이 나간다. 덕성여대 운동장(2008년 9월 27일).

했다는 표현이 더 정확하다. K 드래곤즈 주자 이길형(李吉炯)과 상대 팀 투수 사이에 시비가 붙어 멱살잡이까지 갔다. K 드래곤즈에선 김선홍, 유진국(柳鎭國), 윤여훈(尹汝勳) 등이 홈으로 뛰어나가 엉겼고, 상대 팀 선수들도 홈 주위로 몰려들었다.

내겐 난감한 상황이었다. 겨우 두 번째 참관했을 뿐인데 나가서 맞대응하는 것은 조금 '오버'가 아닌가 싶었다. 결국 나는 벤치를 지켰다. 완전한 '클리어링'은 아니었던 셈이다. 이날의 기록지와 팀원들의 증언을 종합해 당시 상황을 재구성해 본다.

4 대 0으로 끌려가던 3회초 K 드래곤즈의 공격 때였다. 선두타자 김선홍이 3루 플라이로 물러나고 3번 윤여훈이 좌전안타를 쳤다. 그가 2루 도루에 성공하고 4번 이길형이 등장, 유격수 쪽으로 내야안타를 쳤다. 그사이 윤여훈이 홈으로 들어와 4 대 1이 되

었다. 5번 유진국은 삼진으로 물러났다. 사단은 이 다음에 발생했다. 6번 김재우(金載祐), 7번 나창범이 연속으로 데드볼을 맞았다. 이 경기에서만 세 번째였다. 2회초 5번 유진국도 사구(死球)를 맞았었다. 감정이 격해질 수밖에 없었다.

나창범은 1루로 걸어나가면서 데드볼을 던진 투수를 노려봤다. 3루 주루 코치로 나가 있던 문성원(文誠垣)은 상대 팀 투수에게 "사회인 야구인데 미안하다는 표현이라도 해야 되는 거 아니냐."고 했다. 투수는 "데드볼을 던지면 사과해야 한다고 야구 룰에 나와 있느냐."고 맞받았다. 문성원은 "무슨 소리냐. 우리가 프로야구 하는 거냐."고 항의했다.

말다툼이 어느 정도 정리되고 8번 이태복(李台馥)이 타석에 들어섰다. 패스트볼, 그러니까 투수가 던진 공이 포수 뒤로 빠지자 3루에 있던 이길형이 홈을 파고들었다. 상대 팀 투수가 백업을 위해 홈으로 달려왔다. 이길형이 여유 있게 홈인할 수 있는 상황이었지만 투수가 홈을 가로막고 있었다. 이길형은 상대 팀 투수를 어깨로 밀어버렸다. 벌렁 나자빠진 상대 팀 투수가 일어나 이길형에게 달려들었다. 그리고 김선홍, 유진국, 윤여훈 등이 뛰어나가 벤치 클리어링이 벌어진 것이다.

야구 규칙상 수비측은 세이프와 아웃을 다투는 접전의 상황이 아니면 루(壘)를 비워주어야 한다. 비켜주지 않아 주자와 부딪히게 되면 주루방해가 된다. 사태가 어느 정도 정리되자 주심은 양팀의 감독을 불러 주의를 주었다. 약간의 설전이 있었다. 주심은 "접전의 상황이 아니면 어떠한 일이 있어도 루를 비워줘야 한다."며 경기를 속개했다. 주심은 K 드래곤즈 팀원만 들을 수 있는 자리에서 "바로 복수하시네요."라는 말을 했다. 야구에서 일어날 수 있는 정당한 대응이라 여겼던 것이다.

경남 마산 출신인 이길형은 당시 현역 육군 대위였다. 1980년생이라 팀에서 거의 막내였는데 현역 장교답게 승부 근성이 대단했다. 어쨌든 이길형의 홈인으로 4 대 3까지 따라간 K 드래곤즈는 5회초 1점을 추가했다. 어느 캐스터가 자주 쓰는 표현대로 승부는 원점으로 돌아갔다. 하지만 결과는 가장 기분 나쁜 것이었다. K 드래곤즈는 6회말 끝내기 점수를 허용해 4 대 5로 패했다. 경기 후 분명히 뒤풀이가 있었을 텐데 내가 참여했는지는 기억할 수 없다. 확실한 사실 한 가지는 벤치 클리어링으로 인해 나도 많이 화가 났다는 점이다.

롤 모델을 찾다

떨어지는 낙엽은 가을바람을 원망하지 않는다.
─장명부

일산 한서고 구장에서는 정식 야구장의 규모를 느껴볼 기회가 없었다. 팀원들과의 첫 대면이어서 그렇게 할 마음의 여유가 생기지 않았다. 하지만 성균관대 구장에서는 경기와 경기 사이를 이용해 마운드에 서서 홈까지의 거리를 느껴보기도 하고 홈과 1루, 홈과 2루 사이의 거리를 가늠해 보기도 했다. 이렇게 멀었나 싶었다. 나중에 조사해 보니 홈과 1루와의 거리는 27.431미터였다. 1·2·3루와 홈을 꼭짓점으로 하는 정사각형, 달리 말해 '다이아몬드'의 한 변이 이 거리라는 뜻이다.

조지 벡시(George Vecsey)에 따르면 이 거리는 19세기 중반 확립되었다고 한다. 《야구의 역사》를 쓴 그는 이 책에서 "아마 그 시대 완성한 가장 탁월한 규정은 베이스 사이, 특히 홈에서 1루 사이를 27.43미터(90피트)로 정한 것."[6]이라고 했다. 그 이유에 대해서는 이렇게 썼다.

어떻게 그 시대 개척자들은 27.43미터가 투수와 타자, 내야수와 1루수에게 과학적으로 가장 적합한 거리라는 것을 알았을까? 그들이 어떻게 심판들이 1루 주자의 발을 보면서 동시에 공이 글러브로 들어가는 소리를 들어야 하는, 이른바 뱅뱅 플레이를 예견했던 것일까? 이 완벽한 거리는 1850년대 초창기 유격수부터 (……) 21세기 초반[7]의 안정적인 데릭 지터, 알렉스 로드리게스가 활동할 때까지 계속 유지되었다. 야수들의 키와 몸집이 커지고, 더 빨라졌고, 더 좋은 장비를 갖추게 되면서 당연히 타자들도 1루까지 더 빨리 달려갈 수 있게 되었다. 그러나 코트 면적과 골대의 높이에 비해 너무나 웃자라버린 것 같은 농구 선수들과는 달리 야구 선수들은 그때나 지금이나 똑같이 아슬아슬한 차이로 성공하거나 실패한다.(《야구의 역사》(노지양 옮김), 41쪽)

이 대목을 읽으며 살짝 감명을 받았다. 특히 "그때나 지금이나 똑같이 아슬아슬한 차이로 성공하거나 실패한다."는 부분이 인상적이었다.

홈과 1루의 거리가 확정되면 나머지 거리는 자연스럽게 정해진다. 인터넷에서 찾아보니 홈과 2루, 1루와 3루 사이의 거리는 38.795미터였다. 투수판에서 홈까지의 거리인 18.44미터는 익히 알고 있었다.

20대 중반에는 정규 구장에서 야구를 꽤 했다. 대학을 졸업할 때까지 매년 한두 차례 동문 야구대회에 출전했기 때문이다. 그때는 베이스와 베이스, 투수판에서 홈까지의 거리가 그렇게 멀게 느껴지지 않았다. 두 번인가 구원투수로 마운드에 올라간 적이 있었는데 투 · 포수 사이의 거리가 부담이 될 정도는 아니었다. 하지만 십몇 년 만에 다시 정규 구장에 서보니 그 커 보이는 규모에 기가 질릴 정도였다.

한동안 가보지 않았던 옛 동네를 다시 찾아가 보면 '이렇게 작았었나' 하는 느낌을 갖게 된다. 이것은 성인이 된 후에도 마찬가지인 듯하다. 그런데 야구장은 그렇지가 않으니 이상한 일이었다. 과연 내가 30미터 정도라도 공을 직선으로 뿌릴 수 있을까 하는 탄식이 일었다.

10월 4일 토요일. 덕성여대에서 어느 후배와 캐치볼을 하고 나서 함께 잠실야구장으로 갔다. 야구장 앞에서 기범, 정웅(正雄)과 합류해 롯데 자이언츠와 LG 트윈스의 프로야구 경기를 관전했다. 정웅은 기범의 아들로 당시 초등학교 5학년이었다. 롯데가 LG에게 0 대 4로 졌다. 그럴 줄 알았다.

이튿날인 10월 5일 세계사이버대학 야구장에서 K 드래곤즈의 카이스포츠리그 후반기 첫 경기가 있었다. 이 구장은 남양주시 별내면에 있다. 불암산의 동쪽 자락에 있어 산길을 조금 올라가야 한다는 게 흠이지만 너무 아늑하고 좋은 구장이었다. 상대 팀은 엔젤스오브하스피톨2라는 팀이었는데 K 드래곤즈가 19 대 5로 승리했다.

이날 내 유니폼이 나왔다. 나창범이 스포츠용품점에 미리 들러 유니폼을 받아온 것이다. 등번호는 61. 원래는 최동원이 달았던 11번을 쓰고 싶었는데 먼저 달고 있는 선수가 있어 그 다음에 선택한 것이 69번이었다. 용품점 사장이 농담조로 "왜 그런 변태 같은 번호를 선택하느냐."고 묻자 나는 "11번은 쓰고 있는 사람이 있어서 못 쓰고 그 다음에 달고 싶은 번호는 61번인데 실력이 안되니 쓰기 부끄럽다."고 대답했었다. 현역 선수인 박찬호(朴贊浩), 손민한(孫敏漢)의 등번호가 61이기 때문이다. 사장은 내게 "야구는 폼생폼사."라며 "쓰고 싶은 번호를 쓰시라."고 권유했다. 그렇게 해서 61이 내 등번호가 됐다.

구장 인근 숲에서 유니폼으로 갈아입었다. 비로소 야구 선수가 된 것 같은 느낌이었다. 사장의 말이 아니라 해도 야구는 폼(form)의 스포츠다. 어떻게 야구를 하게 됐느냐는 물음에 "폼 나잖아요.", "멋있잖아요.", "모자 쓰고 벨트까지 차고 하는 스포츠가 어디 있어요?"라고 대답하는 프로야구 선수들을 본 적이 있다.

이런 외양적인 '폼'도 폼이겠지만 야구는 진정한 의미에서 폼(자세)의 운동이다. 이 사실을 나는 사회인 야구를 시작한 지 1년이 지나서야 깨닫게 된다.

어느 스포츠나 자세는 중요하다. 특히 야구에서 폼이 중요하고 어려운 것은 그것이 밸런스와 결합돼 있기 때문이다. 폼이 좋지 않으면 밸런스가 잡히지 않고, 밸런스가 잡히지 않으면 폼이 무너진다. 야구가 더욱 어려운 것은 자신의 신체조건, 체력, 느낌에 맞는 폼을 끊임없이 찾아가야 한다는 점 때문이다. 신체조건과 체력은 시간이 흐르면서 변한다. 체중이 불기도 하고 무릎이 안 좋을 때도 있다. 느낌은 대중없이 바뀐다. 그럴 때마다 미세하게나마 폼을 바꿀 필요가 있다.

이런 사례는 무수히 많다. 일본 야구의 영웅 이치로가 메이저 리그에 적응하기 위해 폼을 바꾼 것이라든가, 일본 프로야구에 진출한 선동열, 이승엽 등이 거의 해마다 폼을 교정한 것이 그 예다. 2009년 8월 K 드래곤즈에 입단한 허성주(許成朱)는 "투구 폼을 바꾸려면 6000번을 던져야 한다는 말을 코치로부터 들었다."고 했다. 그래서 야구가 어려운 것 같다. 허성주는 청원고에서 고3 때까지 투수를 맡은 선수 출신이다.

앞으로도 계속 교정해 나가겠지만 지금 나는 어느 정도 타격 폼을 완성했다고 말할 수 있다. 먼저 배트를 모아 쥔 두 손을 오른 쪽 귀 부분까지 들기로 했다. 배트는 다소 등 쪽으로 눕힌다. 공이 날아오면 약간 테이크백을 하고 그대로 배트를 돌리기 시작한다. 나는 왼팔이 오른팔보다 조금 길기 때문에 공이 히팅 포인트에 맞는 순간, 오른쪽 손목을 덮고 그 즉시 오른팔을 배트에서 놓아버리기로 했다. 왼 팔꿈치가 펴지지 않고 돌아가 버리는 것을 방지하기 위해서다.

이날 또 한 명의 신입부원이 들어와 테스트 비슷한 것을 받았다. 굳이 테스트를 요구하지 않는 것이 K 드래곤즈의 관례였지만 신입부원이 투수를 지망했기 때문이다. 이름은 문상남(文相男). 놀랍게도 1959년생, 당시 우리 나이로 꼭 쉰이었다. 1루측 불펜에서 테스트를 받는 모습을 나는 관심을 가지고 지켜보았다. 포지션이 포수인 감독 나창범이 볼을 받아주었다.

문상남은 이미 반백의 머리였다. 폼은 그다지 좋아 보이지 않았지만 마음먹은 곳에 공을 뿌릴 줄 알았다. 볼도 꽤 빨라 보였다. 마운드가 두 개 있는 투수 연습장에는 다른 팀의 투수도 연습을 하고 있었는데 볼을 받던 포수가 그 투수에게 이렇게 말했다.

"야, 어르신 공이 네 공보다 빠르다."

팀의 관례상 테스트에서 떨어뜨릴 리도 없었겠지만 실력으로도 인정을 받은 셈이었다. 어쩌다 문상남과 벤치에 나란히 앉게 되었다. 인사를 나누는데 부산, 김해 쪽 특유의 억양이 느껴져서 물어보았다.

"형님은 고향이 어디십니까?"

"부산입니다."

"실례지만 고등학교는 어디 나오셨습니까?"

"부산고 졸업했습니다."

"아, 그렇습니까. 저는 금성고등학교 출신입니다."

금성고와 부산고는 부산 동구에 있는 유이(唯二)한 인문계 남자고등학교다. 반가웠다. 그때 나이를 물어보고 통성명을 했다. 직업은 나중에 알게 되었는데 상명중학교 수학교사였다.

투수 문상남(1959년생). 반백의 머리가
무색하게 힘차게 공을 뿌린다. 나의 '롤
모델'이다.
출처_SB리그 홈페이지.

　　문상남은 중앙대학교 수학과 재학 시절 과(科)와 동문회 야구
단에서 투수로 활약했다. 군대를 다녀와 복학한 후 3학년 때의 어
느 날이었다. 하루에 7이닝씩 3게임을 연투했다. 그의 표현에 따르
면 "그날 어깨가 죽었다."고 한다. 연투 후유증으로 늑막염에 걸려
한동안 고생했다. 대학 졸업과 함께 야구는 오래 쉬었지만 테니스
와 배드민턴을 꾸준히 해서 어깨와 팔, 손목은 싱싱하고 유연한 듯
했다. 배드민턴에서의 스매싱과 투수의 스윙은 어깨, 팔, 손목의
회전과 궤적이 놀랍도록 일치한다. 그런 이유로 투수들이 섀도 피

칭을 할 때 배드민턴 채를 사용하기도 한다.

　나로서는 문상남의 투구가 부럽기만 했다. 그에 비하면 새파랗게 젊은 나의 캐치볼 실력은 부끄러울 따름이었다. 실은 사회인 야구를 하겠다고 결심하면서부터 투수에 도전해 보겠다는 생각을 굳히고 있었다. 좌절되고, 그래서 잃어버렸던 내 꿈을 되찾고 싶었다. 하지만 어디 가서 그런 꿈을 말하기조차 부끄러웠다.

　8월 말부터 매주 한두 차례 꾸준히 캐치볼을 하고 있건만 나아진 게 하나도 없었다. 나는 야구 선수가 아니었다. 내가 던지는 공은 야구공이 아니라 차라리 폭탄이었다. 어디로 튈지 몰랐다. 캐치볼 상대 주위에 다른 사람이 기웃거리기만 해도 선뜻 공을 던질 수 없었다. 사람이 맞을까 두려워 내 어깨와 팔과 손목은 더욱 움츠러들었다.

　나중에 알고 보니 그때 나는 팀의 연하들 사이에 '야구 못하는 형'으로 통하고 있었다. 말은 안 하지만 팀원들이 나를 어떻게 생각하는지가 눈에 보이는 듯했다. 나와 캐치볼 하는 것을 꺼리는 눈치였다. 내가 던진 공을 주우러 다니는 그들의 등뒤에서 '짜증'이란 단어를 읽기도 했다. 나는 스스로 위축돼 갔다. 도전하지도 않고 져버린 것이다.

　그때 왜 그런 생각이 들었는지는 지금도 모르겠다. 적어도 환갑까지는 야구를 하겠다는 생각을 했다. 결혼을 하고 아들을 낳는다면 아들과 캐치볼을 하고 그애에게 야구를 가르치겠다는 마음도 먹었다. 아들의 뼈가 어느 정도 여물 때까지 야구를 계속해서, 마음놓고 녀석에게 전력투구를 할 수 있을 때까지 야구를 하고 싶어졌다. 이날 이후로 문상남은 나의 롤 모델이 됐다.

 ## 10만 명의 사회인 야구인들

알겠심더. 함 해보입시더.
—최동원

10월 11일 토요일. 덕성여대 운동장에서 기범, 규범, 성만과 또 야구 연습을 했다. 아니 야구 연습이라기보다는 '야구 놀이'라고 해야 할 듯하다. 규범은 서울에 출장을 온 김에 우리 집에 들렀다. 기범은 정웅을 데리고 왔다. 이번에도 돌아가며 치고 받고 던지기로 했는데 내기는 걸지 않았다. 이날의 에피소드 하나. 컨트롤이 꽤 좋은 성만이 어쩌다가 타석에 선 기범을 맞춰버렸다. 그때 규범은 포수를 봤고 나는 성만의 뒤편에서 수비를 보고 있었다. 기범이 맞자마자 나는 환호를 지르며 달려가 성만을 얼싸안았다.

"잘했다! 잘했다, 성만아."

그러고는 정웅에게로 달려가 녀석을 껴안았다.

친구들과의 '야구 놀이'. 배트를 든 박기범부터 시계 방향으로 정웅, 나, 김성만, 서규범 순이다. 캠코더를 고정시켜 찍은 동영상을 캡처한 것이다. 2008년 10월 11일 덕성여대 운동장.

"느그 아부지 맞았다. 정웅아, 니도 기분 좋제?"

규범의 야구 실력은 녹슬지 않았다. 고교 시절 수정동 서중학교 뒷골목에서 그의 공을 받아준 적이 있다. 그는 놀라운 컨트롤의 소유자였다. 내가 공을 받은 곳은 미닫이문이 유리로 된 어느 점방 앞이었다. 나 같으면 유리창 깰까 봐 던질 수도 없는 지점에서 그는 마음껏 공을 뿌려대곤 했다.

덕성여대에서 연습을 끝내고 집으로 돌아와 어머니가 손수 삶으신 옻닭 백숙을 먹었다. 어머니는 나이도 어린 정웅이 옻닭을 잘 먹는다며 매우 귀여워하셨다.

10월 12일 일요일 성대 야구장에서 윈리그 경기가 있었다. 무슨 이유에서인지 나는 불참했다. 불가피한 사정이나 약속이 있었을 것이다. 상대 팀은 세이커스였는데 K 드래곤즈가 11 대 3으로 승리했다. 참석을 하지 않은 내가 그간의 사정을 알 리도 없지만 윈리그에서 세이커스는 K 드래곤즈에게 벌써 두 번째 패배를 당한 것이었다. 세이커스는 이 해 세 번을 지고 나서 이듬해 복수의 칼날을 갈게 되는데 이는 너무 앞지르는 이야기가 된다.

이쯤에서 사회인 야구 리그 운영에 대해 설명해 두기로 한다. 일반적으로 사회인 야구는 7이닝 경기로 치러진다. 야구장이 부족하고, 경기가 주말에 집중될 수밖에 없어 시간제한(2시간)이 있다. 시간제한을 제외하면 한국 프로야구와 거의 같은 규칙이 적용된다. 말하자면 '동네야구'와는 차원이 다르다.

국민생활체육전국야구연합회에 따르면 2008년 말까지 전국의 사회인 야구팀은 2,435개였다고 한다. 그런데 2009년 3월 한국 야구대표팀의 WBC 준우승, 얼마 후인 4월 25일 첫 회가 방영된 KBS 예능 프로그램 '천하무적 야구단'[8]의 인기 등으로 인해 사회인 야구팀 수가 폭발적으로 늘었다. 2009년 상반기에만 무려 922개 팀이 증가해 3,357개 팀이 된 것이다. 사회인 야구인 수는 2008년 5만 5,488명에서 이듬해 상반기에는 10만 710명으로 폭증했다. 이 기간 동안 서울에서만 749개 팀이 창단돼 총 1,093개 팀을 헤아리게 되었다.[9]

이러한 수치는 국민생활체육전국야구연합회가 조사한 통계에 불과하다. 인터넷에서 이런 기사도 찾을 수 있었다.

사회인 야구팀의 정확한 숫자 파악은 어렵지만 전국적으로 6,000개 이상이 활약하고 있다는 것이 동호인들의 공통된 주장이다. 사회인 야구 전국 통합전을 추진하고 있는 '게임원'에 등록된 팀만 5,176개인데 이중 3,904개 팀이 수도권에 집중돼 있다.(《스포츠한국》, 2009년 6월 3일자)

국민생활체육전국야구연합회는 2009년 상반기까지를 조사했고, 《스포츠한국》 역시 비슷한 시기 사회인 야구에 대한 현황을 기사화했다. 전국적으로 적게는 3,357개 팀, 많게는 6,000여 팀의 사회인 야구단이 있고, 적어도 10만 명 이상의 사회인 야구인이 존재한다는 이야기다.

하지만 사회인 야구단의 정확한 숫자는 아무도 모른다는 것이 더 정확한 말일지도 모른다. 2010년 제1회 머니투데이 사회인 야구대회를 개최한 《머니투데이》는 2월 25일자 기사에서 "국내 사회인 야구팀은 3만 개 넘는 것으로 추산된다."고 쓰고 있다. 믿기 어려운 수치이지만 그만큼 사회인 야구단 수를 추정하기 어렵다는 뜻이 된다.

도봉구 성대 야구장 근처에서 야구용품점을 운영하는 홍승표 (洪承杓 · 1974년생) 대표는 이렇게 말한다.

2009년부터 사회인 야구 붐이 일기 시작한 것은 분명한 것 같다. 특수한 경우지만 동종업자 중에는 전년에 비해 두 배 이상 매출이 늘었다

고 하는 사람도 있다. 보통 3주 정도면 나오던 유니폼이 올해(2010년)
는 5~6주는 지나야 나올 만큼 주문이 밀려 있다. 하지만 수요가 느
는 만큼 공급도 늘어 매출에는 거의 변함이 없다고 봐도 좋을 것이다.
야구용품점도 거의 두 배 정도 새로 생겼기 때문이다. 유소년들이 야
구를 다시 하게 된 것은 확실한 변화라고 할 수 있다. 예전엔 축구공
을 차던 아이들이 이젠 야구를 하는 광경은 흔히 볼 수 있지 않은가.[10]

사회인 야구 리그는 경기에 출전하는 선수 출신(일명 '선출')의
숫자에 따라 대략 1~4부로 나뉜다. '선출'은 대한야구협회에 등
록된, 그러면서도 현역에서는 은퇴한 선수를 말한다. 흔히 봉황대
기 고교 야구 대회 출전 여부가 선출과 비선출을 가리는 기준이 되
기도 한다. 최근까지 고교 야구 대회 가운데 지역 예선을 거치지
않는 유일한 대회였기 때문이다.[11] 그런 이유로 봉황대기 출전 선
수 명단에는 전국의 모든 고교 야구 선수들이 이름을 올리게 된다.
카이스포츠리그의 경우 대회 요강에 "선수 출신의 구분은 봉
황대기 고교 야구 대회에 등록한 사실 여부로만 결정한다."고 규정
하고 있다. 따라서 중학교 때까지 정식 야구 선수로 활동한 사람도
실력에 관계없이 '선출'은 아닌 것으로, 다시 말해 '비선수 출신'
으로 간주된다.
그런데 '선출'이라 하더라도 만 40세가 되면 '선출'에서 풀어
주는 사회인 리그가 많다. 이를테면 1969년생인 양준혁(梁埈赫)이

나 1970년생인 이종범(李鍾範)이 2010년부터 사회인 야구 선수로 뛴다면 비선출로 간주될 수도 있다. '선출'이 선수 출신임을 속이고 경기에 나가는 사례도 더러 있다. 이른바 '부정 선수'다. 리그 운영자들은 '부정 선수'를 숨어내기 위해 리그 가입 시 주민등록번호와 출신 고교를 반드시 명기하게 한다.

2009년 상반기, 전국의 사회인 야구 리그 숫자는 147개에 달한다.[12] 리그마다 운영 방식이 다르기는 하지만 대체로 1부 리그는 3~4명의 선수 출신이 뛸 수 있다. 선수 출신이 투·포수를 볼 수 있는 1부 리그도 있다. 2부 리그에서는 선수 출신이 2명 정도로 제한되며, 투·포수를 맡을 수 없는 경우도 있다. 3부와 4부 리그는 구분 자체가 거의 무의미한데 선출은 아예 출전할 수가 없다. 하지만 선출 1명이 뛸 수 있는 리그가 전혀 없지는 않을 것 같다.

2008년 K 드래곤즈가 참여한 리그는 윈리그(www.winleague.com)와 카이스포츠리그(league.clubone.kr/hgs)였다. 윈리그의 일요 리그는 '챔피언스 리그'라고 불리는데 마이너부는 선수 출신 1명이 허용되고, 루키부는 선출의 출전이 금지된다. 마이너부는 2부 리그에, 루키부는 3부 리그에 속한다고 보면 된다. 앞서 언급했듯이 3부와 4부 리그의 구분은 별 의미가 없다. 리그는 대체로 팀당 10경기 정도의 정규 경기와, 4강에 올라간 팀들 간의 플레이오프전으로 구성된다. 팀당 250만~300만 원의 가입비를 내는데 2008년 카이스포츠리그의 경우 250만 원이었다.

나는 2008년 9월 21일 K 드래곤즈에 들어왔기 때문에 상반기부터 시작된 윈리그(루키)에는 출전할 수 없었다. 대신 10월 5일 첫 경기가 치러진 후반기 카이리그에는 등록이 되어 경기에 나갈 수 있었다. 이날은 내 유니폼이 나온 날이었지만 실력이 모자라 벤치를 지켜야 했다.

10월 19일 일요일 세계사이버대학교 야구장에서 K 드래곤즈의 후반기 카이스포츠리그 두 번째 경기가 있었다. 상대는 최강와 인드업. 경기는 K 드래곤즈가 5 대 9로 졌다. 이날 나는 교체 선수로 한 타석에 나가게 되었다. 그때의 상황을 정리해서 설명할 수도 있지만 이틀 후 내가 어느 인터넷 카페에 올린 글로 대신할까 한다. 조금 유치하긴 해도 당시의 흥분이 고스란히 녹아 있기 때문이다.

일요일, 제가 드디어 필드에서 머리를 얹었습니다.^^

한 타석에 나가 비록 유격수 땅볼로 아웃됐지만 동료들이 박수 쳐주고 꽤 칭찬을 받았습니다.(물론 신입에 대한 배려이기도 하겠지만)

정타로 잘 맞은 타구였고, 3루로 도루를 시도하던 주자가 제 타구로 득점까지 했기 때문이죠.

앞으론 첫 안타 자축 번개, 멀티 안타 자축 번개, 홈런 자축 번개를 올릴지도 모르겠습니다. ㅎㅎ

가능성은 거의 없지만 제가 만약 홈런을 친다면 골든벨을 올리겠습니다.(게시일 2008.10.21. 10:08)

먼저 어법에 맞지 않는 문장을 고치지 않고 옮긴 데 대해 양해를 구한다. 그런데 이 글을 그대로 인용할 수밖에 없었던 또 한 가지 이유가 있다. 내가 활동하던 인터넷 카페는 '롯데 자이언츠의 서울 팬클럽'이라 할 수 있었다. 구체적인 카페 이름이 그렇다는 말은 아니다. 카페 특성상 부산·경남 출신들이 대부분이었고, 야구를 좋아하는 사람도 꽤 있었다. 이른바 번개 공지를 올리면서, 처음으로 경기에 나간 것을 자랑한 것이었는데 이 글로 인해 예측하지 못한 상황이 벌어지고 말았다. 이런 식으로 댓글이 붙기 시작한 것이다.

— 우리 카페 이름으로 사회인 야구팀 만들어 보는 것도 좋을 것 같네요. 나름 각 팀에서 야구를 하시는 분들도 계시고 부산 사람들 워낙 야구 좋아하고, 시합 날은 관심 있는 분들 나와서 응원하고 끝나면 뒤풀이도 하고.

ㄴ 와~ 그거 괜찮겠네요.

ㄴ 좋아요! 적극 찬성~!

ㄴ 여자도 시켜주세요.

ㄴ 남자잖아요~

ㄴ 이건 싸우자는 거죠? ㅋㅋ 나도 여자라구요. 가끔! ㅋ

ㄴ 심판 봐줄까?

자이언츠레전드 창단하다

부산에서 제일 유명한 것은 롯데 자이언츠다.

—미상

10월 25일(토) 문성원의 아들 돌잔치가 있었다. 지금이라면 당장 달려갔겠지만 그때는 신입부원인 내가 가야 되나, 말아야 되나 고민을 했다. 아직 팀에 융화되지 못했던 것이다. 다른 약속이 있었는지, 고민 끝에 내린 선택인지 기억할 수 없지만 어쨌든 돌잔치에 참석하지 않았다. 이튿날인 일요일에는 모처럼 경기가 없었다.

11월 2일(일)에는 윈리그 경기를 치렀다. 출전 자체가 불가능했던 나는 캐치볼을 하며 경기를 관전했다.

야구팀 창단 논의는 '롯데 자이언츠의 서울 팬클럽' 카페에서 급물살을 탔다. 11월 5일 수요일 저녁 사당동 근처에서 창단 관련 모임을 가졌다. 글을 올린 원죄가 있어 나도 참석했다. 야구팀을 창단하자는 데는 이의가 있을 수 없었다. 팀명은 어쩌다가 내가 제안한 이름으로 정해졌다. '거인의 추억(Giants' Memories)'에 착안해 자이언츠레전드(Giants' Legend, 거인의 전설)라고 한 것이었는데 이것이 팀 이름이 된 것이다.

개인적으로 나는 자이언츠레전드가 토요 리그에 참가했으면 좋겠다고 생각했다. K 드래곤즈가 일요 리그에 출전하고 있기 때문에 그렇게 된다면 두 팀에 모두 충실할 수 있겠다는 마음이었다. 그런 제안을 하긴 했지만 일요 리그 참가를 원하는 팀원들이 많아 부결되었다. 아쉬워도 받아들여야 했다.

이날 사회인 야구 15년 경력의 김시원이 감독으로, 10년 경력의 강태경이 수석코치로, 6년 경력의 하근배가 코치로 선출됐다. 김시원은 나와 동갑이고 강태경은 6년, 하근배는 8년 연하다. 총무는 창단 준비를 도맡아 한 한호근이 뽑혔다. 이채로운 것은 팀 내 주장도 선출했다는 점이다. 사회인 야구팀에서 주장이 있는 경우가 많지 않은데 김시원의 제안으로 주장 선출 투표를 하게 되었다. 1973년생인 김창민이 과반수 넘는 표를 받아 주장으로 선출됐다.

어정쩡한 것은 나의 위치였다. K 드래곤즈에 소속돼 있어 시간상 두 팀에서 활동하기가 어려웠기 때문이다. 카페 주변에서 K 드래곤즈를 포기하라는 권유가 있었다. 아무래도 고향 선후배들과 함께 하는 것이 더 좋지 않겠냐는 것이었다. 실제로 기존 소속팀에서 탈퇴하고 자이언츠레전드에 합류한 팀원들도 많았다. 일단 김시원, 강태경, 하근배 등 감독 · 코치가 그런 경우였다.

자이언츠레전드에는 더 큰 메리트도 있었다. 서포터로 활동하게 될 여자 회원이 많은 점이 그것이다. 거부하기 힘든 '유혹'이 아닐 수 없었다. 약간 나중의 이야기가 되겠지만 실제로 네댓 커플이 맺어져 한때 자이언츠레전드는 카페 내에서 '사랑이 꽃피는 야구단'으로 불리기도 했다.

그렇다고 K 드래곤즈를 포기할 수 없었다. 팀원들과 이미 정이 들어버려서였다. 정이란 물처럼 스며드는 것이라 언제부터 그렇게 느끼게 됐는지는 기억할 수가 없다. 하지만 이 글을 쓰기 위해 다시 곰곰이 생각해 보니 아무래도 그 무렵이었던 것 같다. 입단한 지 불과 두 달도 안 되는 시점이었다. 그럼에도 K 드래곤즈를 포기하겠다는 생각은 추호도 할 수 없었다.

처음 몇 번은 나창범의 차에 동승하여 야구장에 나갔지만 그무렵 나는 윤여준(尹汝準)에게 카풀 신세를 지고 있었다. 그는 당시 팀 내 부동의 1루수였다. 고맙기는 한데 줄 것은 없고 해서 윤여준에게도 《거인의 추억》을 주었다. 그렇게 한 권, 두 권 주다 보니 같은 팀원인데 누구는 주고 누구는 안 줄 수도 없는 일이었다. 11월 2일 열 권을 들고 가서 팀원들에게 돌렸고, 11월 9일 또 열권을 나머지 팀원에게 주었다.

그리고 어느 날이었을 것이다. 경기 중이었던 것 같다. 후보라서 못 뛰고 있는 내게 유진국이 말을 걸었다. 그는 1976년생이다.

"그 책, 형이 쓰신 거예요?"

"네. 제가 썼어요."

"형, 서울대 나오셨어요?"

유진국은 책의 속표지에 실린 '작가 소개'를 보고 그렇게 물었음이 분명하다. 나는 그렇다고 대답했다. 그의 질문이 이어졌다.

외야수 윤여준(1978년생). 2009 시즌
까지 팀 내 부동의 1루수였다. 현재는
빠른 발과 넓은 수비 범위를 활용하기
위해 외야수로 기용하고 있다. 홈런을
친 뒤 3루를 돌고 있다. 출처_SB리그
홈페이지.

"이름이 다르던데요."

"정범준은 필명이에요."

"자료를 어떻게 구하신 거예요? 최동원 감독은 만나보셨어요?"

"그럼요. 세 번 만났어요. 자료는 신문 같은 데서 찾은 거구요."

"다 읽어봤어요. 재미나던데요."

김선홍 역시 내 책을 끝까지 읽고 내게 이것저것 물어봤던 팀
원이다. 고마웠다. 작가에게는 책에 대해 말해 주는 것만큼 기쁜
일이 없다. 꼭 그런 이유 때문만은 아니지만 나는 김선홍과 유진국

이 마음에 들었다. 벤치 클리어링이 벌어졌을 때 제일 먼저 뛰어나
간 사람이 두 사람이었다.

유진국이 비로소 속내를 털어놨다.

"사실 형이랑, 재호 형이랑 들어왔을 때 반대가 많았어요. 지
금 선수들로도 충분한데 자꾸 선수를 받으면 경기에 못 나가는 사
람이 생기잖아요. 저하고 여훈이가 제일 반대를 많이 했어요. 지금
은 다 잘됐다고 생각을 해요."

유진국과 윤여훈은 동갑내기 동네 친구 사이다. 2007년 6월 배
호열(裵浩兒), 유진국, 윤여훈, 이태복, 최세훈(崔世勳) 등 1976년
생 용띠 동갑이 주축이 되어 K 드래곤즈를 창단했다. 팀명에 드래
곤즈가 붙은 것은 이 때문이다.

농담으로 하는 얘기지만 나는 이날 유진국과 윤여훈의 이름을
수첩에 적어두었다.

'나 들어올 때 주도적으로 반대를 했단 말이지…….'

지금도 이따금 두 사람에게 "너희들이 제일 반대를 많이 했
지? 기억해 두겠어."라는 농담을 한다.

유진국은 책임감이 보통이 아니다. 맞아서라도 살아나가기 때
문에 팀 내에서 사구(死球)가 제일 많다. 그때부터 지금까지 줄곧
총무를 맡고 있는데 이름 그대로 사람도 '진국'이라 할 만하다. 팀
에서 외야수, 주로 좌익수를 본다.

술을 즐기는 까닭에 나는 경기 후 별다른 일이 없으면 뒤풀이

외야수 유진국(1976년생). 총
무를 맡아 팀 내 궂은 일을 도
맡아 한다. 몸 쪽으로 날아오는
공도 피하지 않을 만큼 근성과
책임감이 강하다.
출처_SB리그 홈페이지.

에 참석하곤 했다. 그렇게 한 번, 두 번 술을 함께 마시다 보니 더
정이 들었다. 2008년이 저물어가던 어느 날이었던 것 같다. 원래
말을 잘 못 놓는 성격인데 어느 자리에서 나는 무슨 큰 결심이라도
한 것처럼 이제부터 동갑이나 연하에게는 말을 낮추겠다고 선언했
다. 왠지 그렇게 하는 것이 옳다고, 마음을 열었다는 상징이라고
여겨졌다.

　　K 드래곤즈에서 도저히 탈퇴할 수가 없었던 나는 자이언츠레
전드 코칭 스태프와 팀원들에게 이렇게 말했다.

　　"나는 두 팀 다 포기할 수 없다. 기존 소속팀이 있어 자이언츠
레전드에서 적극적으로 활동할 수는 없지만 고향 선후배들과 같은
유니폼을 입는 것만으로 만족하겠다. 가입비, 유니폼비, 월회비는
다른 팀원과 똑같이 내면서 사정을 봐가며 단 몇 게임이라도 참여
하겠다."

나는 11월과 12월에 걸쳐 자이언츠레전드팀의 유니폼비, 가입비 등을 완납했다. 새 유니폼은 곧 나왔다. 그렇게 해서 내 등에는 꿈에 그리던 등번호 11번이, 내 가슴에는 '거인의 전설'이 새겨지게 되었다.

정재철 야구교실

나의 실력을 재능으로 평가하는 전문가들을 보면 화가 난다.
내가 이제까지 쌓아온 노력이 아까워서다.
— 페드로 마르티네스

첫 경기 출전과 첫 타석의 경험은 내게 자신감을 안겨주었다. 유격수 땅볼로 아웃되긴 했지만 치는 순간 '와' 하는 환성이 터져나올 만큼 강한 타구였기 때문이다. 고개를 숙이고 벤치에 돌아오긴 했어도 "타격 센스가 장난이 아니네."라고 하는 누군가의 수군거림에 어깨가 들썩여졌다.

원래 치는 덴, 맞추는 덴 자신이 있었다. 누가 뭐라 해도 나는 왕년의 강타자였다. 첫 안타도 금방 터질 줄 알았다. 하지만 나는 2008년 말까지의 공식 경기에서 안타를 치지 못하게 된다. 그런

조짐이 보인 것은 11월 9일 엑스브레이브스와의 경기에서부터였다. 이날 나는 5회말 선발 지명타자 김재우와 교체되어 타석에 서게 되었다. 결과는 참담했다. 5회와 7회, 두 차례 타석에 나섰는데 두 번 다 투수 땅볼로 아웃됐다. 삐질삐질 힘겹게 굴러간다고나 할까, 도무지 타구에 맥아리가 없었다. 그래도 이때는 그저 '야구가 그럴 때도 있지' 하며 심하게 자책하지는 않았다.

이 무렵 나는 야구를 더 잘하고 싶다는 생각에 이런저런 야구교실을 찾아다니고 있었다. 날이 꽤 추웠던 11월 초의 평일이라고 기억된다. 퇴근 후 당시엔 쌍문역 근처에 있었던 '김운태 야구클럽'을 찾아갔다. 교회가 있는 상가 건물 지하에 조촐한 실내 연습장이 꾸며져 있었다. 코치 김운태는 성실하고 믿음직한 인상이었다. 사람만 봐서는 당장이라도 등록을 하고 싶었지만 그러기에는 연습장이 너무 협소했다. 내게는 투구 연습을 할 수 있는, 다시 말해 길이가 적어도 18.44미터가 넘는 연습장이 필요했다. 이런저런 질문과 답변이 오고 간 뒤 야구교실을 빠져나올 수밖에 없었지만 김운태는 내게 깊은 인상으로 남았다.

그는 야구 선수로는 다소 늦은 중학교 2학년 때 야구를 시작했다. 중앙고, 경남대, LG 트윈스 2군에서 선수로 활약하다가 한창 나이에 부상으로 은퇴했다. 부상과 관련해 그는 한 인터뷰에서 이렇게 말한 적이 있다.

2005년에 (LG에) 입단했죠. 그때 LG 외야 경쟁이 심했어요. 지금 1군에서 뛰고 있는 선수들이 대부분 그때 동료들이에요. 그런데 2군에서 시합 중에 부상을 당했어요. 지금 현역으로 뛰는 모 선수의 공에 맞은 거죠. 그래서 제가 지금 약지가 없어요. 그 이후 수술하고, 공익으로 빠지게 되고, 장애인 등급도 받고, 그렇게 됐죠. 구단에서는 부상 당시 해줄 만큼은 해줬어요. 다만 제가 나이도 있었고, 고졸 같으면 재활할 텐데 대졸인데다 군 문제도 있고, 그러다 보니 자연스럽게 전력 외로 생각하는 분위기가 만들어진 거죠.(기호태의 Baseballogy, '전 LG 선수 김운태 인터뷰', 2009년 1월 4일)

야구를 하게 되면서 새삼스럽게 느끼게 된 사실이지만 야구 선수 하나 하나, 아니 사람 하나 하나의 인생이 다 한 편의 '소설'인 것 같다. 일상에서는 깊은 이야기를 못 나눠봐서 모를 뿐이지 어떤 계기를 통해 내면의 깊은 곳까지 들어가면 사연이나 상처 하나 없는 인생이란 없을 것이다.

뜻밖의 부상으로 잠시 방황하던 김운태는 2006년 10월 쌍문동에 야구클럽을 열었다. 그의 인터뷰 가운데 인상적인 대목이 또 있다. 그는 "맨 처음 찾아온 수강생이 특히 기억에 남을 것 같습니다."라는 질문을 받자 이런 말을 한다.

기억나죠. 왼손잡이인데 근처에 사는 분이에요. 여기서 일년 넘게 배

우고 있다가 지금은 발이 접질려서 금이 가는 바람에 잠깐 쉬고 계셔
요. 개원 뒤 일주일을 수강생 하나 없는 사무실에 혼자 앉아 있는데,
그분이 문을 열고 들어오시더라고요. 심장이 두근두근하더라고요.
나는 준비도 안 됐는데 (웃음) 처음엔 손님 기다리다 하루 이틀 일주
일 가고 이건 아닌가 보다, 했는데 사람이 처음으로 온 거예요. 그래
서 이 사람 잡아야 되겠구나, 한 명이라도 데리고 시작해야겠다고 본
능적으로 생각했죠. 그 분을 시작으로 이후 많이들 찾아오게 되었죠.(기
호태의 Baseballogy, '전 LG 선수 김운태 인터뷰', 2009년 1월 4일)

무엇보다 시작이 중요한 듯하다. 시작하지 않으면 성취는 없다.

'김운태 야구클럽'은 이후 장소가 이전되어 2010년 현재 의정
부시 호원동에서 운영되고 있다. 2010년 1월 3일 이곳에서 K 드래
곤즈 팀 훈련을 한 적이 있는데 연습장이 이전보다 훨씬 넓어져서
기뻐했던 기억이 난다. 이날 김운태와 만나지는 못했다.

강북구 우이동 백운초등학교에도 야구교실이 있다는 사실을
알게 된 것은 '김운태 야구클럽'을 찾은 직후였던 것 같다. 카풀 신
세를 지고 있는 윤여준을 통해 그 이야기를 듣게 되었다.

11월 11일(화) 점심시간에 잠실 야구용품점에 들러 올라운드
글러브를 구입했다. 인터넷 쇼핑몰에서 산 글러브로는 캐치볼조차
제대로 할 수 없었기 때문이다. 고글과 슬라이딩 팬츠, 트레이닝
볼(일명 스냅 볼) 등도 함께 구입했다. 총 결제액은 20만 4500원.

이날 저녁에는 백운초등학교에 갔다. 자전거를 타면 7,8분 거리였는데 그때만 해도 위치를 몰라 마을버스를 타고 물어물어 찾아갔다. 거리상으로는 일단 최적의 장소였다. 운동장에 들어서니 학교 건물 위에 설치된 조명 시설이 눈에 들어왔다. 그 정도의 조명이라면 캐치볼은 두말할 것 없고 내·외야 수비 연습까지 가능할 것 같았다.

레슨을 맡은 코치의 설명으로는 화요일·목요일은 야수조 강습, 월요일·수요일은 투수조 강습이 있다고 한다. 훨씬 나중에야 알게 됐지만 코치의 이름은 정재철, 내가 문을 두드린 곳은 '정재철 야구교실'이었다. 하지만 그때 그런 것은 내 관심 밖이었다. 내 머릿속에는 '당장 등록하자'는 마음뿐이었지만 이왕 시작하는 거 주당 2회를 맞추고 싶었다. 어차피 월요일, 화요일 이틀이 지나가 버렸기 때문에 바로 등록을 하더라도 그 주에 받을 수 있는 강습은 한 차례에 불과했다. 나는 정재철에게 다음주에 정식으로 등록을 하겠다고 말하고는 집으로 돌아왔다.

이튿날 나는 또 몸이 달았다. 퇴근할 때까지 온통 야구 생각뿐이었다. 별다른 약속이 없어서 일찍 귀가해 자전거를 끌고 백운초등학교로 향했다. 투수조 강습을 구경왔다고 하자 정재철은 "투구 연습은 시작이 너무 지루하고 지친다."며 "그래도 어쩔 수 없다. 다 거쳐야 할 과정."이라고 했다.

그 이튿날 저녁에도 나는 자전거에 몸을 싣고 있었다. 봉투에

넣은 한 달 강습비 10만 원을 정재철에게 건네고 난 뒤 "오늘부터 당장 시작하겠다."고 했다. 2008년 11월 13일 목요일 나는 '정재철 야구교실'에서 난생 처음으로 야구 레슨이라는 것을 받게 되었다. 정확히 11개월 동안 이어진, 나와 '정재철 야구교실'과의 인연의 시작이었다.

비겁한 선택

소시민은 도전자를 비웃는다.
─ 노모 히데오

정재철은 1982년생으로 나와는 띠동갑이 된다. 백운초등학교에서 야구를 시작했고 청원중·고, 성균관대에서 선수 생활을 이어갔다. 투수였지만 대학교 4학년 때 어깨 수술을 받아 경기에 거의 나가지 못하고 졸업했다. 그래서 프로구단의 지명도 받지 못했다. 야구 인생이 끝난 줄만 알았다. 공익근무를 하며 틈틈이 운동을 하던 그에게 희망이 보이기 시작했다. 어느 날부터 어깨가 아프지 않았다. 기회도 찾아왔다.

2007년 10월 미국 프로야구 아시아 담당 스카우트들이 도봉구 성균관대 야구장에 모였다. 10월 1일부터 5일까지 국내 야구 유망주들을 발굴하는 테스트가 치러진 것이다. 시카고 컵스, 미네소타 트윈스, 필라델피아 필리스, 세인트루이스 카디널스 등 9개 구단의 아시아 담당 스카우트들이 주관한 이 테스트에는 첫날에만 100명이 넘는 고졸 예정자나 대학 졸업자, 국내 프로구단 입단 경험이 있는 선수들이 참가했다. 유니폼을 제각각 착용한 선수들 가운데 정재철이 섞여 있었다.

정재철은 자신의 기대 이상으로 우수한 평가를 받았다. 당시 기사를 인용해 본다.

세인트루이스 카디널스의 제프 루나우 스카우트는 "한국 선수들을 10년 이상 지켜봐 왔다. 최근엔 신장과 파워 면에서 많이 달라졌다." 며 특히 성균관대 졸업생인 투수 정재철(25)을 칭찬했다. 146km 정도의 스피드가 나오며 키(178cm)는 크지 않지만 컨트롤도 잡혀 있고 가능성도 엿보인다고 설명했다. 내년 3월에 미국으로 초청을 할 계획이라고 전했다. 데리고 갈 것이면 당장 그럴 것이지 왜 내년 3월이냐는 질문에 공익근무를 하고 있다고 정재철이 보충 설명했다.

"올 12월 9일 소집 해제 되거든요. 10월 말에 다시 스카우트가 한국을 방문해 제게 스케줄을 잡아 준다고 하네요. 아직은 잘 모르겠어요."

정재철은 미국 진출 자체보다는 계속 야구를 하고 싶다는 생각이 먼저라고 소감을 전했다. 서울 백운초등 4학년 때 야구를 시작해 청원

중과 청원고를 졸업하고 성균관대를 거친 그는 수상 경력이 있느냐
는 질문에 한번도 없다고 답했다.

"고등학교 때도 많이 뛴 편이 아니고 대학 4학년 때는 어깨 수술을
받아 뛰지도 못했어요. 공익근무가 끝나는 오후엔 여기에 들러 연습
하고 테스트에 참가를 했는데 좋은 평가를 받으니 기분은 좋네요.".
꾸준히 나 홀로 재기를 꿈꿔 왔다는 정재철은 겉으로 보기에도 우직
하고도 성실함이 느껴졌다. "가야 가는 것이지 아직은 모르겠다."는
그의 말에 전적으로 필자도 동감했다. 각 구단의 스카우트가 몇 명을
뽑을지도 알 수 없지만 더 중요한 건 뽑아야 하는 의무감도 없는 현
장에서 그나마 인정을 받았다는 것에 자신감을 얻게 되었다고 전했
다(홍희정의 스포츠 세상, '메이저리그를 향한 열기 넘친 시험무대',
2007년 10월 9일)

이듬해(2008년) 정재철은 미국행 비행기를 탔다. 테스트에 합
격해 세인트루이스 카디널스의 스프링캠프에 참가하게 된 것이다.
테스트에 떨어진 선수들에 비하면 기회를 잡은 셈이었다. 이 기사
의 마지막 부분은 특히 옮겨보고 싶다.

모든 테스트가 종료된 후 경쟁자이면서 동시에 같은 처지의 동료들에
게 다음을 기약하며 인사를 건넸다. 개중에는 며칠간 함께 생활했는
지 승용차 한 대에 서너 명이 몸을 싣고 떠나는 모습을 볼 수 있었다.

취재를 마친 필자가 운동장을 나와 지하철이 있는 방향으로 천천히 걸어가는데 유니폼에 묻은 흙을 털어내지도 않은 채 가방을 어깨에 매고 방망이를 질질 끌며 걸어가는 선수와 20cm는 차이가 날 정도로 작은 키에 굽은 어깨의 부친으로 보이는 쉰 가까운 나이의 남성이 나란히 걸어가는 모습도 발견했다. 고개를 숙인 채 보도 블록만을 응시하며 터벅터벅 걷는 젊은 야구 선수와 한두 걸음 앞서 걷고 있는 아버지의 뒷모습을 바라보면서 필자 역시 덩달아 힘이 쭉 빠지는 걸 느꼈다.

차마 그들의 얼굴을 마주치기가 어색해 먼저 잰걸음으로 지나쳤다. 부귀영화를 원하는 것도 아니고 유명세를 원하는 것도 아닐 것이다. 그저 하고 싶은 야구를 원하고 아들이 그라운드에서 웃는 모습을 보고 싶은 아버지일 뿐이다.(홍희정의 스포츠 세상, '메이저리그를 향한 열기 넘친 시험무대', 2007년 10월 9일)

선택받지 못한 이, 기회를 제 것으로 만들지 못한 이의 뒷모습은 쓸쓸할 수밖에 없다. 인생이 그렇듯 야구도 그렇다.

정재철의 미국행은 또다시 지난한 경쟁이 시작됐음을 의미했다. 하루하루 테스트가 이어졌다. 140킬로미터를 던지지 못한 선수들에겐 가차없이 귀국행 비행기표가 주어졌다. 정재철은 몇 번의 테스트에서 살아남았지만 끝내 미국에 남지는 못했다. 하지만 한국에 돌아온 그에게 또 다른 기회가 찾아왔다. 한화 감독 김인식

(金寅植)의 인정을 받아 2군 선수로 등록됐다. 그의 2군 기록이 인터넷상에 남아 있다.

2008년 7월 10일 정재철은 LG 2군과의 경기에서 선발투수로 출전했다. 4이닝 동안 14타자를 상대해 안타 둘, 볼넷 둘, 삼진 하나를 기록했다. 무실점 호투였다. 8월 9일 기아와의 경기. 또다시 선발로 출장한 정재철은 첫 타자에게 투 스트라이크까지 잡아놓고 홈런을 맞았다. 이후 볼넷을 남발하며 1회에만 3점을 내줬지만 2,3회는 무실점으로 막았다. 천둥번개 속에 치러진 이날 경기는 한화가 동점을 만드는 데 성공한 3회말 우천으로 취소되었다.

9월 4일 대 롯데 전. 정재철은 9 대 7로 끌려가던 9회초에 등판했다. 1이닝 동안 8타자를 상대해 3안타를 맞고 3실점했다. 자책점은 1점이었다. 이것이 인터넷상에서 찾을 수 있는 그의 마지막 기록이다. 그리고 그에게 또다시 부상이 찾아왔다. 이번엔 팔꿈치가 아팠다. 유니폼을 벗은 그는 모교인 백운초등학교 야구부 코치로 가게 된다. 거기에서 야구교실을 열었다.

투수를 꿈꿔온 나에게 정재철과의 만남은 행운이었다. 하지만 나는 그 행운을 기회로 만들지 못했다. 나는 비겁한 선택을 했다. 캐치볼도 제대로 못하면서 차마 투구 연습을 하겠다는 말을 꺼낼 수 없었다. 부끄러웠다. 정재철 야구교실에는 K 드래곤즈 동료들도 강습을 받고 있어서 내가 투수 강습을 받는다면 곧 그 이야기가 팀 내에 퍼질 것이 뻔했다. 비웃음을 받을까 봐 두려웠다. 나는 야수조에 등록을 했다. 지금 생각해 봐도 역시 비겁했다. 스스로를 존중하지 못하면서 어떻게 남에게 존중받기를 기대한단 말인가.

'즐기는 야구'와 '이기는 야구'

야구를 하는 것이 즐겁지 않은 일이 되었다면
그것은 나에게 더 이상 야구가 아니다.
─조 디마지오

2008년은 K 드래곤즈가 정식으로 리그에 참여한 첫 해였지만 11월로 접어들면서 우승을 넘볼 만큼 돌풍을 일으키고 있었다. 윈 리그에서 신생 팀이 플레이오프에 진출한 것은 처음이라고 했다. K 드래곤즈는 도깨비 팀이라 할 만했다. 집중력이 발휘될 때는 강팀 도 손쉽게 눌렀지만 어이없는 실책에 자멸할 때도 있었다. 장단점 이 뚜렷이 구분됐다. 장점은 확실한 에이스가 있고 발빠른 야구를 한다는 점이었고, 단점은 빈약한 타선과 기복이 심한 수비력이었다.

11월 16일(일) K 드래곤즈는 윈리그 전통의 강팀 골리앗을 만 났다. 골리앗은 2007년 윈리그 우승 팀이다. 플레이오프 진출 여 부가 걸려 있어 두 팀 모두에게 놓칠 수 없는 경기였다. 골리앗은 K

K드래곤즈 로고와 창단 멤버들. K드래곤즈는 1976년생 용띠 동갑들이 주축이 되어 창단한 구단이다.

드래곤즈를 약간 얕잡아보고 있음이 분명했다. 누가 봐도 다윗과 골리앗의 싸움이었고 팀명도 골리앗이었지만 K 드래곤즈가 6 대 3으로 쾌승을 했다.

이날 K 드래곤즈의 에이스 신동준(申東準)은 '올해 최고의 피칭'을 했다. '올해 최고의 피칭'은 황상호의 표현이다. 신동준은 6이닝 동안 7안타, 2사사구, 3실점(2자책), 6탈삼진을 기록하며 승리투수가 됐다. 경기 후 양팀의 분위기는 극과 극이었다.

야구는 투수 놀음이라 한다. 확실한 에이스가 존재하는 팀이라면 적어도 허무하게 지지는 않는다. 2001년부터 사회인 야구를 시작한 신동준은 1975년생, 왼손잡이다. 스트라이크를 꽂아야 할 때 꽂을 줄 아는 컨트롤이 그의 장점이다. 사회인 야구에서는 "투수는 싸가지가 없어야 된다."는 말을 흔히 한다. 어떠한 상황에서도 흔들리지 않아야 하고, 자신 있게 공을 뿌려야 한다는 의미다.

맞는 말인 것 같다. 타자를 맞힐까 봐 몸 쪽에 공을 던지지 못하는 투수는 투수가 아니다. 설사 타자를 맞히더라도 '네가 아프지 내가 아프냐?'는 마음을 가져야 된다고 한다. 그저 모자 한 번 벗어주며 미안하다고 하면 된다는 것이다. 신동준은 스스로 "나는 싸가지가 없다."고 자처한다. 그만큼 그는 배짱이 있다.

신동준은 황상호, 문성원, 김재우와 함께 아삼육야구단 소속이었다. 그런데 자신들이 추구하는 야구와, 팀의 리더가 지향하는 야구가 맞지 않았다. 결국 이들은 아삼육에서 탈퇴했다. 이 가운데 황상호, 문성원, 신동준은 2007년 9월, 김재우는 같은 해 11월 K 드래곤즈에 합류했다.

조금 과격하게 말한다면 예외는 있을 수 없다. 전국의 모든 사회인 야구팀에게는 한 가지 딜레마가 있다. 사회인 야구는 프로야구가 아니다. 프로야구는 '이기는 야구'에 전념하지만 사회인 야구는 '즐기는 야구'와 '이기는 야구' 사이에서 갈등한다. 사회인 야구인들은 처음엔 누구나 즐기는 마음으로 야구를 하려고 한다. 그런데 사람 마음이 처음 같지는 않다. 슬슬 욕심이 나기 시작하고 더 잘하고 싶어하며, 지면 분하고 못하면 스트레스를 받는다.

이기려면 야구 잘하는 선수를 계속 출전시켜야 한다. 그러자면 실력이 뒤처지는 선수들은 벤치를 지킬 수밖에 없다. 똑같이 회비를 내는데 누구는 뛰고 누구는 뛰지 못하니 자연 불만이 생긴다. 이기기 위해선 또한 잘하는 선수를 많이 영입해야 한다. 하지만 야

2007년 하반기 아삼육 구단 출신인 황상호, 문성원, 김재우, 신동준이 K 드래곤즈에 입단해 팀에 활력을 불어넣는다. 윗줄 왼쪽에서 네 번째가 김재우, 아랫줄 선글라스를 쓴 이가 황상호다.

구팀은 많고 잘하는 선수는 드물다. 유니폼을 무료로 지급하기도 하고, 회비나 리그비를 면제시켜 주면서까지 좋은 선수를 영입하려고 한다. 역시 회비를 꼬박꼬박 내는 팀원들의 불평이 쌓인다. 이런 문제는 전국의 사회인 야구단 절대 다수가 지니고 있는 문제다.

정답은 있다. '즐기는 야구'와 '이기는 야구'의 조화다. 하지만 이게 가장 어렵다. 극단적으로 말하면 야구는 밸런스(balance)의 스포츠라 할 수 있다. 투수나 타자나 '오늘 밸런스가 좋다', '밸런스 잡는 데 신경을 쓰겠다'는 표현을 많이 쓴다. 야구가 어렵다는 것은 밸런스 잡기가 어렵다는 말과 다를 게 없다. 밸런스, 즉 조화와 균형은 인간관계에서도, 사회인 야구단 운영에서도 중요하다. 팀원 사이의 조화와 균형이 흔들리면 필연적으로 팀이 깨지거나 팀원들이 이탈한다.

황상호, 문성원, 김재우, 신동준이 지향하는 야구가 어떤 야구라고 말할 수는 없다. 그렇게 말하게 되면 이들이나 아삼육 구단이 모두 편향적인 야구를 지향했다는 뜻이 될 수도 있기 때문이다. 이들이나 아삼육 구단은 모든 사회인 야구인이 그렇듯 '즐기는 야구'와 '이기는 야구'의 조화를 꿈꿨을 것이다. 하지만 사람 생각이 다 같을 수는 없으니까 팀을 나온 것이라고 여기면 될 것 같다.

11월 19일(수) 점심 시간을 이용해 예의 같은 야구용품점에서 1루수 미트를 구입했다. 대학 다닐 때 동문 야구 대회나 총장배 쟁탈 야구 대회에 나가면 1루수나 외야수를 보곤 했다. 1루수는 강타자의 상징이다. 투수를 꿈꾸면서도 타격을 포기할 수는 없었다. 1루수 미트 구입 정도의 기회비용은 기꺼이 치러야 했다.

11월 23일(일) 세계사이버대학교 야구장에서 카이스포츠리그 경기가 있었다. 원리그와 달리 내가 출전할 수 있는 리그다. 상대는 신우회 야구단. 나는 팀에 들어온 뒤 처음으로 선발 출장했다. 포지션은 지명타자, 타순은 8번이었다. 감독 나창범이 선발 오더에서 내 이름을 불렀을 때 나는 순간적으로 '와' 하는 탄성을 질렀다.

선발로 출장하면 충분히 안타를 칠 수 있을 것이라 생각했고 그럴 자신감도 있었다. 하지만 나는 2회 3루 땅볼, 4회 1루수 플라이로 아웃됐고 곧바로 이재호와 교체됐다. '슬슬 타격까지 안 되는구나' 하는 느낌이 들었다. 더 안타까웠던 것은 기회가 왔을 때 잡

사회인 야구를 시작하자마자 1루수 미트를 구입할 만큼 나는 1루 수비에 애착을 지니고 있었다. 사진은 2010년 8월 22일 배재고 야구장.

지 못했다는 점이다.

멘탈(Mental)과 기술, 양쪽에 모두 문제가 있었다. 타석에 서면 떨렸다. 안타를 쳐야겠다는 마음보다는 안타를 치는 모습을 보여 주겠다는 마음이 강했다. 같은 말이면서도 같은 말이 아니었다. 전자 쪽으로 생각해 보려고 노력도 했지만 그때는 마음대로 되지 않았다. 마음이 마음대로 된다면 그건 마음이 아닐 것이다. 뒷날 깨닫게 됐지만 마음이 몸에게 말하고, 몸이 마음에게 말하는 단계가 있다.

공이 오면 몸이 경직되고, 힘이 들어가고, 서두르는 것은 멘탈의 문제이기도 하지만 기술의 문제이기도 하다. 나무방망이를 산게 수년 전이었다. 틈틈이 집에서 방망이를 휘둘러 타격에는 문제가 없다고 생각했는데 그때 내 타격 폼은 그야말로 도끼질이었다. 야구 교본을 보거나 코치에게 지도를 받는 일 없이 무작정 휘둘렀던 것이다. 흔히 배트가 퍼져나간다, 누워나간다는 표현을 쓴다. 배트가 이렇게 되면 스윙이 늦어지고 정타를 칠 확률이 급격히 떨어진다.

문제점을 알아도 타격은 한순간에 좋아지지 않는다. 할 수 있는 것은 시간과 노력을 투자해 잘못된 폼을 교정하고 배트 스피드와 파워를 키우는 일뿐이었다.

11월 29일(토) 삼청공원에서 기범, 성만과 캐치볼, 수비 연습을 했다. 이튿날 K 드래곤즈는 윈리그 준결승전에서 세이커스를 만났다. 2008년에만 세 번째 맞대결이었다. K 드래곤즈는 이미 두 차례 세이커스를 꺾은 바 있었다. 세이커스는 복수의 칼날을 가는 심정으로 경기에 나섰을 것 같다. 신동준은 이 경기를 위해 비행기를 타고 제주도에서 상경했다. 건설회사에 근무하는 신동준은 이 해 11월 18일부터 제주도에 파견근무를 나가 있었다.

이번에도 신동준이 선발로 나섰다. 신동준은 1, 2회를 무실점으로 막았지만 3회초 3점을 실점했다. 이 3점이 이날 그가 상대 팀에게 내준 실점의 전부였다. K 드래곤즈는 4회말 2점을 따라갔다.

문제의 7회말 K 드래곤즈의 공격. 끝나느냐 끝내느냐가 이 한 회의 공격에 달려 있었다.

선두타자(7번) 소경수(蘇景銖)가 볼넷을 골라 1루에 나갔다. 8번 김선홍은 1루수 플라이로 아웃됐지만 9번 유진국은 몸으로 오는 공을 피하지 않고 맞고 나가 1사 1, 2루가 되었다. 1번 김융기(金隆

起)가 3루 땅볼로 물러나고 2번 윤여준이 포볼로 출루했다. 2사 만루 상황에서 3번 황상호가 3루 강습 내야 안타를 쳐 동점이 됐다. 분위기는 완전히 K 드래곤즈 쪽으로 넘어왔다. 이어서 타석에 선 4번 윤여훈은 팀원들의 기대를 저버리지 않았다. 끝내기 중전 안타를 쳐 4 대 3으로 승리, 덕아웃은 축제 분위기로 난장판이 되었다.

K 드래곤즈에게는 여러모로 의미가 있는 날이었다. 우선 이 경기 후 하데스와의 경기가 또 있었다. 이른바 더블헤더다. 원리그는 당시 정규 리그와는 별도로 토너먼트 대회를 열었는데 K 드래곤즈에 참가비 없이 출전하라는 '특혜'를 주었다. 정규 리그에서 K 드래곤즈가 우천취소 등의 사정으로 한 경기를 못 치른 것을 감안한 배려였다. 이런 경위로 치러진 하데스와의 경기의 스코어는 알 수가 없다. 번외 경기였던지라 기록이 남아 있지 않다. 나는 한 타석에 들어설 수 있었지만 나서지 않느니만 못했다. 2루수 땅볼 아웃이었다. 6타수째 무안타 행진이었다.

하데스와의 경기는 무승부로 끝났다. 연장전에 돌입하는 게 도리에 맞았지만 다음 경기 일정상 가위바위보로 승부를 가리기로 했다. K 드래곤즈 대표로 신동준이 나갔다. 신동준은 수덕(手德)이 좋다는 평을 듣고 있었다. 아삼육 시절부터 수덕이 좋아 그가 추첨을 하면 약팀들이 모인 리그로 배정받곤 했다. 팀원들의 기대를 등에 지고 가위바위보에 나선 신동준은 그러나 한 방에 지고 말았다. 그는 욕을 바가지로 퍼먹어야 했지만 팀 분위기는 최고였다.

저녁에는 노원구의 한 뷔페에서 K 드래곤즈의 송년회가 열렸다. 신임 감독 선출이 있었다. 문성원, 나창범이 추천을 받았으나 모두 고사했다. 할 수 없이 투표는 하지 않고 추대 형식으로 황상호가 2009 시즌 감독으로 선출됐다. 그동안 냉담했던 팀원들이 이날 내게 꽤 말을 걸려고 하는 것 같았다. 2차, 3차로 어디를 갔는지 기억이 잘 나지 않는다. 늦게까지 함께 있었던 것만은 분명하다. 뒤풀이에 본격적으로 참여하게 된 것이 이날부터가 아닌가 한다.

재미있는 것은 팀원들과 술을 마시기 시작하면서 나도 모르게 팀의 주류파(主流派)가 됐다는 점이다. 문성원은 "어디를 가든 주류파(酒流派)가 주류파(主流派)가 되는 법."이라고 했는데 그럴 듯한 말이다.

팀원 가운데 주류파(酒流派)로는 문성원, 김재우, 김선홍, 유진국, 윤여훈, 이태복, 윤여준 등이 있다. 물론 나 역시 빠지지 않는다. 황상호는 소주를 거의 마시지 않아 주류(酒流)라고 할 수는 없지만 술자리에는 거의 빠지지 않고 참석한다. 1차에서는 회비를 갹출하지만 2차 술값은 황상호가 지불하는 경우가 많다. 그래서 나는 황상호를 진심으로 좋아한다.

12월 1일(월) 인터넷에서 롯데 자이언츠 투수 염종석(廉鍾錫)이 이듬해 봄에 은퇴한다는 기사를 읽었다. 나는 최동원의 은퇴에 대해 이렇게 쓴 적이 있다.

최동원 이전에도 야구스타는 있었다. 그 동시대에도 야구스타는 많

았다. 앞으로도 무수한 스타가 나와 최동원이 섰던 마운드에 오르고
또 오를 것이다.

그러나 그가 내려간 마운드에서, 야구는 일순 정지했다. 그리고 추억
은 한 페이지를 넘겼다.[13]

염종석의 은퇴 기사를 읽으며 나는 또 하나의 추억의 페이지가
넘어가고 있다는 생각을 했다. 12월 7일(일) 사이버대학교 구장에
서 카이스포츠리그 경기가 있었으나 불참하고, 후배의 결혼식에
참석했다. K 드래곤즈가 노비스에게 5 대 19로 대패했다.

 야구 일기를 쓰다

뒤를 돌아보지 마라.
누가 따라올지 모르니까.
—사첼 페이지

연말이라 이런저런 약속이 많았지만 야구 레슨에는 꾸준히 참
석했다. 11월 13일(목)을 시작으로 한 달 동안 불가피한 일이 아니
면 화요일, 목요일마다 백운초등학교로 '출근'을 하다시피 했다.

한 번은 집안 일로, 한 번은 어느 교수님과의 저녁 약속으로 두 번 빠졌다.

야수조 강습은 스트레칭으로 시작된다. 야구를 하는 사람에게 스트레칭은 아무리 강조해도 지나치지 않은 기본 중의 기본이다. 야구는 일상에서는 잘 쓰지 않는 근육을 사용하는 운동이기 때문에 스트레칭을 하지 않고 공을 던지거나 배트를 휘두르게 되면 부상을 당하기 쉽다.

그 다음은 캐치볼이다. 가까운 거리에서 어깨를 풀어가며 던지다가 점점 거리를 늘린다. 어느 정도 어깨가 풀리면 전력으로 공을 던져보기도 하고, 50미터 이상의 거리에서 '롱 토스'를 하기도 한다. 그러다 다시 거리를 좁혀 마무리하는 것이 캐치볼의 기본이다.

내야수와 외야수 연습이 각각 다르기는 한데 캐치볼을 끝낸 강습생들은 수비 연습을 한다. 내야수는 내야 펑고를, 외야수는 외야 펑고를 받게 된다. 그러고는 타격 연습이다. 2, 3미터의 거리에서 가볍게 올려주는 공을 치는 토스 배팅을 먼저 한다. 이때 코치는 타격 자세를 교정해 준다. 타격 연습은 피칭 머신에서 나오는 공을 치거나, 코치가 직접 던져주는 공을 치는 것으로 마무리된다.

투수조 강습도 스트레칭으로 시작되는 건 마찬가지다. 다만 투수조는 더 오래, 더 세심하게 몸을 풀어줄 필요가 있다. 투수조는 개인의 실력과 성취도에 따라 연습 방법과 기간이 각기 다르다. 초보자는 발을 들어올리는 동작만 1~2주를 한다. 발을 내딛으며 팔을 준비하는 동작을 또한 1~2주 하고 난 뒤, 자세가 나오면 섀도 피칭에 들어간다. 섀도 피칭 자세가 좋으면 비로소 공을 잡고 그물망에 던질 수 있다. 투수조 연습의 핵심은 코치와의 피칭이다. 이전의 단계를 모두 거쳐야만 할 수 있는 연습이다. 이때 코치는 강습생의 자세를 교정해 준다. 팔의 각도, 릴리스 포인트, 상체의 자세, 허리와 엉덩이의 이용 등등 배울 것과 고칠 것은 끝도 없이 많다.

12월 11일(목), 정재철에게 투수조로 옮기겠다고 했다. 이렇게 말했던 것 같다.

"투수를 하고 싶다. 마흔이 다 되어 야구를 시작하면서 마음먹은 게 있다. 마운드에 서는 게 나의 꿈이다."

이 말을 정재철이 인상적으로 받아들였던 듯하다. 훗날 내가 정재철 야구교실의 터줏대감 비슷하게 되었을 때 정재철은 신입회원들에게 나를 가리키며 말하곤 했다.

"저 분은 투수가 꿈이랍니다. 지금은 꽤 잘 던지지만 처음 한 달은 공 한 번 잡아보지 못하고 섀도 피칭만 했습니다. 그 과정을 거치고 이겨내야만 투수를 할 수 있습니다."

정재철에게 투수조에 가겠다는 말을 한 것은 내가 비겁한 선택을 했음을 깨달아서가 아니었다. 새롭게 용기를 낸 것은 더더욱 아니다. 설명하기는 힘들지만 어느덧 나는 변해 있었던 듯하다. 하고 싶은 일을, 노력해서 이루려고 하는데 누구의 눈치를 본단 말인가.

12월 14일 일요일, K 드래곤즈는 아시아크와 윈리그 결승전을 치렀다. 신동준이 제주도에서 올라와 또 선발로 나섰다. 항공료는 황상호가 부담했다. 경기 결과는 말하기가 민망할 정도다. K 드래곤즈는 실책을 남발했다. 기록된 실책만 10개였다. 스코어는 7 대 19, 실책으로 자멸한 경기였다. 19점을 실점했는데 신동준의 자책은 4점에 불과하니 더 말할 게 없다. 게다가 황상호는 수비 도중 왼쪽 무릎 인대가 늘어나는 부상을 당해 3주 동안 목발 신세를 지게 된다.

그런데 나는 이 경기에 불참했다. 12월 9일 일찌감치 "일찍 나가 연습하고 열심히 응원하겠다."는 댓글을 달아놓긴 했는데 자이언츠레전드의 첫 연습 경기가 K 드래곤즈의 결승전이 있는 12월 14일로 잡혀버렸다. 나는 다음과 같은 가증스러운 댓글을 달고 불참을 선언했다.

"토요일 밤에 급하게 지방에 내려가야 할 일이 생겼습니다. ㅠㅠㅠ 불참."

이 글을 쓰기 위해 그때 단 댓글을 새삼 찾아본 것인데 'ㅠㅠㅠ'는 왜 썼는지 모르겠다. 부끄럽다.

아무튼 K 드래곤즈가 아시아크에게 만방 터지고 있던 바로 그 시간, 나는 김포시 H면 H중학교에서 자이언츠레전드의 일원으로 경기에 나서고 있었다. '양다리'를 걸친 것이다. 여자 회원 서포터들이 커피를 끓여주고 김밥을 돌리고 컵라면에 물을 부어주었다. 정말 야구 할 맛이 났다. 상대는 G팀이라 해둔다. 팀명을 밝히지

윈리그(루키) 준우승 기념 촬영. 트로피를 들고 있는 이가 창단 감독인 나창범이다.

않은 이유는 나중에 설명할 기회가 있을 것이다.

선발 우익수로 출전했다. 타순은 기억나지 않지만 하위 타선이었을 것이다. 분위기, 그리고 마음가짐이라는 건 참으로 묘하다. 팀 짜임새야 아무래도 먼저 창단된 K 드래곤즈가 좋았겠지만 팀의 실력만으로 봐선 자이언츠레전드도 K 드래곤즈에 못지않았다. 자이언츠레전드에는 5년 이상의 사회인 야구 경력자만 5명이 포진해 있었다. 투·포수, 유격수, 중견수 등 센터라인이 흠잡을 데가 없었다. 나머지 네 자리를 놓고 처음 야구를 시작한 십여 명의 회원들이 주전 경쟁을 하는 형국이었다. 그나마 한두 달 먼저 야구를 시작한 나는 묘한 자신감을 느낄 수 있었다.

K 드래곤즈에 가면 주눅이 들었다. 다들 나보다 잘하는 것처

럼 보였고 실제로 그랬다. 그런데 자이언츠레전드의 유니폼을 입자 기분이 이상했다. 당당해졌다고 할까, 잘할 수 있겠다는, 경쟁에서 이길 수 있겠다는 마음가짐이 된 것이다. 이날 나는 비록 4타수 1안타에 그쳤지만 유격수 깊은 곳에 내야 안타를 쳐낼 수 있었다. 야구를 시작한 이래 첫 안타였다.

뒤풀이로 강서구청 부근의 감자탕집에 가기로 했다. 가는 도중 차 안에서 휴대폰 벨이 울렸다. K 드래곤즈 유진국의 전화였다.

"형, 어디예요?"

"어, 김포. 친구들이랑 강화도 놀러 갔다가 서울 가는 중이야. 경기는 어떻게 됐어?"

"졌어요. 말도 못하게 졌어요."

"아이고, 지긴 왜 져? 이기지. 지금 뭐해?"

"밥 먹고 있어요. 형, 형도 이리로 와요."

이런 대화가 오고갔을 것이다. 그리고 유진국이 신동준을 바꿔줬던 것 같다. 신동준도 어서 이쪽으로 오라고 했다. 팀원들이 나를 싫어하지 않는다는 느낌을 어렴풋이 받았다.

하지만 첫 연습경기의 뒤풀이에 빠질 수는 없었다. 8 대 12로 패배하긴 했어도 첫 경기의 흥분과 여운이 남아 있었다. 팀 운영진 가운데 누가 말했다.

"경험이 부족해서 졌지만 이 팀과 또다시 붙게 된다면 반드시 복수한다. 1년 안에 우리 팀을 플레이오프에 진출시킬 자신이 있다. 그저 야구만 즐기려고 했다면 내가 이렇게 우리 팀을 만들지 않았을 것이다."

또 다른 운영진의 이런 말도 있었다.

"형, 우리 팀 분위기 정말 좋지 않아요? 고향 선후배라 그런지 더 좋은 거 같아요."

나는 '그래'라고 하면서도 완전히 동의할 수는 없는 어떤 감정을 느꼈다. 그 감정의 실체는 시간이 좀 더 지나서야 깨닫게 된다.

12월 15일 월요일, 처음으로 투수조 강습을 받았다. 투수조는 월요일과 수요일에 강습이 있었다. 와인드업 동작 가운데 다리 들어 올리는 자세만 2시간 동안 연습했다. 12월 17일(수) 두 번째 투수조 강습. 정재철로부터 다리 올리는 자세가 잘 나온다는 칭찬을 받았다. 누구나 2시간만 연습하면 다리 올리는 자세 하나는 프로야구 선수 못지않게 할 수 있다. 나는 그런 칭찬을 받은 것이다.

12월 18일 나는 야구 일기를 작성하기 시작했다. 이날이라고 정확하게 말할 수 있는 것은 한글 파일의 '문서요약' 란에 파일이 만들어진 시각이 찍혀 있기 때문이다. 야구 일기를 작성하게 된 것은 야구가 기록의 스포츠여서가 아니다. 기록하는 자가 승리한다는 말을 믿어서도 아니었다. 그저 꿈을 이루기 위해 그 정도는 해야겠다고 생각했을 뿐이다.

일기의 시작은 인터넷 쇼핑몰에서 야구 글러브를 주문한 날로 잡았다. 인터넷 결제 기록이 이메일에 남아 있어 어렵지 않게 정확한 날짜를 찾을 수 있었다. 기범 · 성만과 주고받은 문자 메시지, 테이블 달력 메모, 통장 결제 내역 등을 통해 처음 캐치볼을 한 날, 야구 모자를 산 날, 덕성여대에서 연습한 날을 찾게 되었다. 잊혀져 버렸을 나날들은 그렇게 새록새록 기억 속에, 기록 속에 되살아났다. 연습 경기에서 겨우 1안타를 쳤을 뿐이지만 엑셀 파일에 내 스탯(stats)을 기록하기 시작한 것도 이날부터였다. 야구 일기와 야구 기록을 작성하지 않았다면 이 글을 쓸 수는 없었을 것이다.

이 무렵 기범이 어디서 얻은 2009년도 수첩 다이어리를 내게 주었던 것 같다. 다이어리 같은 거 써본 일도 없고, 필요도 없다고 했지만 그는 그냥 가져가라고 했다. 그리고 기적과 같은 일이 벌어졌다. 난생 처음으로 다이어리를 1년 동안 빠짐없이 기록하게 된 것이다. 그렇게 기록한 다이어리가 이 글을 쓰는 데 결정적인 도움을 준 것은 물론이다.

별일 아닌 것 같아도 나로서는 정말 기적이었다. 때로 친구는 사람을 바꾸기도 한다. 2009년이 저물어 갈 무렵, 나는 기범에게 2010년도 수첩 다이어리를 달라고 부탁하려 했다. 미리 말은 안 했지만 어느 날 그는 이번에도 어디서 얻은 수첩 다이어리를 슬며시 건네주었다. 지금은 2010년도 다이어리를 꼬박꼬박 쓰고 있다.

1루 베이스에 입을 맞추다

내가 날린 수많은 홈런 중에서 의식하고 때린 것은 하나도 없다.
— 베이브 루스

다시 2008년 연말로 돌아간다. 12월 20일(토) 기범, 정웅과 계동 중앙고등학교 운동장에 갔다. 날이 꽤 추웠다. 기범과 캐치볼을 하고 난 뒤, 정웅에게 공을 던질 때의 스텝과 자세를 가르쳐주었다. '이론이 허구연(許龜淵)'인데 초등학생에게 야구를 가르치지 못할 까닭은 없다. 기범 등과의 캐치볼은 이날이 마지막이 되었다. 날이 너무 추워져 캐치볼을 하자는 말을 꺼내기가 미안했기 때문이다. 그러다가 내 야구 실력이 좋아지자 기범, 성만과의 캐치볼에는 흥미를 잃어버렸다. 배은망덕이란 이런 것이다. 이날 밤 윤여훈의 빙부(聘父)가 별세했다는 유진국의 문자 메시지를 받았다. 이튿날 경기 후 팀원들이 문상을 가기로 했다.

12월 21일(일) 카이스포츠리그 도이치모터스와의 경기에서 나는 지명타자로 선발 출장했다. 첫 타석에선 스트레이트 볼넷을 골라 출루했다. 그리고 두 번째 타석, 나는 중견수 앞에 떨어지는 바가지 안타를 날렸다. K 드래곤즈에서는 첫 안타였다. 미리 준비해 둔 안타 세레모니가 있었다. 1루를 밟자마자 무릎을 꿇고 1루에 입을 맞췄다. 헬멧을 썼기 때문에 입술이 닿지는 않았지만 벤치에서 지켜본 동료들은 왈칵 웃음을 터뜨렸다. 세 번째 타석에선 투수 땅볼로, 네 번째 타석에선 1루수 플라이로 물러났다.

세 번째 혹은 네 번째 타석이었던 것 같은데 3루 쪽 파울 플라이를 날린 적이 있다. 공교롭게도 그 공은 황상호와 그의 여자 친구가 앉아 있던 자리로 날아갔다. 12월 14일 경기에서 부상을 당한 황상호는 목발을 옆에 두고 벤치에 앉아 있었다. 그가 황급히 피했기에 망정이지 하마터면 맞을 뻔했다. 그는 이후에 내가 던진 공에도 거의 맞을 뻔한 적이 있다.

나의 첫 안타는 불행히도 공식 기록에 오르지 못했다. 경기 시작 직전, 도이치가 정식 팀원 9명을 채우지 못해 K 드래곤즈가 몰수승을 거뒀기 때문이다. 사회인 야구인에게는 이기고 지는 것도 중요하지만 경기를 하느냐 마느냐가 더 중요하다. 어쩌다 일요일에 비가 내려 경기가 취소되면 거의 미칠 것 같은 기분이 든다. 몰수승을 거뒀다고 그냥 가기는 너무 섭섭해서 상대 팀에게 연습 경기를 제안했다. 마침 구경을 온 비정규 팀원이 있어 도이치팀도 흔쾌히 수락해 연습 경기가 성사됐다. 이것이 내 첫 안타가 사장된 연유다.

경기가 끝나고 입담이 건 김재우가 내게 한마디 던졌다. 그는 나와 동갑이다.

"오우, 범준이 첫 안타! 근데 어쩌나. 기록에 안 올라가는데. 하하."

김재우는 약간 판다를 닮은, 나름대로 귀여운 외모와 몸집을 지녔지만 팀원들에게는 '저승사자'로 불린다. 팀원들이 에러나 집중력 잃은 플레이를 하게 되면 심한 질책을 쏟아내는데 '이런 병신' 같은 표현은 약과 중의 약과다.

창단 초기에는 김재우의 입담에 상처를 받은 팀원들이 많았다고 한다. 하지만 그의 질책을 자주 듣다 보면 질책이 질책으로 들리지 않는다. 뒷날 그와 내가 많이 친해진 후의 이야기지만 '팀 내에서 재우를 잡을 사람은 범준뿐'이라는 농담을 듣기도 했다.

김재우는 황상호, 문성원, 신동준 등과 함께 2001년 사회인 야구를 시작했다. 180센티미터에 이르는 키와 건장한 체구를 가진 그는 '전성기 시절' 중장거리 타자였다고 한다. 하지만 2008년 초여름 갑상선암 수술을 받은 이후부터 야구를 쉬었다. 목소리가 안 나올 정도로 상태가 심했다고 한다. 다행히 병세가 호전돼 야구장에 나올 수 있었지만 빨리 예전으로 돌아가야 한다는 강박관념 때문에 부상을 입었다. 몸무게를 줄이기 위해 무리하게 러닝을 하다가 2009년 초 오른쪽 무릎 연골이 손상됐다.

그는 아직도 잘 뛰지 못한다. 결정적인 경기나 흐름에서 지명타자나 대타로 등장하는 것이 현재 그의 역할이다. 김재우는 동갑인 나를 애틋하고 미묘한 시선으로 바라보고 있는 것 같다. 그에 비한다면 나는 그래도 뛸 수 있고 던질 수도 있다. 야구에 대한 열정은 나 못지않지만 그가 몸으로 할 수 있는 부분은 많지 않다. 그

타석에 선 코치 김재우(1970
년생). 결정적인 흐름에서 자
주 대타로 나선다. 판다를 닮
은, 나름대로 귀여운 외모와 몸
집을 지녔지만 팀원들에게는
'저승사자'로 불린다. 포수는
김융기.

가 팀원들에게 조언과 질책을 아끼지 않는 것도 그것이 팀에 보탬
이 될 수 있는 최선이라고 생각하고 있기 때문일 것이다.

술과 술 마시는 분위기를 좋아하는 그가 자주 쓰는 말이 있다.

"야, 형이 대리운전비 줄 테니까 마셔!"

여의도에서 식당을 운영하는 김재우는 경제적으로 여유가 있
는 편이다. 팀의 연하들에게 곧잘 술을 사며 그 덕에 나도 얻어먹
을 때가 꽤 있다.

첫 안타뿐만 아니라 수비에서도 할 이야기가 있다. 선발은 지
명타자로 나섰지만 연습 경기여서 규정에 얽매일 필요가 없었다.
나는 경기 중간에 우익수 수비를 나갔다. 우익수와 중견수 사이를
가르는 공이 날아왔다. K 드래곤즈에서의 첫 우익수 수비였고, 내
쪽으로 날아온 첫 공이었다. 내가 생각해 봐도 공을 잘 따라갔다.

하지만 긴장한 탓으로 공을 놓치고 말았다. 게다가 내 글러브를 스친 공은 내 모자와 얼굴까지 스치며 떨어졌다. 신기한 것은 얼굴을 맞았는데도 하나도 아프지 않았다는 점이다. 야구 모자를 괜히 쓰는 것이 아니라는 생각을 했다.

사회인 야구에서는 첫 수비가 그 사람의 야구 인생을 좌우한다고들 말한다. 처음 자신에게 날아온 공을 어떻게 처리하느냐에 따라 앞으로 잘할 수도 있고, 계속 꼬일 수도 있다는 얘기다. 일리가 있는 말이라고 생각한다. 시작은 어느 정도 멘탈을 좌우하기 때문이다.

경기 후 귀가해 옷을 갈아입고 의정부 중앙병원 영안실로 향했다. 안 써도 그만인 얘기지만 흉을 잡혀도 내가 잡히는 까닭에 이날의 단상을 몇 자 적어본다. 문상을 가면서 솔직히 앞으로 경조사비를 얼마나 더 내야 할까라는 생각을 했다. 미혼인 팀원들만 줄잡아 10여 명에 달했다. 그들이 결혼하게 되어 축의금을 5만 원씩 낸다면 도합 50만 원, 애를 낳아 돌잔치를 한다면 또 50만 원이 소요된다. 그 밖의 애경사(哀慶事) 역시 셀 수 없이 많을 것이다.

물론 나에게도 애경사가 생길 것이고 그때마다 팀원들이 부조금(扶助金)을 낼 것이다. 하지만 직접 맞닥뜨리는 일과, 앞으로 일어날 일을 같은 선상에 두고 생각하기 어려운 게 사람 마음이다. 어쩌다 내가 경조사비만 잔뜩 내고 야구를 그만두거나, 팀을 떠나야 한다면 어떻게 될까. 나는 가난한 소시민의 비애를 느꼈다.

　문성원 아들의 돌잔치에 가야 하나, 말아야 하나를 두고 고민한 게 불과 두 달 전이었다. 그 두 달 사이에 팀도, 나도, 팀원과 나의 관계도 모두 변해 버렸다. 이제는 그런 문제를 고민할 필요가 없어졌다. 애경사에 참석을 못한다 해도 부조금은 기꺼이 내기로 마음이 바뀌어 있었다. 왠지 문성원에게는 조금 미안했다. 뒤늦게 축의금을 전달할 수도 있었지만 그러기는 조금 쑥스러웠다. 앞으로 팀원 자녀의 돌잔치가 있을 때에도 문성원의 경우와 똑같이 하기로 생각했지만 그땐 또 팀원과의 관계나 나의 마음가짐이 어떻게 바뀌어 있을지 모를 일이다.

　영안실에서 조문을 하고 맞은편 방에 마련된 자리에 팀원들과 나란히 앉았다. 윤여훈의 장인은 귀가하는 길에 교통사고로 생명을 잃었다고 한다. 슬픔을 애써 감추려는 윤여훈 아내의 의연한 몸가짐에 깊은 인상을 받았다. 훗날 알고 보니 고인(故人)은 시를 즐겨 읽고 손수 쓰기도 했던 로맨티스트였다.

　꼭 일주일 후인 12월 27일, 공교롭게도 유진국의 빙부도 고향인 전남 여수에서 세상을 떠났다. 유진국은 윤여훈 장인의 비보는 문자 메시지로 알려놓고도 정작 자기 장인의 부음(訃音)은 팀원들에게 알리지 않았다. 총무인 유진국은 자신의 명의로 된 팀 계좌와 통장을 관리하고 있다. 나는 뒤늦게 부음을 듣고 팀 계좌로 부의금을 입금했던 것 같다. 그러고 나서 한동안 그 사실을 잊어버

윤여훈의 아내와 딸 소은. 창단 직후, 연예인 야구단 '한'과 경기를 치렀을 때다. 오른쪽은 개그맨 이휘재. 2007년 12월 2일 남양주 밤섬 야구장.
출처_ '한' 홈페이지.

렸다.

'마흔, 마운드에 서다'를 쓰기 위해 팀 홈페이지의 여러 가지 자료를 찾아보던 중 나는 한 가지 재미있는 사실을 발견했다. 그때 팀 계좌로 부의금을 부친 사람이 나를 포함해 두 명 있었다. 그런데 팀 홈페이지의 '회비 내역'에 두 사람이 보낸 입금액이 지워져 있는 것이다.

왜 그랬을까 의아해하다가 곧 유진국이 입금액을 지운 이유를 알 수 있었다. 이를테면 이런 상황이다. 팀 회비 잔고가 20만 원이 었는데 두 사람이 부의금을 각각 얼마씩 입금했다. 이 부의금은 유진국 개인의 돈인데 그가 입금액을 지웠기 때문에 누가 얼마를 입금했는지 알 수가 없다. 그리고 다른 팀원이 팀 회비 36만 원을 입금했다. 따라서 총 잔고는 56만 원이 되어야 하지만 실제 잔고는 8만 원이 더해진 64만 원이었다. 말하자면 한 사람은 부의금으로 5만 원을, 또 한 사람은 3만 원을 입금했다는 뜻이 된다. 보통 부조금은 홀수 단위로 내기 때문이다. 유진국의 입장에서야 금액이 어찌 됐든 다 고마웠겠지만 그 차이가 밝혀지는 건 예의가 아니라고 생각했던 것 같다. 그의 마음씀씀이 이렇다.

12월 28일(일) 자이언츠레전드의 두 번째 연습 경기가 있었다. 리그 경기가 없었던 K 드래곤즈는 이날 자체 연습을 가지려고 했지만 참석 의사를 밝힌 팀원이 전무해 무산됐다. 나는 홀가분한 마음으로 자이언츠레전드 연습 경기에 참석했다. 장소는 고양시 덕양구 농협대학교 야구장, 상대는 NH토네이도였다.

나는 선발 우익수로 출장했다. 2회 첫 타석, 초구에 방망이가 나가 2루수 땅볼로 아웃됐다. 3회 두 번째 타석, 정타로 맞아나간 공은 라이너로 2루수 옆을 뚫었다. 공이 우중간으로 빠져나간 사이 나는 2루까지 뛰었고 루상에 있던 주자는 홈을 밟았다. 1타점 2루타였다. 이후 3루 도루에 성공한 나는 상대 팀에서 패스트볼이 나오자 홈까지 뛰어 1득점했다.

5회 세 번째 타석이었다. 그사이 상대 팀은 잠수함 투수를 마운드에 올렸다. 이미 언급했듯 나는 언더 또는 사이드스로 투수에

약점이 있다. 공 한 번 건드려보지 못하고 선풍기 스윙 세 번으로 삼진 아웃되었다. 정식 게임, 연습 게임 통틀어 첫 삼진이었다. 내 게는 2008년의 마지막 게임이었다. 해가 저물고 있었다. 이제 마 흔이었다.

제2장

야구가 될 때
야구가 되지 않을 때

- • 2할9푼을 치는 타자와 3할 타자의 차이는 단순하다. 2할9푼 타자는 4타수 2안타에 만족하지만, 3할 타자는 여기에 만족하지 않고 4타수 3안타 또는 4타수 4안타를 치기 위해 타석에 들어선다.
  일본 프로야구 통산 최다 안타 기록과 수위타자를 일곱 번 차지한 안타 제조기 장훈(張勳)의 말.

- • 마! 마! 마!
  상대 팀 투수가 롯데 자이언츠의 주자를 견제하면, 팬들은 "마! 마! 마!"를 외친다.

- • 레알 마드리드도 항상 우승하는 것은 아니다.
  4년 연속 꼴찌를 하고 난 후, 2005년 시범경기에서 롯데 자이언츠는 1위 돌풍을 일으켰다. 당시 사령탑인 양상문 감독의 말. 그해 롯데는 페넌트레이스에서 5위를 차지했다. 전력이 최강이었던 삼성 라이언즈를 빗댄 말이었지만 결국 삼성은 그해 우승을 차지했다.

- • 분한 마음을 품어라. 왜 안 되는지, 왜 못하는지 억울해하고 연구를 하라.
  '야신(野神)'이라 일컬어지는 김성근 감독의 말이다. 그의 어록에는 "도전하는 사람에게 시행착오가 있다. 시행착오가 많을수록 성공한다."라는 말도 있다.

- • 제가 전에 모시던 감독도 낚시 참 좋아하셨습니다. 낚시 하며 제 생각 많이 했다더군요. 저놈을 잘라야 되나 말아야 되나.
  차명석 해설위원이 야구 해설 도중, 낚시와 야구가 관계가 있느냐는 캐스터의 질문에 답한 말이다.

•• 내일 경기를 위해서 투수를 아낄 필요는 없다. 내일
은 비가 올지도 모르니까.
선수로서 두번, 감독으로서 두번 월드 시리즈 우승을 차지한 레오 듀
로처의 말이다.

•• 웬만해서는 헤드퍼스트 슬라이딩을 잘 안 합니다. 한번은 멋지게 슬
라이딩을 했는데 베이스하고 30센티미터쯤 차이가 난 거예요. 두
손을 쫙 뻗었는데도.
짧고 굵은 선수 생활을 보여줬던 이병훈은 야구 해설자로 숱한 어록과 에피소드를
남긴다.

•• 배팅은 타이밍이고, 피칭은 그 타이밍을 흐트려 놓는 것이다.
통산 여덟 번이나 다승왕을 차지한 메이저리그 최고의 좌완 투수 워렌 스판의 말
이다.

•• 야구는 실력 있는 팀이 이기는 경기지만 우리는 위대한 도전에 나서
겠다.
2008년 베이징 올림픽 대회 우승에 이어, 2009년에는 제2회 WBC(월드 베이스볼
클래식) 대회에서 한국은 전 세계를 놀라움과 경이에 빠뜨렸다. 2009년 당시 대표
팀을 이끌었던 김인식 감독의 출사표이다.

어정쩡한 출발

2할9푼을 치는 타자와 3할 타자의 차이는 단순하다. 2할9푼 타자는 4타수 2안
타에 만족을 하지만, 3할 타자는 여기에 만족하지 않고 4타수 3안타 또는 4타수
4안타를 치기 위해 타석에 들어선다.

─장훈

    2008년 11월 13일 정재철 야구교실에 등록하고, 한 달여 후인
12월 15일 처음 투수조 강습을 받았다. 첫 한 달은 두 차례밖에 빠
지지 않았지만 연말에 다가갈수록 이런저런 약속으로 강습을 빼먹
는 날이 늘어나게 되었다. 코치 정재철에게 양해를 구했다. 연말까
진 야수조 · 투수조에 관계없이 매주 두 차례 강습에 참석하기로
했다.

    하지만 그렇게 해도 불참하는 날이 생겼다. 12월 29일(월)에는
신동준이 주선한 소개팅이 있었고, 이튿날에는 기범과의 약속이
있었다. 그 이튿날에는 강습이 6시 30분으로 앞당겨진 것을 모르
고 부모님과 외식 약속을 잡았다가 강습에 불참했다. 공 한 번 잡
아보지 못하고 연말을 넘긴 채 2009년의 해가 밝았다.

    왠지 찜찜하고 어정쩡한 출발이었다. 경기에 임하는 마음도 그
랬다. 2009년 1월 4일(일) 세계사이버대학교 운동장에서 마구마구
팀과의 친선 경기가 있었다. 원래는 엔젤스오브하스피톨과의 정규

리그 게임이 치러질 예정이었다. 병원에 근무하는 사람들이 주축이 된 팀이었는데 갑자기 병원에 비상이 걸려 부득이하게 경기를 취소할 수밖에 없었다고 한다. 새해 첫 경기라는 느낌은, 새롭게 잘해 보겠다는 마음은 거의 들지 않았다.

9번 우익수로 선발 출장해 4타석 2타수 무안타에 그쳤다. 첫 타석에선 서두르다 유격수 플라이로 물러났다. 두 번째, 세 번째 타석에선 볼넷을 골라 출루했고, 네 번째 타석에선 투수 땅볼로 아웃됐다. 이날의 '야구 일기'에는 "가볍게 치자, 서두르지 말자, 적극적으로 치자."라고 적혀 있다.

1월 5일 월요일 투수조 강습. 새로운 연습이 시작되었다. 제자리에 서서 팔 스윙을 하는 연습이었는데 팔이 돌아나오는 각도가 포인트였다. 사회인 야구에선 흔히 팔이 귀에 붙어 일직선으로 나와야 한다고들 한다. 하지만 정재철은 그것이 좋지 않은 자세라고 지적했다. 팔꿈치의 관절이 자연스럽게 펴졌을 때의 각도를 유지한 채 공을 뿌려야 한다는 것이다. 그는 이를 SK 와이번스 감독 김성근(金星根)으로부터 배웠다고 했다.

그때는 왜 이 자세는 좋고, 저 자세는 좋지 않은지 깨닫지 못했다. 훗날 연습을 반복하고 스스로 느껴가면서 터득한 생각은 다음과 같다.

근육의 힘은 어깨가 제일 세다. 다음이 팔꿈치이고 그 다음이 손목이다. 이것을 다시 설명할 필요는 없을 것이다. 그런데 동작은 그 역순이다. 손목이 가장 빠르고 팔꿈치가 그 다음이며 어깨가 제일 느리다.

'앞으로 나란히' 한 자세에서 팔을 머리 위로 들었다가 내리는 동작을 해보면 알 수 있다. '……마운드에 서다'를 쓰기 위해 직접 실험해 본 결과인데 30초에 대략 45회를 할 수 있다. 이에 비해 팔꿈치를 굽혔다 펴는 동작은 30초당 80회 정도였고, 손목을 구부렸다 펴는 동작은 같은 시간에 횟수를 세기가 어려울 만큼 많이 할 수 있었다.

송구의 질은 손목을 쓰느냐, 그렇지 않느냐에 달려 있다고 한다. 손목을 쓰는 게 그만큼 중요하다는 의미인데 역설적이게도 공을 던지는 데서 손목은 가장 부차적인 요소라고 생각한다. 손목만을 사용해서 3미터를 던질 수 있다면, 팔꿈치만으로는 7미터 정도, 어깨만으로는 20미터 이상을 던질 수 있다. 그렇다고 어깨가 더 중요하다는 뜻은 또 아니다. 역시 손목이 가장 중요하긴 하지만 팔꿈치와 어깨가 받쳐주지 않으면 아무것도 아닌 게 된다.

어깨가 자연스럽고 힘차게 회전이 되고, 팔꿈치의 관절이 최대한 펴진 상태에서, 손목의 힘으로 뿌려줄 때 공은 빠르고 강하게 날아간다. 이것이 나름대로 터득한 내 '투구 이론'이기는 한데 말만 쉽다. 모든 문제는 말이 행동을, 몸이 마음을 따라가지 못해서 발생한다. 그리고 더 큰 문제는 이것이 전부가 아니라는 점이다.

설사 앞서 언급한 동작을 완벽하게 내 것으로 만들었다고 치

자. 그렇다고 해도 더 빠르고 더 강한 볼을 던지기 위한 비결은 끝이 없다. 한 가지 예를 더 든다면 그 다음은 손가락이다. 흔히 챈다, 채준다는 표현을 쓰는데 손가락으로 볼을 퉁기듯 채주어야만 공 끝이 살아나게 된다. 그 밖에 허리, 엉덩이, 하체에 대해서도 할 이야기가 있지만 이에 대해서는 조금 뒤로 미뤄둔다.

1월 7일(수) 역시 투수조 강습. 정재철로부터 폼이 괜찮다는 말을 들었다. 구체적으로 말하면 팔꿈치에서 팔이 돌아나오는 각도가 괜찮다는 뜻이다. 그때나 지금이나 이 각도 하나만큼은 자신이 있다. 다음 강습부터는 그물망에 공을 던지는 연습을 하기로 했다. 망에 공을 던진다는 것이 뜻하는 바는 무엇일까. 이것은 곧 무생물을 향해 공을 던진다는 의미, 사람과 캐치볼을 하지 않는다는 의미가 된다.

폼, 즉 자세는 멘탈, 그러니까 마음에 달려 있다. 던진 공이 애먼 곳으로 간다 해도 망은 아무 말도 하지 않는다. 하지만 사람에게 던진 공이 엉뚱한 곳으로 갈 경우, 받는 이가 아무 말을 하지 않는다 해도 던진 이는 신경이 쓰이게 된다. 사람을 향해 공을 던질 땐 멘탈이, 마음이 변하는 것이다. 그렇게 마음먹은 곳에 공을 던지려 하면 아무래도 익숙한 폼을 사용하게 된다. 그런데 그 익숙한 폼이 좋은 자세가 아닐 때가 많다. 따라서 망에 공을 던지는 행위는 자세(폼)를 고치기 위해 마음(멘탈)을 바꾼다는 말도 되는 것이다.

이튿날인 1월 8일(목)은 투수조 강습이 없는 날이었다. 집에서 방망이를 들고 타격 연습을 했다. "허리 돌아가는 느낌 터득."이라고 '야구 일기'에 쓰여 있는데 지금 보니 무슨 느낌이었는지 잘 모르겠다. 느낌은 왔다가 사라지고 다시 오기도 하는 것 같다. 지금도 투구와 타격에 관련된 내 '느낌'은 오락가락하고 있다.

1월 11일(일) 세계사이버대학교 야구장. 시민유빠스와의 카이스포츠리그 경기가 있었다. 후반기 리그의 마지막 경기였다. 상대 팀 이름이 재미있다. 정치인 유시민의 지지자들이 모여 만든 야구단이라 그런 팀명을 붙인 모양이다. 나는 7번 우익수로 선발 출장했다. 그때까지 나는 정규 경기에서 5타석 5타수 무안타에 머물고 있었다. 이날 안타를 치지 못한다면 타율 0할로 시즌을 마감해야 할 상황이었다.

원 아웃 만루 상황에서 첫 타석에 들어섰다. 유격수 앞으로 제법 강한 타구를 쳐냈는데 상대 팀 유격수가 볼을 더듬었던 것 같다. 어쨌거나 첫 타점을 올렸고 도루와 득점도 기록했다. 두 번째 타석은 노아웃 1, 3루 상황이었다. 평범한 유격수 땅볼을 쳤다. 홈으로 뛰던 3루 주자 나창범이 런다운에 걸렸다.

그사이 1루 주자 소경수가 2루로 뛰었고 나는 1루를 밟을 수 있었다. 런다운에 걸린 나창범이 홈과 3루 사이를 오고 가며 시간을 벌어주었다. 이런 상황에서 주자는 각각 한 베이스씩 더 진루해야 한다. 나는 2루로 뛰었지만 소경수는 3루로 뛰지 않았다. 나창범을 태그아웃시킨 상대 팀 야수는 1루로 공을 뿌렸고 이번엔 내가 런다운에 걸려 아웃되었다. 주자를 보지 않고 뛴 내 과실이 컸다. 나 때문에 졸지에 투아웃이 됐다.

세 번째 타석에선 라이너성 타구를 날렸지만 중견수 정면으로 가 아웃됐다. 마지막 타석에선 평범한 2루 땅볼을 때렸다. 이번에도 상대 팀 야수가 실책성 플레이를 해 1루를 밟을 수 있었다. 경기는 K 드래곤즈가 12 대 16으로 졌다. 결국 9타수 무안타 타율 0할로 시즌을 마감한 셈이었다. 하지만 뜻밖의 일이 벌어졌다. 다음날 리그 홈페이지의 공식 기록을 보니 첫 번째 타석과 마지막 타석이 모두 내야 안타로 기록돼 있었다. 시즌 마지막 경기여서 그런지 기록원이 후하게 판단했던 것 같았다. 기분이 나쁠 리 없었다.

9타수 2안타, 2할2푼2리, 타점 1, 득점 1, 도루 1…… 이것이 내 첫 시즌의 공식 기록이었다.

이날 경남 마산에서 이길형의 결혼식이 있었다. 마음과 축의금만 보내기로 했다.

양다리의 계절

마! 마! 마!
— 롯데 자이언츠 팬들

1월 12일(월) 투수조 강습. 본격적으로 땅에 공을 던지기 시작했다. 1월 14일 수요일 '야구 일기'에는 "불참. 간밤의 술로."라고 적혀 있다.

이 무렵 나는 K 드래곤즈 팀원들과 무척 친해져 있었다. 총무유진국, 함께 카풀을 하는 윤여준과는 친해진 지 오래였고 윤여준의 친형 윤여훈과도 남들이 들으면 싸운다 싶을 만한 농담을 주고받을 정도로 막역한 사이였다. 윤여훈은 팀 내 부동의 4번 타자로 신동준과 더불어 2008 시즌 윈리그 준우승의 주역이었다.

윤여훈은 부유하지 못한 집안의 장남이다. 언젠가 동생 윤여준으로부터 "우리 집은 찢어지게 가난했다."는 말을 들은 적도 있다. 고교를 졸업하고 일찍 사회 생활에 나선 윤여훈에게는 별다른 학연이 없다. 처음부터 개인 사업을 했던 터라 소주 한 잔 기울일 직장 선후배나 동료도 많지 않았다.

윤여훈은 "살아오면서 한 번도 내가 중심이 돼 본 적이 없었다."는 이야기를 한 적이 있다. 그런 그가 사회인 야구를 하며 팀의

유격수 윤여훈(1976년생). 원래 외야를 맡았지만 2010 시즌부터 내야로 전향했다. 부동의 4번 타자로 팀의 중심이다.

중심이 됐다. 게다가 야구를 하며 황상호, 문성원, 김재우, 나창범, 나, 신동준 같은 '형들'을 알게 됐다. 윤여훈은 그런 점들이 무엇보다 좋다는 말을 한다. "내가 야구를 안 했다면 어떻게 형들하고 이렇게 술을 마시고 농담을 주고받을 수 있겠어요?"라는 것이 그가 덧붙였던 말이다.

나는 다소 서먹했던 신임 감독 황상호와도 죽이 맞았다. 그는 1967년생으로 나보단 3년 연상이다. 내가 "처음엔 왜 그렇게 나를 멀리 했느냐."고 묻자 그는 "네가 너무 늙어 보여 말 걸기가 어려워서 그랬다."는 농담을 했다. 황상호에게는 묘한 매력이 있다. 꽤 쓰는 말로 '무슨 짓을 해도 미워할 수 없는 사람'이라고 할 수 있다. 나 역시 야구가 아니었다면 황상호 같은 '형'을 만나지 못했을 것이다.

팀원들도 나를 꽤 좋아하는 것 같다. 그 이유를 나는 안다. 아무도 인정하지 않겠지만 '빵 터짐'과 '썰렁함'의 사이를 넘나드는 나의 유머에 녹아들었다고나 할까. 언젠가 이런 일이 있었다. 어느 자리에서 황상호와 내가 나란히 옆자리에 앉았다. 무슨 이야기가 오고 가다가 내가 이렇게 말했다.

"상호 형. 감독으로서 팀을 잘 이끌고 나가려면 주변을 잘 챙겨야 됩니다."

옆자리에 앉은 나를 잘 챙기라는 농담이었다. 그러다가 같은 자리에서 내가 자리를 옮기게 되어 황상호와 조금 떨어진 곳에 앉게 되었다. 또 무슨 이야기 끝에 내가 말했다.

"형. 주변을 가장 조심하세요. 제일 먼저 배신하는 사람은 거의 주변에 있는 측근이에요."

팀원들과 이렇듯 친해졌음에도 나는 여전히 K 드래곤즈와 자이언츠레전드 사이에서 양다리를 걸치고 있었다. 그 사실을 유진국과 윤여준에게 말해 준 적은 있었지만 다른 팀원들은 모르고 있었던 것 같다. 두 사람이 입을 다물었기 때문이다.

1월 17일(토) 분당 탄천야구장에서 자이언츠레전드의 연습 경기가 있었다. 상대는 휴맥스라는 팀이었다. 우익수로 선발 출장했다. 역시 타석에 선 마음가짐이나 자신감부터 달랐다. 야구는 정말 멘탈 게임이다. 나는 5타수 3안타 3타점을 기록했다. 첫 타석은, 2루수 키를 살짝 넘는 바가지성 안타, 두 번째 타석은 주자 2, 3루 상황에서 유격수와 3루수 사이를 깨끗이 가르는 땅볼 안타, 세 번째·네 번째 타석은 각각 2루수 땅볼 아웃과 삼진 아웃, 마지막 타석은 2루수 키를 훌쩍 넘는 중견수 앞 안타였다. 승부는 15 대 15로 가리지 못했다.

특기할 만한 것은 네 번째 타석의 삼진이다. 타석에 나가기 전, 감독 김시원이 내게 "마음껏 크게 휘둘러라."는 주문을 했다. 2연타석 안타를 쳤고 감이 좋아 보이니 큰 것을 노려보라는 뜻이었다. 그러면서 김시원은 내 타격 자세를 조금 고쳐줬는데 그의 주문대로 하다가 삼진을 당했다. 역시 야구는 자신만의 자세와 느낌을 찾아가는 게 중요한 것 같았다.

이튿날 자이언츠레전드는 김포시 H중학교 운동장에서 더블헤더를 가졌다. 이날 K 드래곤즈는 성균관대 제2구장에서 자체 연습을 가졌는데 나는 자이언츠레전드의 더블헤더를 선택했다. 상대는 앞서 언급하기도 했지만 자이언츠레전드가 첫 연습 경기를 가졌던 'G팀'이다. 팀의 한 운영진이 말한 '복수의 기회'가 찾아온 것이다.

G팀과 다시 붙게 된 이유가 우습고 쓸쓸하다. 이 팀의 총무는

다시 한 번 경기를 갖자고 몇 차례나 자이언츠레전드 측에 '러브 콜'을 보냈다. 이런 식의 말을 했다고 한다.

'자이언츠레전드의 팀 분위기가 너무 좋다. 이런 팀 처음 봤다. 팀원들과 서포터들이 너무 열정적이다. 다시 한 번 경기를 갖고 싶다. 응해 준다면 자이언츠레전드 팀원들과 서포터들에게 호빵 하나씩 돌리겠다.'

G팀 측에서 자이언츠레전드에게 그렇게 '러브 콜'을 보낸 이유는 경기가 끝나고 나서 밝혀지게 된다.

자이언츠레전드의 한 운영진의 장담대로 '복수'는 처절했다. 첫 번째 게임은 17 대 7로 자이언츠가 승리했다. 나는 선발 2루수로 경기에 나섰다.

주자 2, 3루 상황인 첫 타석에선 1, 2루 사이를 빠지는 깨끗한 안타를 쳤다. 상대 팀 우익수가 홈으로 공을 뿌리는 사이 2루까지 진출했다. 2루타였다. 두 번째 타석에선 포볼을 골랐고, 세 번째 타석에선 유격수 강습 안타를 때렸다. 네 번째 타석에선 유격수 직선타를 쳤는데 주자의 본헤드 플레이로 병살타를 기록했다. 더블헤더 첫 번째 게임의 마지막 타석에선 상대 팀 왼손 투수를 상대로 중견수 앞 클린히트를 날렸다.

더욱 기분이 좋았던 것은 2루수 수비였다. 세 개의 땅볼을 처리했다. 그중 하나는 거의 중견수 쪽으로 빠지는 공을 재빠르게 건어내 1루로 송구했다. 악송구도 아닌 볼을 1루수가 놓쳐 세이프가 되긴 했지만 덕아웃에서 탄성이 흘러나왔다. 첫 경기의 마지막 아웃카운트도 내가 잡아내 기분은 더욱 고무되었다.

두 번째 경기에서도 자이언츠레전드가 18 대 8로 이겼다. 잠시 쉬었다가 경기 중간에 좌익수로 교체 출장한 나는 2타수 1안타를 기록했다. 첫 타석에선 1루수 라이너로 아웃됐지만 두 번째 타석에선 2루수 키를 넘어가는 강한 타구를 때렸다. 내가 1루를 밟자마자 상대 팀 1루수가 내게 말했다.

"잘 치시네요. 매번 살아 나가시는 것 같아요."

이러니 재미가 없을 리 없다. 하지만 나는 이때부터 자이언츠레전드의 팀 분위기에 대해 어떤 이질감을 느끼게 되었다.

하나는 여성 회원 서포터의 존재였다. 커피 끓여 주고 응원해 주는 것 자체가 싫은 것은 아니었으나 경기에 집중하기가 어려웠다.

두 번째는 약간은 권위적인 팀 분위기였다. 지금은 어떻게 달라졌는지 모르겠지만 그때는 이닝이 종료될 때마다 거의 매번 선수 집합이 있었다. 감독이 어떤 지시를 내리고 나가면, 다음엔 코치가 또 무슨 말을 하고는 벤치로 가버린다. 이게 끝도 아니어서 이번엔 주장이 한 마디를 더 보태고 선수 전원이 파이팅을 외친다.

야구는 흐름과 분위기의 싸움이다. 적절한 시점의 집합과 파이팅은 선수들에게 투지와 집중력을 다지게 한다. 그러나 흐름과 분위기에 맞지 않는 집합은 없는 것만도 못하다는 것이 내 생각이다. 반복적이고 일정한 자극은 자극이 아닌 것이다.

게다가 자이언츠레전드는 향우회나 동문회 모임이 갖기 쉬운 딜레마에 빠진 듯했다. 객지에서 동향 사람을 만나면 쉽게 친해진다. 금방 허물이 없어지고 정이 들고 마음을 나누게 되지만 그런 이유로 반목과 질시도 잦아진다. 다른 모임에서는 쉽사리 꺼낼 수 없는 말이나 농담도 곧잘 나오기 마련이다. 이를테면 돈을 빌려달라든가 하는 말도 어렵지 않게 할 수 있다. 인간관계에서 적당한 거리를 둘 필요도 있는 법인데 향우회나 동문회 모임에서는 그러기가 쉽지 않다.

하지만 그때까지만 해도 자이언츠레전드 팀 분위기에 대한 이질감만 느끼고 있었을 뿐, 팀을 탈퇴하겠다는 생각은 추호도 없었다. 어쨌거나 고향 사람들과 함께 야구를 하는 것이 더없이 즐거웠다.

경기 후 자이언츠레전드 운영진은 연습 경기를 주최한 G팀 측에 운동장 대여료 15만 원을 지불했다. 기막힌 일은 H중학교 관계자가 주차 문제로 G팀의 한 부원의 차를 빼달라고 하면서 벌어졌다. 관계자는 고압적인 자세로 G팀의 감독에게 이렇게 말했다.

"일요일마다 이게 뭡니까. 운동장을 쓰셨으면 정리라도 잘하셔야죠. 이러실 거면 정식으로 대여료를 내고 운동장을 사용하십시오."

말하자면 G팀은 내지도 않는 운동장 사용료를 반반씩 부담하자며 상대 팀에게 받아온 것이었다. G팀이 호빵까지 돌리겠다며 경기를 갖자고 한 것은 결국 그 돈 때문이었다.

1월 19일(월) 투수 레슨. 강습은 오후 8시부터 10시까지 2시간 동안 이뤄진다. 보통 한 시간을 연습하고 잠시 쉬었다가 두 시간을 채우게 된다. 이날 강습을 시작할 때 정재철이 휴식 시간 이후에 자신과 캐치볼을 하자고 했다. 드디어 사람을 향해 던지게 되는 순간이었다. 그러나 내가 다른 사람과 캐치볼 하는 모습을 본 정재철은 당분간 망에 계속 던지라고 했다. 또다시 폼이 무너져버린 모양이었다.

1월 21일(수) 나를 포함해 단 두 명이 투수조 강습에 참석했다. 폼이 제법 부드럽고 자연스러워졌다는 코치의 말을 들었다. 설 연휴가 시작된 1월 24일(토)에는 자이언츠레전드의 한 팀원과 캐치볼 연습을 했다. 설날인 1월 26일(월)에는 강습이 없었다. 있었다면 참석했을지도 모른다.

1월 27일(화) 성대 제2구장에서 K 드래곤즈 자체 훈련이 있었다. 팀에서 외야수를 맡고 있었지만 내야수도 하고 싶어서 일부러 내야 펑고를 받기도 했다. 자세가 많이 높다는 말을 들은 것을 제외하면 그런 대로 호평을 받았던 것 같다. 누가 "범준은 그래도 공을 무서워하지는 않는다."는 말을 했던 것으로 기억된다.

수비 역시 멘탈과 집중력이다. 그리고 수비는 연습에서 실력을 보여줘야 한다. 아무리 잘한다고 해도 사회인 야구 선수는 실제 경기에서 실책 한두 개는 흔히 범한다. 못하는 선수는 두세 개, 혹은 서너 개 정도 실수를 한다. 이 무렵 나는 선발로 나간다면 내야수 수비도 그럭저럭 할 수 있다는 생각을 하고 있었고 그럴 자신도 있었다. 연습할 때 어느 정도 집중력이 있었기 때문이다. 하지만 지금은 그런 집중력을 잃어버린 것 같다. 정식 시합 때 잘하면 된다는 안일한 생각에 빠진 것이다. 고치려고 노력은 하는데 잘 되지는 않는다.

1월 28일(수) 설 연휴의 마지막 쉬는 날이라 레슨이 없었다. 몸이 근질근질했다.

2009 시즌 개막

> 레알 마드리드도 항상 우승하는 것은 아니다.
> — 양상문

1월 말 아니면 2월 초의 어느 날이었다. 염종석의 은퇴식이 이해 4월로 예정돼 있었는데 갑자기 그를 위한 동영상을 만들면 어떨까 하는 생각이 들었다. 하고 싶은 건 해야 하는 성격이라서 인터넷에서 한 동영상 제작 프로그램을 다운받았다. 나는 이럴 때마다 대한민국이 정말 좋은 나라라고 느낀다. 동영상 제작 프로그램의 운영 체제가 쉬워 생전 처음 프로그램을 접해 본 나도 어렵지 않게 이용할 수 있었기 때문이다.

사나흘 프로그램과 씨름한 끝에 '한 장의 사진'이라는 제목의 동영상을 만들 수 있었다. 사실 동영상이라기보다는 염종석과 관련된 사진과 기사의 나열이라고 해야 정확하다. 그의 사진과 관련 기사가 흘러가고 그 위로 염종석에 대해 예전에 써둔 글[14]을 조각조각 삽입했다. 배경음악으로 머라이어 캐리의 'Hero'를 선택했다. 이 동영상을 2월 16일 K 드래곤즈와 자이언츠레전드 홈페이지에 올렸고, 2월 20일에는 다음(Daum) 야구게시판에도 업로드했다.[15] 내 입으로 말하긴 쑥스럽지만 동영상을 보고 눈물을 흘린 분들이 적지 않다.

그런데 동영상을 만들면서 나로서는 소중하고 놀라운 경험을 했다. 영화감독 또는 방송국 PD가 편집 작업을 할 때 밥 먹듯이 밤을 새우는 이유를 알게 된 것이다. 글이나 책을 쓸 때도 밤을 새우기는 한다. 하지만 편집을 할 때와는 달리 쉽게 지치고 맥이 빠진다. 글쓰기, 책쓰기는 자료나 아이디어를 찾아가면서 진행하는 경우가 많다. 반면 편집은 전체적인 자료와 대략적인 구성을 머릿속에 담아두고 작업을 진행한다. 힘들기는 마찬가지지만 다음 일이 보이는 기계적인 작업이라는 측면이 있다.

개인적으로 책을 쓸 때는 어느 정도 이상 원고를 쓰게 되면 온몸에 힘이 다 빠져나간 것처럼 무기력해진다. 하지만 동영상을 만들 때는 나도 모르는 사이에 서너 시간이 금세 지나가버리는 것이었다. 조금만 더 하고 쉬어야지 하면서도 또 두세 시간 편집 작업에 매달리고 있는 나 자신을 발견하기도 했다. 뭐든지 알고 해야 오래 할 수 있는 것 같다.

2월 1일(일) 세계사이버대학교 야구장에서 호형호제팀과의 연습 경기가 벌어졌다. 두 차례 타석에 나서 유격수 앞 땅볼과 2루수 강습 안타를 기록했다. 상대 팀 2루수의 플레이에 약간 실책성이 있었으나 연습 경기여서 내가 안타라고 여기면 그만이었다.

2월 2일(월) 정재철은 내 투구 동작이 괜찮으면 수요일부터 캐치볼을 하자고 했다. 그리고 2월 4일(수) 그와 처음으로 캐치볼을 했다. 이것은 처음으로 내가 사람을 향해 볼을 던지게 됐다는 뜻이다. 투수 레슨을 시작한 이래 거의 50일 만의 일이었다. 속된 말로 머리를 얹은 것이다. 정재철은 처음 치고는 볼이 괜찮다고 격려했다.

K 드래곤즈는 2009 시즌 세 개의 리그에 참여할 예정이었다. 도봉구 성대 야구장에서 치러질 윈리그(루키)와, 남양주시 세계사이버대학교 야구장에서 열리는 카이브론즈리그(마이너), 카이루키리그가 그것이었다. 리그마다 12개팀이 참여하기 때문에 팀당 11게임씩을 한다. 따라서 2009 시즌 K 드래곤즈는 정규 리그 경기만 33경기를 치르게 되었다.

2월 8일(일) 성대 구장에서 K 드래곤즈의 윈리그 개막전이 있었다. 나는 벤치를 지켰다. 정확히 이날 있었던 일은 아닌 듯하지만 유진국이 내게 한 말이 기억난다.

에이스 신동준(1975년생). 견제 능력이 뛰어나 1루 주자를 많이 잡아내는 편이다.
출처_SB리그 홈페이지.

"경기에 못 나가면 기분이 안 좋으시죠?"

나는 이렇게 대답했다.

"나도 사람이니까 물론 섭섭한 것은 있지. 하지만 지금은 실력이 안 되니까 상관없어. 경기에 뛰는 것도 좋지만 나는 캐치볼만 해도 행복해."

K 드래곤즈는 광운블러드즈를 맞아 13 대 14로 역전패했다. 무려 6점이나 앞서던 경기가 뒤집혔다. 선발로 나와 완투한 신동준은 4회에만 무려 7실점을 했다. 시즌 개막부터 출발이 좋지 않았

다. 주말마다 제주도와 서울을 오가는 신동준은 아직 컨디션을 끌어올리지 못한 듯했다. 그는 이 해 여름까지 에이스다운 모습을 보여주지 못한다. 하지만 문상남이 그 역할을 훌륭하게 수행하게 된다.

나는 경기 중 틈틈이 캐치볼을 했다. 이날 일기에는 "여준 씨와의 캐치볼은 정말 잘 됨. 어깨가 피로해지자 두 번째 병진 씨와의 캐치볼은 생쇼를 함."이라고 적혀 있다. '생쇼'에 대해선 굳이 설명하지 않아도 될 것 같다.

2월 9일(월)은 정월대보름이었다. 월요일이라 당연히 투수 레슨이 있었는데 약속이 생겨 불참했다. 수요일(2월 11일) 강습 때는 기분 좋은 일이 있었다. 투수 강습을 받겠다는 신입회원 두 명이 새로 나왔다. 그들이 내 투구를 보는 눈빛은 3개월 전 강습 선배의 투구를 바라보던 내 시선과 비슷할 것이라는 생각을 했다. 여기저기서 많이 늘었다는 칭찬이 나왔다. 약간 자신감을 얻었다.

2009 시즌이 개막되자 개인 사정 등의 이유로 2008년 후반기 카이스포츠리그에 불참했던 이태복이 합류했다. 사람마다 야구장에 차를 끌고 오는 것이 일종의 낭비인데다 번거롭기도 해서 유진국, 이태복, 윤여준이 돌아가며 나를 태워가기로 했다. 그렇게 상의를 한 모양이었다. 나로서는 고마울 따름이었다.

2월 15일(일) 카이루키리그 개막전. 상대는 와부베이스볼클럽이었다. 루키리그여서 그런지 내게 선발 출장 기회가 주어졌다. 9번 타자 겸 우익수로 나와 교체 없이 경기를 마쳤다. K 드래곤즈가 17 대 2로 4회 콜드게임승을 거뒀다. 나로서도 출발이 좋은 편이었다. 바가지성이었지만 시즌 첫 타석을 좌익수 앞 안타로 장식했다. 두 번째 타석에선 볼넷을 골랐다. 세 번째 타석에서 루킹 삼진을 당한 게 조금 아쉬웠다. 3타석 2타수 1안타, 타점 1, 득점 2, 도루 1. 나쁘지 않았다.

2월 16일(월) 투수 레슨. 팀 동료인 윤여준이 처음으로 참석했다. 그에게는 처음부터 호감이 갔다. 대학 시절 함께 자취하던 고교 후배와 닮았기 때문이다. 그 후배와 말하는 투, 행동하는 투도 비슷했다. 외모가 비슷하면 성격도 비슷한 모양이었다. 1978년생인 윤여준은 앞서도 언급했지만 윤여훈의 친동생이다. 어릴 때부터 자주 봐왔던 윤여훈의 친구들, 그러니까 유진국·이태복·최세훈 등에게 반말을 썼었는데 자신이 제대한 이후로 존댓말을 붙였다고 한다. 쉽지만은 않은 행동이다.

레슨이 끝나고 나서인지 아니면 그 후의 일인지는 기억나지 않는다. 윤여준이 내 투구에 대해 이렇게 말했다.

"형, 박수 치며 소리 지를 뻔했어요. 손에서 로켓이 나가는 것처럼 휙 하고 공이 나가는 것 같았어요."

흐뭇한 말이었다.

그래도 고질적인 컨트롤 난조는 여전했다. 2월 18일(수)의 일기는 "아직은 컨트롤에 애를 많이 먹음."이라고 적고 있다.

2월 22일 일요일은 K 드래곤즈 팀원들에게 쉽게 잊히지 않을 날이 되었다. 리그 경기가 없어 경기도 포천 백로주 유원지 야구장으로 훈련 겸 야유회를 떠났다. 팀원들을 두 팀으로 나눠 연습 경기를 갖기로 했다. 어쩌다가 실력이 좋은 선수들이 한쪽으로 몰렸다. 편의상 잘하는 선수가 몰린 팀을 A, 다른 팀을 B라고 하자. 물론 나는 B팀에 속했다. 진 팀은 저녁을 사기로 했다.

경기 결과는 의외였다. 온갖 '야지'가 난무하고 편파 판정이 비일비재했지만 같은 팀원들끼리 장난스레 한 것이라 포복절도할 상황이 너무나 많이 연출됐다. 이런 추억만 남아 있을 뿐이지 구체적인 기억은 없는 것이 아쉽다. 그런데 여기서 '야지'라 함은 '야유'를 뜻하는 야구인의 속어다. 2008 베이징 올림픽 야구 우승 이후 제작된 한 프로그램의 인터뷰에서 대표팀 감독이었던 김경문(金卿文)이 썼을 정도로 야구인에게는 익숙한 용어다. 인터넷에 검색해 보니 '야지'는 やじ(野次)라는 일본어였다. 언론 매체에서 '간지난다'는 표현도 공공연히 쓰는 마당에 나쁘지만은 않다고 본다.

경기 결과는 B팀이 7 대 6으로 승리했다. 첫 타석에서 나는 에이스 신동준을 상대로 2타점 강습 안타를 때렸다. 2루수 실책이라고 볼 수도 있었지만 이번에도 안타로 우기기로 했다. 두 번째 타석에선 바뀐 투수 소범호(蘇凡鎬)로부터 우중간을 가르는 2루타를 날렸다. 쓰리볼에서 노리고 들어간 것이 적중한 결과였다.

1977년생인 소범호는 소경수(1979년생)의 친형이다. 팀 내에선 소범호·소경수 형제를 '소형제', 윤여훈·윤여준 형제를 '윤형제'라고 부르기도 한다. 재미있는 것은 형제끼리 별로 닮지 않았다는 점이다. 특전사 출신의 소범호는 영화배우를 연상케 할 만큼 샤프한 외모인 반면, 소경수는 둥글둥글한 얼굴에 성격도 느긋하다. 외모가 닮지 않은 건 '윤형제'도 마찬가지다. 윤여훈이 힘깨나 쓸 듯한 근육질 몸매인 데 비해 윤여준은 호리호리한 편이다. 개인적으로 윤여훈은 아줌마에게, 윤여준은 아가씨에게 어필하는 외모라고 생각한다.

서울로 돌아오는 길에는 유진국의 차에 윤여준과 동석했다. 유진국의 집 근처에서 간단하게 목을 축이기로 했다. 오후 2시쯤이나 됐을까, 자고 있는 주인을 깨워 문을 열다시피 해서 생맥주집에 들어갔다. 치킨을 뜯고 소주와 맥주를 마시며 이런저런 이야기를 나누었다. 그저 사는 이야기를 주고받았을 뿐인데 뭐가 그렇게 재밌고 신이 났을까.

우리는 이날 자정까지 자리를 옮겨가며 술을 마시고 떠들어댔다. 지금도 유진국과 윤여준은 "그땐 정말 좋았는데."라는 말을 이따금씩 한다. 현재는 그때처럼 조촐한 술자리가 팀 내에서 거의 사라졌기 때문인 듯하다. 게다가 이 무렵을 전후해 여자친구를 사귀게 된 윤여준은 예전처럼 뒤풀이 시간을 내지 못했다.

낮부터 시작해서 자정까지 마셨으니 엄청난 폭음이었다. 이튿날 일기에는 "투수 레슨. 간밤의 폭음으로 몸이 안 좋은 듯함. 볼이

느려졌다는 지적. 코치가 힘들어 보인다며 그만 던지라고 함."이라
는 메모가 있다.

내가 이것밖에 안 되나

분한 마음을 품어라.
왜 안 되는지, 왜 못하는지 억울해하고 연구를 하라.
—김성근

2월 25일(수) 투수 강습. 레슨 중 불상사가 있었다. 사전 설명
이 다소 필요하다. 처음 내가 투수조에 합류했을 때 먼저 강습을
받고 있던 사람들이 있었다. 그중 나와 동갑이었던 사람을 C, 두
살 연하였던 사람을 D라고 한다. C는 소속팀에서 투수, D는 포수
를 맡고 있었다. 두 사람이 같은 팀에 속했던 것은 아니다.

포수인 D가 투수조 강습에 들어온 것은 2루 송구를 연습하기
위해서였다. 홈과 2루 사이의 거리는 앞서 언급했듯이 38.795미터
다. 마흔에 가까운 나이에 40미터에 이르는 거리를 라인드라이브
로 던진다는 것은 여간 어려운 일이 아닐 수 없다. 한동안 D는 포
수 장비를 착용한 채 망에 대고 송구 연습만 했다.

D는 성격이 괄괄하다. 한 번은 그의 주요 부위가 유독 튀어나와 보이기에 농담을 했다.

"물건이 참 대단하십니다요."

"낭심보호대 찬 겁니다. 아시면서……."

"그걸 연습 때도 매번 차시나요."

"젊은 여자들은 관심 없는 것 같은데 아줌마들한테는 좀 통하죠."

"그럼 '인테리어'도 하셨겠습니다."

"어떻게 아셨습니까. 하하."

'인테리어'란 남성 성기에 부착한 보형물을 뜻하는 은어다. 농담 삼아 물어본 말에 뜻밖의 대답을 들었다.

어쨌거나 C와 D의 눈에 나는 공이 어디로 튈지 모르는 어리버리한 선수에 지나지 않았다. 하지만 그들은 드문드문 강습에 나오다가 사라져버렸고, 어쨌거나 나는 꾸준히 레슨에 참여했다. 그러다가 그들이 다시 강습에 나타난 것이 그 무렵이다. D는 드러내놓고 내 공에 대해 놀라는 표정을 지었다.

"정말 공 좋아지셨네. 이 형하고 캐치볼 하면 짜증날 정도였는데."

나는 D의 표정에서 자책과 질시가 섞인 어떤 감정을 읽었다. 내 공이 그 정도로 훌륭하다는 뜻에서 하는 말이 아니다. 자신보다 못하던 사람이 자신이 나태했던 사이에 눈에 띄게 성장한 모습을 보게 된다면 대부분이 스스로를 질책하고 상대에 대해 부러움을 느끼게 될 것 같다. D는 아마 그런 심정이었을 것이다.

두 사람과는 어느 정도 떨어져 혼자 연습을 하고 있는데 C와 D 사이에 고성과 욕설이 오고갔다.

"이 X만 한 새끼가…… 네가 그렇게 잘 던져?" 한 것은 D의 말이었고,

C 역시 "대가리 피도 안 마른 새끼가 어디다 대고……."라고 맞받았다.

정재철과 몇몇 사람들이 달려와 두 사람을 말렸다. 사정은 뻔했다. 오지랖이 다소 넓어 보이는 듯한 C가 '아직도 그것밖에 안 되냐'는 식으로 D에게 한 마디 던졌을 테고, 야구가 안 돼 안 그래도 속이 상해 있던 D는 이를 민감하게 받아들였을 것이다. 잘했다는 이야기는 아니지만 나도 D의 심정을 충분히 이해할 수 있다.

야구가 될 때가 있고, 안 될 때가 있다. 되면 신이 나고 안 되면 속이 상한다. 이런 건 국민타자 이승엽도 마찬가지다. 그는 이런 말을 한 적이 있다.

—결정적 순간에 삼진 당하면 무슨 생각이 드냐. 난 지유(딸) 생각 나던데.(임재철)[16]
겉으론 표시 못 내니까, 그냥 속으로 '어이구~ 승엽아 니가 이거밖에 안 되냐' 하면서 자책하곤 하지.
('10 대 1 인터뷰', 2010년 1월 26일자《스포츠조선》)

이승엽이 이럴진대 D나 나 같은 사람은 더 말할 필요가 없다. 이날의 강습은 두 사람의 싸움으로 망치다시피 했다. 내 컨디션도 썩 좋지는 않은 날이었는데 이튿날 일어나니 돌리기 힘들 정도로 목이 아팠다.

3월 1일(일) 세계사이버대학교에서 네이포스와의 카이브론즈 리그 개막전이 있었다. 마이너리그라 나는 또 벤치를 데웠다. K 드래곤즈가 10 대 9로 이겼다. 경기 후 유진국의 집 근처 고깃집에서 조촐하게 삼겹살을 구워 먹었다. 유진국 부부와 그 아들 민성, 이태복, 윤여준과 자리를 함께 했다. 담배를 피우러 나가는 김에 계산을 하려는 생각으로 지갑을 들고 일어서는데 유진국이 갑자기 벌떡 일어나 자신이 계산하겠다고 했다. 내가 먼저 계산이라도 할까 봐 처음부터 지켜본 모양이었다.

약간의 몸싸움이 벌어졌다. 내가 "이게 무슨 경우냐. 연장자인 내가 하겠다."고 완강히 버텼으나 유진국은 "우리 집 앞에 왔는데 안 된다."며 막무가내였다. 유진국은 "그러면 반반씩 내자."라는 나의 수정안도 무시했다. 그의 힘을 도저히 당해낼 수 없었다. 예전에도 비슷한 일을 겪은 적이 있는데 그때는 여자 후배가 계산을 하겠다고 했다. 여자의 힘이 그렇게 센지 나는 그때 처음 알았다. 다음날 유진국의 계좌로 '삼겹살 반까이^^'라고 쓰고 얼마를 입금했는데 그는 '정범준 입금 잘못 함'으로 처리하고 나서 그 돈을 내게 돌려주었다. 받지 않으려고 했지만 또다시 그의 힘에 '굴복' 하고 말았다.

3월 2일 투수 레슨은 약속이 있어 불참했고 수요일(3월 4일) 강습에 참석했다. 처음 몇 개의 공은 코치로부터 집에서 연습했느냐는 말을 들을 정도로 괜찮았지만 이후 체력이 급속히 떨어졌다. 이날의 일기는 "역시 체력이 뒷받침되어야."라는 하나 마나 한 소리를 하고 있다.

운이 좋았던지 Y중학교에서 자이언츠레전드의 Y리그 개막전이 있던 3월 8일(일)에는 K 드래곤즈의 경기가 없었다. 연습 경기에서 괜찮은 기록을 보여준 나는 우익수로 개막전 선발 오더에 올랐다. 1회초 자이언츠레전드의 수비에서 상대 팀 1번 타자가 내 쪽으로 공을 날렸다. 쉽지도 어렵지도 않은 타구를 나는 쉽지도 어렵지도 않게 받아냈다. 3루측 덕아웃에 모여 있던 여자 회원 서포터들이 내지르는 환호성이 외야까지 들려왔다. 첫 타석에선 2루 땅볼, 두 번째 타석에선 1루 땅볼, 세 번째 타석에선 중전 안타를 쳤다. 타점은 2개를 올렸고 자이언츠레전드는 13 대 4로 서전(緖戰)을 장식했다.

이날 오후 2시 지하철 2호선 선릉역 부근의 예식장에서 평소 "여자는 사회인 야구인의 적."이라고 말하던 신동준의 결혼식이 있었다. 일리가, 아니 이리(二理)까지 있는 말이다. 세상의 어느 여자가 주말이면 야구장으로 직행하는 남자친구나 남편을 좋아하겠는가. 야구만 하면 또 모른다. 경기 후에 술까지 마시게 되면 연애 전

선에, 가정 생활에 위기가 올 수도 있다.

그런 면에선 신동준과 윤여훈은 참 운이 좋은 편이다. 이해심 깊은 여자친구, 아내가 있어 일요일에는 거의 야구장에 나온다. 특히 윤여훈은 연습 경기, 자체 연습, 정규 리그 경기를 포함해 단 한 번도 불참한 적이 없다. 그는 그런 사람에겐 팀 차원에서 개근상이라도 줘야 한다며 속 보이는 말을 하지만 그런 상이 생길 가능성은 없다. 윤여훈은 아예 아내와 자녀들을 동반하고 야구장에 나올 때가 많다.

나창범과 김선홍도 운이 나쁘지는 않다. 이들은 쌍(雙)으로 경기장에 나타나고 쌍으로 사라지는데 아내가 싫어해 불참한다는 소리는 들어보지 못했다. 참석률도 매우 좋다. 나창범은 경기 후에는 술을 잘 마시지 않는 까닭에 좀처럼 회식 자리에 동석하지 않는다. 음주가무를 좋아하는 김선홍은 그럴 때면 못내 아쉬운 듯 나창범의 차에 장비를 싣고 귀가할 준비를 한다. 나창범의 중학교 1년 후배이기도 한 김선홍은 나창범을 매우 두려워하는 눈치다. 나창범이 중학교 다닐 때 껌을 좀 씹었다는 게 김선홍의 농담이다.

나창범은 매우 가정적이다. 한 번씩 팀 회식에 아내와 딸이 동석할 때가 있는데 이것저것 챙겨주는 모습이 보통 남자는 따라갈 수 없을 정도다. 영업 일을 하는 까닭에 접대 등의 술자리에서는 술을 마시지만 팀 회식에서는 거의 술을 마시지 않는다. 그럴 때면 사이다를 소주잔에 따라가며 대작을 하는데 술을 마시지 않아도 술을 마시는 것처럼 분위기를 맞추고 즐긴다.

Y중학교에서 평상복으로 갈아입었다. 근처의 미용실에서 머리를 감고 예식장으로 갔다. 황상호, 문성원, 김재우, 나창범, 배호열, 유진국, 윤여훈, 김용기, 윤여준 등이 먼저 와 있었다. 유진국이 "부산엔 잘 다녀오셨어요?"라고 묻는데 가슴이 뜨끔했다. 팀원들에겐 부산에 다녀온다는 핑계를 대고 혹시 결혼식에 못 간다면 축의금만 보내겠다고 말했었다. 자이언츠레전드에서 경기를 하고 뒤풀이에라도 참석을 하면 결혼식 참석이 어렵겠다는 생각을 했던 것이다. 얼굴빛 하나 바꾸지 않고 "잘 다녀왔지. 일찍 서울에 도착해 달려왔어."라고 대답했던 것 같다.

식사를 하고 예식장 앞에서 팀원들과 담배를 피우게 됐다. 딴에는 사랑스러운 눈길로 유진국을 바라보는데 "왜 쳐다보느냐."는 대답이 돌아왔다. 그래서 내가,

"내 눈 갖고 쳐다도 못 봐? 무슨 중학생이야? 눈 마주쳤다고 시비 걸게? 나한테 지금 시비 거는 거지?"

했더니, 유진국은 웃음을 주체하지 못했다.

성대 구장과의 악연

제가 전에 모시던 감독도 낚시 참 좋아하셨습니다.
낚시 하며 제 생각 많이 했다더군요.
저놈을 잘라야 되나 말아야 되나.
— 차명석

3월 9일(월), 조금의 고민도 없이 투수 강습을 빼먹었다. 독립
문역 근처에 있는 기범의 집으로 가 WBC 1라운드 순위 결정전을
보기로 했다. 한국이 일본을 꺾는 데는 1점이면 충분했다. LG 트
윈스의 봉중근(奉重根)이 '의사(義士)'로 데뷔한 날이었다. 승부가
결정되는 순간, 기범과 하이파이브를 했다. 수요일(3월 11일)에는
레슨에 참석했다.

3월 15일(일) 오전엔 최강와인드업과의 연습 경기가, 오후엔
엔젤스오브하스피톨과의 윈리그 정규 경기가 있었다. 자이언츠레
전드 정규 리그도 잡혀 있었지만 이번엔 K 드래곤즈를 선택했다.
어쩌다 약속이 되어 기범과 성만이 오후 경기를 구경하러 오기로
했다. 오전 경기는 특기할 만한 것이 없다. 오후 경기엔 친구 앞에
서 엄청난 굴욕을 겪었다.

친구가 구경 와서 그랬는지 어쨌는지 황상호와 코치진은 나를
선발 우익수로 출전시켰다. 문성원이 수석코치, 김재우가 작전코

창단 멤버 최세훈(1976년생).

치다. 그때 기범은 이미 성균관대 야구장에 와 있었고, 성만은 아직 전철을 타고 오는 중이었다. 경기 전 나는 황상호에게 기범을 소개하며 친구라고 했다. 그리고 기범에게는 황상호를 가리키며 "내가 데리고 있는 감독."이라고 소개했다.

기범이 누구던가. 내 캐치볼 실력을 대놓고 비웃었던 원수 같은 친구가 아니던가. 2008년 12월 20일 삼청동 중앙고등학교에서 캐치볼 한 것을 마지막으로 그는 내가 야구하는 모습을 본 적이 없다. 그로부터 약 3개월이 지났다. 나는 그에게 그동안 향상된 내 야구 실력을 보란 듯이 과시하고 싶었다.

　2회초 첫 타석에 들어섰다. 기범이 보고 있다고 생각하니 조금 긴장되었다. 볼이 왔다. 휘둘렀다. 공은 강하게 유격수 정면으로 굴러갔다. 땅볼 아웃이었다. 안타를 쳤으면 훨씬 좋았겠지만 야구는 그럴 수도 있다. 하지만 4회초 두 번째 타석에도 나는 2루수 땅볼로 물러났다. 여기에서 끝났으면 차라리 행복했을 것이다.

　4회말 수비 때 나는 우익수 쪽으로 뛰어나갔다. 운동장 이곳저곳을 어슬렁거리며 둘러보던 기범은 우익수 쪽 펜스 너머에 있는 벤치에 앉아 있었다. 그를 슬쩍 훔쳐보았다. 후드 모자를 둘러쓴 그의 모습이 괴기스러워 보였다. 등뒤로 그의 시선이 따갑게 느껴졌다. 공이 제발 내 쪽으로 오지 않았으면 좋겠다는 생각을 했다.

　상대 팀의 첫 타자는 2루수 땅볼로 아웃됐다. 두 번째 타자는 유격수 땅볼로 물러났다. 세 번째 타자 역시 삼진으로 물러날 뻔했지만 볼이 뒤로 빠져 낫아웃으로 1루에 진출했다. 이게 화근이었다. 주자는 2루 도루에 성공했다. 네 번째 타자가 친 문제의 공이 평범한 포물선을 그리며 내 쪽으로 날아왔다. 2루 주자는 투아웃 상황이라 무조건 뛰기 시작했다.

　공을 잡기 위해 네댓 걸음 왼쪽으로 옮겼다. 공은 내 글러브에 빨려 들어오더니 거짓말처럼 '툭' 하고 그라운드에 떨어졌다. 순간 온몸의 피가 얼굴로 치밀어 오르는 것 같았다. 3루를 돌고 있는 상대 팀 주자가 보였다. 이제 만회할 길은 빨랫줄 같은 홈송구로 주자를 잡는 길뿐이었다. 나는 공을 잡아 냅다 홈으로 던졌다. 이번엔 온몸의 피가 손가락으로 모이는 듯했다.

내가 던진 공은 강하게, 그리고 멀리, 1루 덕아웃 쪽으로, 하필이면 황상호 쪽으로 날아갔다. 재빨리 피하지 않았다면 공에 맞아거의 사망에 이르렀을 황상호는 화가 머리끝까지 치밀었다. 다음타자가 2루수 땅볼로 아웃되고 이닝이 종료됐다. 내가 덕아웃에 들어가자 황상호의 고함이 들렸다.

"야, 범준이 빼!"

그렇게 나는 친구 앞에서 '굴욕적인 교체'를 당했다. 다행인것은 내가 그것을 굴욕이라고 느끼지 않았던 데 있다. 황상호의 성격이나 마음 씀씀이를 잘 알고 있기 때문이다.

황상호는 만화에서 금방이라도 튀어나온 듯한 캐릭터를 지니고 있다. 외모가 '무대리'와 흡사하다. 성격은 김수정 화백의 '아기공룡 둘리'에 등장하는 '고길동'과 비슷하다는 말을 자주 듣는다. 이 만화에서 고길동은 '만년과장이지만 둘리가 데려온 대식구를 몽땅 떠맡아 먹여 살리는 어쩌면 대단한 능력의 소유자'[17]로 그려진다. 둘리나, 그 친구들에게 고래고래 고함은 지르지만 마음이따뜻한 고길동은 차마 그들을 내쫓지 못한다. 황상호 역시 목소리만 컸지 심성은 매우 여린 편이다.

이런 사정을 알 리 없는 기범은 좀처럼 내 쪽으로 오지 못했다. 그를 부르다시피 해서 의자에 앉히고 다그치듯 소리쳤다.

"너 때문에 에러 했잖아! 무슨 공포영화 찍나? 모자 둘러쓰고 하필이면 거기에 앉아 있노?"

기범은 웃음을 참지 못하며 "그 말 나올 줄 알았다."고 했다. 그리고 얼마 후 성만이 야구장에 도착했다. 경기가 끝날 때까지 성만과 원 없이 캐치볼을 했다. 팀원들과는 헤어지고 기범, 성만과 고깃집에 갔다. 야구 얘기는 조금만 하고 고기를 많이 먹었던 듯하다. 이것이 나와 성대 야구장 간의 악연의 시작이다. 그 뒤로 나는 이 구장에만 오면 맥을 못 췄는데 2009년 말까지 성대 구장(원리그)에서의 내 타율은 고작 1할8푼8리에 그쳤다.

다음날(3월 16일) 투수 강습 때는 팔이 너무 아파 연습을 거의 못했다. 이틀 후 레슨에서는 처음으로 변화구 그립을 배웠다. 3월 22일(일) 경기는 우천으로 연기됐고, 일주일 후(3월 29일)에도 리그 경기 일정이 잡히지 않아 포천 백로주 구장에서의 연습 경기로 대체됐다.

그 사이인 3월 24일 대한민국 국가대표 야구단은 일본에 3 대 5로 석패, WBC 준우승을 차지했다. 나는 회사에서 도시락을 시켜 먹으며 처음부터 끝까지 시청했다. 감동도 컸지만 아쉬움이 더 컸다.

또다시 멘탈이 문제다

야, 지금 웃음이 나오냐?
―정현욱

투수 강습은 월요일엔 팔이 아프고, 수요일엔 팔이 풀려 공이 좋아지는 패턴이 한동안 지속되었다.

4월 5일에는 K 드래곤즈와 자이언츠레전드의 경기가 겹쳤다. 한 팀을 선택해야 했는데 미련 없이 자이언츠레전드를 선택했다. 이유가 있다. '롯데 자이언츠의 서울 팬클럽' 회원들과 4월 4일부터 1박 2일간 경기도 양평으로 MT를 가기로 했는데 나 말고도 자이언츠레전드 선수인 사람이 한 명 있었다. 다음 날 그의 차를 타고 자이언츠레전드 경기에 참석하기로 했다.

K 드래곤즈 홈페이지에는 이런 불참 통고를 달았다. 표현과 단어는 약간 순화했다.

불참~~봄날이라 아가씨들하고 나들이 갑니다. 상호 형은 야구랑 결혼하시고 나는 여자랑~~ 크하하

그러자 이런 댓글이 오고 갔다.

ㄴ황상호: 범준아~!~아가씨들 어디서 구했노. 니 진짜 아가씨들

　　하고 가나. 나도 끼워줘.

ㄴ정범준: 형까지 끼면 모임이 너덜너덜해집니다 ㅎ

ㄴ황상호: 범준아. 어차피 니가 끼면 너덜너덜한 거 나 끼워준다고

　　티 나겠나. 잘 먹고 잘 살아래이.

황상호와 나의 수준이 이렇다. 보통 이렇게 논다.

4월 5일(일) 자이언츠레전드와 한성대 OB 타이푼과의 Y리그 경기. 양평에서 먼 길을 찾아갔지만 나는 선발 오더에 오르지 못했다. 그런데 1회초 자이언츠레전드 수비에서 우익수 박병연이 연속으로 실책을 두 개 범했다. 그중 하나는 이른바 '라면 수비'였다. '라면 수비'란 동네 슈퍼에 라면 사러 가는 것처럼 어슬렁어슬렁 수비를 하는 것을 말한다.

감독 김시원은 바로 박병연을 빼고 나를 투입했다. 나야 좋았지만 박병연으로서는 기분이 좀 나쁘겠다는 생각을 했다. 당연한 교체라고 볼 수는 있었다. 하지만 그 방식이 조금 냉정했다. 아 다르고 어 다른 게 우리말인데 주의를 주고 교체를 하더라도 좀 더 다독여주었으면 하는 아쉬움이 있었다. 이 일이 계기가 되지는 않았겠지만 김시원과 박병연의 불화는 훗날 팀이 쪼개지는 한 단초가 된다.

첫 타석에선 유격수 쪽 내야 안타, 두 번째 타석에선 유격수 플

라이 아웃, 세 번째 타석에선 유격수 강습 내야 안타를 기록했다. 3타수 2안타, 타점 하나였다. 내야 안타는 이제 지긋지긋했다. 외야수 키를 넘기는 강한 타구를 미치도록 날리고 싶었다. 그런 날이 언제 올 것인가. 당분간 요원하리라는 느낌이었다.

우익수 수비에서는 원바운드가 된 공이 내가 예상한 것보다 높이 튀어올라 얼굴에 맞는 일이 있었다. 불규칙 바운드였다. 재빨리 얼굴을 오른쪽으로 돌렸기에 망정이지 그렇지 않았다면 앞니가 부러졌을 것이다. 공은 왼뺨에 맞고 뒤로 흘렀다. 어찌된 일인지 이번에도 아프지 않았다. 운이 좋았다. 인생에서도, 야구에서도 나는 내 운을 믿는 편이다.

공수 교대를 하기 위해 덕아웃으로 달려갔더니 분위기가 이상했다. 덕아웃 쪽에서는 내가 처리한 공이 평범하게 보였던 모양이다. 그 각도에서는 그렇게 보일 수도 있겠다고 생각했지만 기분이 상했다. 내가 "불규칙 바운드였다."고 하자 한 팀원은 "에이, 에러던데요, 뭘."이라고 했다. 중견수 하근배가 "불규칙 바운드 맞다. 그런 건 못 잡는다."며 내 말에 힘을 실어주었는데도 그는 믿으려 하지 않았다.

그런데 이 게임이 자이언츠레전드에서의 나의 마지막 공식 경기가 되어버리고 말았다. 뒤에 서술할 기회가 있겠지만 이 해 5월 말 내가 팀에서 '임시 탈퇴'를 했기 때문이다. 어찌 됐건 자이언츠레전드에서의 공식 기록은 6타수 3안타, 5할, 타점 3이었다. 장비를 챙기고 귀가해 보니 야구 글러브와 배팅장갑이 보이지 않았다. 팀과 리그 운영자에게 문의해 봤지만 끝내 찾지 못했다. 일주일 전 나창범으로부터 중고 글러브를 구입했는데 새 글러브는 잃어버리고 중고 글러브를 쓰게 됐다. 글러브는 아깝고 가슴은 아팠다.

4월 6일(월) 레슨 때는 팔이 아파 제대로 연습하지 못했다. 이틀 후 강습에서는 팔이 풀려 꽤 공이 좋았다. 코치의 과한 칭찬이 있었다. 월요일에 팔이 아픈 이유는 일요일에 공을 많이 던졌기 때문이다. 그 무렵 나는 일요일마다 '위력 시위'를 했다. 컨트롤은 여전히 좋지 않았지만 내 공이 이만큼 좋아졌다는 것을 팀원들에게 보여주고 싶었다. 그래서 캐치볼을 해도 힘의 7, 8할을 실어 던졌다.

팀원들도 내 꿈이 투수라는 걸, 언젠가는 마운드에 서기 위해 강습을 받고 있다는 사실을 알고 있었다. 내 볼이 이 정도면 통하리라는 자신감도 있었다. 중요한 것은 감독과 코치, 팀원들에게 믿음을 주는 것이었다. 롯데 자이언츠 조성환(趙晟桓)은 이런 말을 했다.

주위의 믿음이 없이 서면 선수는 정말 외로운 싸움을 하는 거예요. 신인이나 2군에서 갓 올라온 선수가 진짜 힘든 건 고독하다는 거죠. 아무도 믿어주질 않으니까요. 그렇게 믿음을 얻기까지가 정말 힘듭니다.('원티드 인터뷰', 2009년 6월 9일자《스포츠조선》)

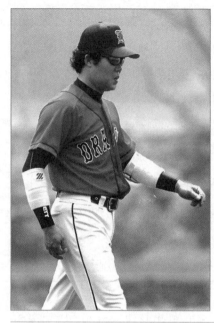

현 감독 황상호(1967년생). 창단 초기에는 주로 포수를 맡았지만 현재는 1루수로 출전할 때가 많다. 만화에서 금방이라도 튀어나온 듯한 캐릭터를 지니고 있다. 외모는 '무대리', 성격은 '아기공룡 둘리'에 등장하는 '고길동'과 비슷하다는 말을 자주 듣는다.
출처_SB리그 홈페이지.

기회가 왔을 때 실력을 보여주어야 믿음을 얻을 수 있다. 4월 12일(일) 일산 한서고 야구장에서 나는 그 기회를 얻었다. 윈리그 LG트윈스닷넷과의 경기 직전, 감독 겸 포수 황상호와 불펜 피칭을 한 것이다.

또다시 멘탈이 문제였다. 정재철을 상대로 공을 던질 때는 편하고 쉽게 공을 뿌릴 수 있었다. 그러나 포수가 바뀌면 왠지 불편하고 어색했다. 또 볼이 엉망으로 빠져버려 포수가 짜증을 내지 않을까 두려웠다. 그런데다가 황상호는 그냥 포수가 아니었다. 선발 오더를 좌지우지하는 감독 겸 포수였다.

황상호에게 스무 개쯤 볼을 던졌던 것 같다. 제대로 들어간 스트라이크가 없을 만큼 엉망이었다. 전력을 다했지만 공도 빠르지 않았다. 왜 이러지, 왜 안 되지 하는 생각뿐이었다. 황상호는 그만하자며 이렇게 지적했다.

"레슨 받는다더만 는 게 없어. 릴리스 포인트가 제각각이야. 볼을 끌고 나오지 않고 던지니까 컨트롤이 안 되는 거다."

경기는 K 드래곤즈가 12 대 7로 승리했다. 첫 타석에선 유격수 실책으로 나갔고 두 번째, 세 번째 타석에선 각각 3루 플라이, 유격수 플라이로 물러났다. 3타수 무안타였다. 믿음을 얻기는커녕 오히려 실망을 더 안겨준 날이었다.

 첫 등판의 사사십육 사건

내일 경기를 위해서 투수를 아낄 필요는 없다.
내일은 비가 올지도 모르니까.
—레오 듀로처

4월 13일(월) 일기에는 "투수 레슨. 좋지 않은 몸이었으나 과

한 칭찬을 받음."이라고 적혀 있다. 이틀 후 레슨에는 불참했다. 살짝 비도 오고 해서 약속을 잡아버렸다.

4월 19일(일)은 진짜 양다리를 걸친 날이다. 오전에는 Y중학교에서 자이언츠레전드 팀원들과 배팅 훈련을 했고, 오후에는 K 드래곤즈의 카이브론즈리그 경기를 줄곧 벤치에서 '관전'했다. 오전 연습에는 선수 출신의 초빙 코치가 와서 팀원들의 타격 자세와 투구 폼을 교정해 주었다. 내 타격 자세가 좋았던 모양인지 아니면 별로 관심이 없었는지 유독 나에게는 별다른 말이 없었다. 타격 할 때 리듬을 좀 타보라는 조언 정도였다. 훈련을 끝내고 자이언츠레전드 팀원들은 정규 리그 경기를 갖기 위해 또 다른 Y중학교로 이동했고, 나는 홀로 전철을 타고 도봉역으로 향했다. 오후 경기에서는 K 드래곤즈가 노비스에게 5 대 7로 패배했다.

4월 20일(월) 강습에는 팔이 아프고 배도 아파서 9시 20분쯤 일찍 귀가했다. 수요일(4월 22일)에는 뜻밖의 경험을 했다. 강습생이 나밖에 안 나온 것이다. 왠지 뿌듯했다. 동급생들 놀러 간 사이에 혼자 공부하는 기분이었다. 하지만 레슨을 30분 정도밖에 하지 않아 아쉽기는 했다.

4월 25일(토)은 KBS 예능 프로그램인 '천하무적 야구단'이 첫 전파를 탄 날이다. '천하무적 야구단'은 곧 K 드래곤즈 팀원들이, 아니 사회인 야구인들이 즐겨 시청하는 프로그램으로 자리를 잡게 되었다. 황상호와 김재우는 이 해 9월 이 프로그램에 출연하게 된다.

4월 26일(일) 성대 야구장에서 모처럼 안타다운 안타를 날렸다. 첫 타석에선 유격수 실책으로 출루했고, 두 번째 타석에선 투 아웃, 주자 2, 3루 상황에서 2타점 우전안타를 때렸다. 마지막 타석에선 2루수 앞으로 강한 타구를 날렸지만 에러로 처리돼 안타로 기록되지 못했다.

4월 27일 월요일. 일기에는 "빨라진 공."이라는 메모가 있다. 당연한 말이기는 하다. 공을 던질 때 마지막 임팩트를 빨리 하면 구속이 꽤 증가한다는 사실을 몸으로 느꼈다. 머리로 아는 것과 몸으로 느끼는 것은 차이가 있다. 수요일 레슨 때는 투구 감이 좀 떨어진 듯했다.

황상호와 K 드래곤즈는 남양주시장기 쟁탈 사회인 야구대회에 출전하기로 했다. 토너먼트 방식으로 치러진 이 대회에서 K 드래곤즈는 5월 2일(토) 남양주 삼패2구장에서 첫 경기를 가졌다. 물론 나는 벤치만 지켰는데 경기 직전 가슴이 철렁하는 사건이 있었다.

불펜에서 신동준의 볼을 받아주었다. 볼만 받아주었던 것은 아니고, 나도 연습 투구를 한다는 마음으로 힘껏 그에게 볼을 뿌렸다. 그러다가 내가 던진 공이 빠져버려 덕아웃 지붕을 두 번 튀더니 맞은편에 서서 이야기를 나누고 있던 팀원들에게 날아갔다. 공은 김융기의 머리 위를 살짝 스쳐 김재우의 머리에 정통으로 맞아버렸다. 마치 느린 화면을 보듯 나는 그 장면을 지켜보았다. 영원 같은 순간이었다. 안타까운 것은 그때 김융기는 모자를, 김재우는 헬멧을 쓰고 있었다는 점이다. 그때 김재우를 보내버릴 수 있었는데 지금도 아쉽다.

스코어는 기록해 두지 않아 기억할 수 없지만 K 드래곤즈가 패배해 1회전에서 탈락했다. 당연히 뒤풀이를 가졌다. 이 자리에서 이런저런 걱정이 오고 갔다. 다음 날 경기도 있었지만 투수 자원이 바닥난 상태였다. 신동준과 문상남이 계투하면서 너무 많은 공을 던졌기 때문이다. 김재우가 황상호에게 물었다.

"형. 내일 범준이 던지게 하면 안 될까요?"

"범준인 안 돼. 스트라이크를 못 던지잖아."

"범준이 공은 묵직하고 좋아요. 새가슴이라서 그렇지."

김재우가 이번엔 내게 물었다.

"너, 내일 던질 수 있겠냐?"

슬쩍 부아가 났다. 김재우에게가 아니라 스스로에게 말이다. 4개월 이상 투수 강습을 받았는데도 스트라이크를 못 던진다니 속상하고 부끄럽고 화가 났다. 나는 강한 어조로 말했다.

"당연하지."

"정말?"

나는 약간 짜증스런 어투로 "당근이지, 그럼. 레슨을 몇 개월 받았는데."라고 대답했다. 나의 투수 데뷔전은 그렇게 뒤풀이 자리에서 결정되었다.

전날 제법 술을 마셨는데도 이튿날 나는 새벽 6시쯤 눈을 떴다. 다시 잠이 올 리 만무했다. 팀원들은 아무도 모를 것이다. 나는 운동복을 챙겨 입고 우이천변으로 나갔다. 몸을 풀고 가볍게 뛰고 새도 피칭을 했다. 이미지 트레이닝도 하면서 마음을 다잡았다. 잘 할 수 있을 것 같았다. 나는 전의를 다졌다.

이날(5월 3일) 오전 10시 세계사이버대학교 야구장. 1시간 후면 나는 리그 공식 경기에서 처음으로 마운드에 서게 된다. 상대는 마인즈라는 팀이었다. 나는 스트레칭을 하고 나서 불펜 피칭을 했다. 선발 출장 예정인 포수 나창범이 공을 받아주었다. 여러 가지 핑계를 댈 수 있다. 간밤의 술로 몸이 무거웠다. 잠이 모자라 개운한 기분도 아니었다. 무엇보다 전날의 과도한 캐치볼이 문제였다. 팔이 아파서 도저히 내 폼을 기억할 수도, 찾을 수도 없었다.

불펜에서부터 스트라이크가 들어가지 않았다. 슬슬 긴장되기 시작했다. 내 투구를 지켜보던 황상호는 "쟤, 안 된다고 했잖아."라며 나를 선발 오더에서 빼려 했다. 그때 차라리 빠졌다면 그 긴 방황은 없었을 것이다. 김재우는 한 번만 맡겨보자고 황상호를 설득했다. 약간의 실랑이 끝에 내 이름은 다음과 같이 선발 오더에 오르게 되었다.

투수 정범준

1회초 K 드래곤즈 공격이 끝났다. 황상호의 적시타로 1점을 선취했다. 이제 마운드에 오를 순간이었다. 가슴이 쿵쾅거렸는지는 기억나지 않는다. 약간은 긴장했을 것이다. 이윽고 마운드에 섰다. 상대 팀 타자가 타석에 들어왔다. 귀에서 무슨 소리가 나는 듯했고 아무것도 보이지도 들리지도 않았던 것 같다. 나는 와인드업을 하기 시작했다.

내 손을 빠져나간 공은 땅에 처박히거나 타자의 머리 위로, 등 뒤로 날아갔다. 포수가 손을 쓸 수 없을 만큼 벗어나거나 심판 뒤쪽 그물망에 그대로 맞은 공도 있었다. 그렇게 열여섯 개의 공을 던졌다. 모두 볼이었다. 나는 곧바로 이병진(李炳陣)과 교체됐다. 아웃카운트 하나는커녕 스트라이크 하나를 잡지 못하고 마운드에서 내려온 것이다.

$4 \times 4 = 16$. 훗날 나는 내 첫 등판을 '사사십육 사건'으로 명명했다. 포볼 네 개를 내주는 데 공 열여섯 개면 충분했다. 공 아홉 개로 삼진 세 개를 잡는 것도 어렵지만 단 열여섯 개의 공으로 포볼 네 개를 주는 것도 쉽지 않은 일이다.

어쨌거나 이병진에게는 너무 버거운 짐을 맡긴 셈이었다. 1회 K 드래곤즈는 6점을 내주고 공수를 교대했다. 이병진이 세 번째 아웃카운트를 잡았을 때 팀원들은 경기에 이기기라도 한 듯이 덕아웃으로 달려왔다. 특히 윤여훈은 "와, 끝났다!" 하고 환호성을 질렀다. 농담이지만 윤여훈의 이름을 수첩에 적어두었다.

이병진은 2회를 잘 틀어막았다. 1점을 더 내줬지만 선방이었

내야수 이병진(1973년생). 주로 내야를 맡지만 더러 투수도 보는 전천후 선수다. 이날은 내 뒤를 구원등판해 2이닝을 잘 마무리했다. 2009년 5월 3일 세계사이버대 야구장.

다. K 드래곤즈는 2 대 8로 끌려갔다. 3회초 K 드래곤즈 공격은 득점 없이 마무리됐다. 황상호는 강수를 두었다. 투수는 문상남으로 교체됐다. 전날 많이 던져 구위가 다소 떨어진 문상남은 3회말 2실점했다. 스코어는 2 대 10이었다.

우습고 재미있는 것은 이날 K 드래곤즈가 12 대 11로 이겼다는 점이다. 이래서 야구는 모른다는 말이 나온다. 문상남은 남은 3이닝을 1실점으로 막았고 그 사이 K 드래곤즈 타자들은 4회 5점, 5회 4점, 6회 1점을 추가했다. 경기 후 어느 국밥집으로 가서 팀원들과 점심을 먹었다. 조금의 반주가 곁들여졌다. 계산은 내가 했다. 미안함이 돈으로 상쇄되었다면 좋았으련만 그렇게 될 까닭이 없는 것이다.

레너드 코페트는 이런 말을 했다.

왜 스트라이크를 던질 수 있는 컨트롤은 필수적이고, 정교한 컨트롤
은 '신의 은총'이라고 부르는지는 별도의 설명이 필요 없을 것이다.
투수가 원하는 지점에 정확히 공을 던질 수 없다면 타자를 처리하는
조리법이 아무리 좋더라도 형편없는 요리가 되고 만다.(《야구란 무엇
인가》(이종남 옮김), 71-72쪽)

인간이 할 수 있는 '필수'를 갖춰놓아야만 '신의 은총'을 기대
할 수 있다는 뜻이다. 스트라이크를 던질 때까지는 신(神)마저 나
를 거들떠보지 않을 것이라는 의미도 된다.

 '자이언츠 키드의 헤드퍼스트 슬라이딩'

웬만해서는 헤드퍼스트 슬라이딩을 잘 안 합니다.
한번은 멋지게 슬라이딩을 했는데 베이스하고 30센티미터쯤 차이가 난 거예요.
두 손을 쫙 뻗었는데도.
—이병훈

투구 연습에 더 매진해도 모자랄 판에 5월 4일(월) 레슨은 약

속을 잡아버리고 불참했다. 약간의 좌절감 때문에 그랬던 것 같다. 이튿날인 어린이날 성대 제2구장에서 자이언츠레전드의 연습 경기가 있었다. 경기 전 김시원은 "얼마나 늘었는지 보자."며 볼을 받아주겠다고 했다. 그도 내가 투수 레슨을 받고 있다는 사실을 알고 있었다. 나는 '사사십육 사건'을 이야기해 주고 나서 "주말에 많이 던졌다. 볼 던지는 게 무섭다."며 그의 호의를 사양했다.

경기 중간에 1루수로 교체 출장했다. 타석엔 한 번 나갔다. 좌익수 라인드라이브로 물러났지만 야구를 시작한 이래 내가 친 것 중에는 가장 멀리 나간 타구였다. 나는 다음 수비에서 교체됐다.

이미 나는 5월까지만 자이언츠레전드에서 뛰기로 마음을 굳히고 있었다. 몇 가지 이유가 있다. 애초부터 두 팀의 일정을 소화하는 게 무리였다. 앞서 말했지만 팀 분위기도 나와는 맞지 않았다. 가장 큰 이유는 팀 내의 불화였다. 그때만 해도 '씨앗' 수준이었지만 나는 어쩐지 그 불화가 심상치 않으리라는 예감을 하고 있었다.

월요일(5월 6일)에는 코치 사정으로 강습이 취소됐다. 두어 달 전부터 나는 야구 소설을 구상하고 있었다. '자이언츠 키드의 헤드퍼스트 슬라이딩'이라는 제목도 미리 정해 두었다. 대강의 줄거리는 다음과 같다.

주인공인 '나'는 마흔을 바라보는 미혼 남자다. 국민학교 시절 롯데 자이언츠 창단 어린이회원임을 자랑스러워하는 골수 롯데팬이며 야구광이다. '자이언츠 키드'인 셈이다. 어느 날 '나'는 불현듯 사회인 야구를 하기로 결심한다. 야구를 하기로 결심하면서 '나'는 세 가지 목표를 세운다. 하나는 헤드퍼스트 슬라이딩을 하는 것, 두 번째는 승리투수가 되는 것, 마지막은 홈런을 치는 것이었다. 어떤 일을 시작할 때 세 가지 목표를 세우는 것은 '나'의 버릇이다.

'나'는 세 가지 목표 가운데 홈런이 제일 어려울 것이라고 생각한다. 헤드퍼스트 슬라이딩은 마음만 먹으면 언제라도 할 수 있는 것이었고, 열심히 연습한다면 승리투수가 되는 것은 사회인 야구에서 어려운 일이 아니라고 여긴 것이다. 홈런은 운과 실력이 따라줘야 나오는 것이니까 가장 힘들 것이라고 생각한다.

들어갈 만한 적합한 팀을 찾던 '나'는 '도봉 자이언츠'란 팀을 발견한다. 롯데 자이언츠의 현재 유니폼과 똑같은 유니폼을 착용하는 팀이다. '나'는 가슴이 부풀어오른다. '도봉 자이언츠'에 입단한 '나'는 목표를 이루기 위해 꾸준히 노력한다. 야구 교실에 등록해 투수 레슨을 받고, 집에서도 틈틈이 스윙 연습을 한다.

늦은 나이에 야구를 시작해 팀 내에서 따돌림을 받지만 어느덧 '나'의 야구 실력은 점점 늘어가게 된다. 그러던 어느 날 '나'는 팀원들에게 당당하게 '나'의 세 가지 목표를 말하고 1년 내에 이를 이루겠다고 덧붙인다. 이것이 '나'의 버릇이라고도 밝힌다. 그러자 한 팀원이 묻는다.

"왜 매사에 그런 목표를 세우시나요?"

'나'는 대답한다.

"인생은 주관식이다. 정답은 없다. 하지만 뭐라도 쓰지 않으면 점수를 받을 수 없다. 나름대로 정답을 찾아가는 게 인생 아닌가. 인생을 아등바등 살 필요도 없지만 그렇다고 아무것도 안 할 수는 없다고 본다. 아등바등 살지 않는 것도 한 인생이지만 뭔가 목표를 세우고 노력하는 것도 하나의 삶이다. 어느 게 옳고 그르다는 뜻은 아니다. 다만 '나'는 후자 쪽이다. '내'가 세 가지 목표를 세우는 것은 그런 이유에서다."

어느 날 경기에서 '나'는 우연히 홈런을 친다. 세 가지 목표 가운데 뜻밖에도 홈런이 제일 먼저 이루어진 것이다. '나'는 느긋해진다. 승리투수도 어렵지 않게 달성한다. 그런데 헤드퍼스트 슬라이딩이 문제가 된다. 헤드퍼스트 슬라이딩은 해야 할 상황에서만 해야 한다. 그것은 타이밍이자 밸런스다. 타이밍에 맞지 않는, 밸런스를 잃어버린 헤드퍼스트 슬라이딩은 '오버'가 되거나 '쇼' 혹은 '퍼포먼스'가 된다. 상대 팀에 대한 조롱이 될 수도 있다. '나'는 담배도 '던힐 밸런스'만 핀다.

사회인 야구에서 헤드퍼스트 슬라이딩을 해야 할 상황은 거의 연출되지 않는다. '나'는 초조해진다. 1년의 시한이 다가오는 어느 날 경기에서 '나'는 안타를 치고 1루에 출루한다. 그리고 2루 도루에 성공한다. 후속 타자 두 명이 평범한 플라이로 물러나고 다음 타자가 우전안타를 친다. '나'는 미칠 듯이 질주하기 시작한다. 3루 베이스를 돌았을 때 우익수가 송구한 공을 2루수가 중계하고 있는 모습이 보인다. 2루수는 홈을 향해 전력으로 공을 던진다. '내' 시야에 공이 홈 베이스 약간 오른쪽으로 비껴가는 모습이 들어온다. '내'가 할 수 있는 것은 심장이 터질 때까지 무조건 뛰는 것뿐이다. 꼭 헤드퍼스트 슬라이딩이 아니라 해도 좋았다.

소설의 결말은 여운을 남기기로 했다. 헤드퍼스트 슬라이딩에 성공했는지 그렇지 않은지 밝히지 않으려 한 것이다.

내가 '최동원 평전'을 쓰겠다고 결심한 것이 2005년 5월이었다. 지인들에게 최동원에 대한 책을 내겠다고 말했더니 몇몇은 소설가 박민규의 《삼미 슈퍼스타즈의 마지막 팬클럽》을 읽어보라고 했다. 박민규의 작품은 소설이고 내가 쓰려고 하는 것은 평전이라고 말해 줘도 그들의 말은 마찬가지였다.

혹시 '최동원 평전'이 《……마지막 팬클럽》과 비슷한 내용이나 주제가 될 수도 있어 한 번 읽어보기로 했다. 2006년경 박민규의 책을 구입했다. 재미있게 읽었다. 내가 이해한 이 책의 주제는 '아등바등 살지 말라'는 것이었다. 그것도 맞는 말이라고 생각했다. 그러곤 잊어버렸다.

'자이언츠 키드의 헤드퍼스트 슬라이딩'을 구상했을 때 나는 《……마지막 팬클럽》을 떠올렸다. 그리고 아등바등 살지 않는 것도, 목표를 세우고 노력하는 것도 각기 하나의 인생이라고 생각했다. 나는 '자이언츠 키드……'를 쓰기 위해 몇 가지 참고할 만한 책을 구입하기로 했다.

5월 8일(금) 인터넷서점에서 레너드 코페트의 《야구란 무엇인가》, 조지 벡시의 《야구의 역사》 등을 주문했다.

두려움이냐 공포냐

배팅은 타이밍이고,
피칭은 그 타이밍을 흩뜨려 놓는 것이다.
— 워렌 스판

첫 등판의 실패는 타격에서의 집중력을 다지는 계기가 되었다. 하나를 못하면 다른 것을 통해서라도 만회하려는 심산이었던 듯하다.

5월 10일(일) 남양주시 삼패2구장에서 K 드래곤즈와 인베이더의 연습 경기가 있었다. 점수는 기억나지 않는데 여하간 K 드래곤즈가 웃은 날이었다. 선발 우익수로 출장했다. 첫 타석에서는 10여 구까지 벌인 승부 끝에 볼넷을 골랐다. 만루여서 1타점을 기록했다. 두 번째 타석에서는 우익수 옆을 꿰뚫는 3루타를 날렸다. 생애 첫 3루타였다. 세 번째 타석에서도 포볼로 진루했다.

5월 11일(월) 레슨 참석. 투수 강습을 받는 인원이 자꾸 줄어들고 신입회원도 없어 이번 주부터 화요일, 목요일에 야수조와 함께 투수 강습을 받기로 했다. 정재철에게 '사사십육 사건'을 말해 주었다. 그는 "내가 기술은 가르쳐줄 수 있지만 멘탈까진 어쩔 수 없다. 스스로 이겨내야 한다."고 했다. 5월 14일(목) 야수조와 함께 첫 연습을 시작했다. 이날부터 나는 타격 훈련도 같이 받았다. 처음 1시간은 투수 강습, 나머지 1시간은 타격 강습이었다.

처음 투수 강습을 할 때 코치는 서서 공을 받는다. 그러다가 컨트롤이 잡히면 앉아서 받게 된다. 정재철과 캐치볼을 시작한 것이 2월 초라 벌써 3개월이 넘었는데도 그는 앉지 않았다. 나는 이날 야구일기에 "아직도 앉지 못하는 코치. 제구력은 타고나는 것인가, 집중력인가."라고 적었다. 5월 17일(일) K 드래곤즈와 자이언츠레전드, 두 팀 모두 리그 일정이 있었으나 우천으로 취소됐다. 5월 19일(화) 전(前) 직장 동료들과 모임이 있어 레슨에 불참했다. 목요일(5월 21일)에는 강습에 참석했다.

《야구란 무엇인가》는 '야구의 바이블'이라고도 일컬어지는 고전이었다. 《스포츠춘추》 기자 박동희는 이 책에 대해 "지금껏 셀수도 없이 많은 야구 서적이 출판됐지만 야구 사서(史書)와 야구이론서를 이처럼 조화롭고 명징하게 기술한 책은 없었다. 그런 의미에서 이 책이야말로 야구를 좋아하는 이들에겐 필독서이자 교과

서이다."라고 평가하고 있다.

이 책을 읽고 나니 야구는 정말 인생과 흡사하다는 생각이 새삼 들었다. 저자 레너드 코페트는 머리말에서 "초판본에서 쓴 것을 단 한 자 고침 없이 고스란히 살려두어도 여전히 내용에 변함이 없는 대목도 있다."며 이렇게 덧붙였다.

> 일상생활에서는 기분이나 건강 상태가 어떤 일을 수행하는 데 큰 영향을 미친다는 것, 어떤 일을 하겠다는 목표 의식을 갖고 있으면 일의 결과가 대체로 그와 비슷한 방향으로 나타난다는 것, 자신감과 집중력이 더해진다면 육체적 능력이나 '확률'을 뛰어넘어 더 좋은 결실을 맺는다는 것 등이 그것이다.(《야구란 무엇인가》 머리말, 19쪽)

5월 23일(토)은 Y중학교에서 자이언츠레전드의 연습 경기가 있는 날이었다. 오전 9시 40분쯤이었던 것 같다. 그때까지 늦잠을 즐기고 있는데 거실에 계시던 어머니의 비명이 내 방까지 들렸다.

"엄마야, 노무현이 자살했단다……. 노무현이 자살했단다……. 아이고, 이를 우짜노? 이를 우짜면 좋노?"

순간 섬뜩했다. 믿을 수 없는 소식이었지만 나는 그것이 사실임을 직감했다. 신경질과 분노가 전기에 감전된 것처럼 밀려왔다. 이불을 뒤집어쓰고 더 자려 하다가 어느 순간 벌떡 일어난 내 자신을 발견했다. 안방에 들어가 뉴스를 봤다. 그때의 상황과 심정을 더는 설명할 필력이 없다.

기범에게 전화를 걸었다. 토요일임에도 회사에 나가 일을 하고 있었다.

"뉴스 봤나?"

"뭣을?"

기범에게 상황을 설명했다. 또 무슨 이야기를 했던 것 같은데 기억에 남은 것은 전혀 없다.

그날 오후 나는 야구 장비를 챙겨 Y중학교에 갔다. 자이언츠 레전드의 연습 경기에 나가기 위해서였다. 야구 말고는 달리 할 수 있는 게, 하고 싶은 게 없었다. 한 타석에 나가 포볼 하나, 도루 두 개를 기록했다. 득점과 에러도 하나씩 있었다. 팀원들끼리 노무현 서거에 대한 이야기는 거의 안 한 것으로 기억한다. 일부러 피했는지도 모른다.

다음날도 내가 할 수 있는 것, 하고 싶은 것은 야구뿐이었다. 일산 한서고 야구장에서 K 드래곤즈의 원리그 경기가 있었다. 상대는 거스트란 팀이었다. 경기 중간에 교체 선수로 나가 한 타석에 나섰다. 6회초 투아웃 만루 상황에서 삼진을 당했다. 7 대 3으로 K 드래곤즈가 이겼다. 경기 후 뒤풀이가 있었는데 참석하지 않았다. 기범과 만나기로 약속했기 때문이다.

지하철 3호선 독립문역에서 내려 기범과 만났다. 단골 횟집에 가서 소주를 마셨다. TV에 노무현 대통령 서거에 대한 관련 보도가 흘러나와 술을 마시는 내내 하염없이 눈물이 흘렀다. 다음날 덕수궁 앞에서 만나 함께 분향을 하기로 약속하고 기범과 헤어졌다.

5월 25일(월) 오후 6시쯤 기범과 덕수궁 앞에서 만났다. 그때까지만 해도 조문 행렬이 그다지 길지 않았다. 40분 내지 1시간쯤 기다려 분향을 마칠 수 있었다. 그날도 기범과 술을 마셨다. 그 주 화요일과 목요일 레슨에는 모두 불참했다. 일주일 동안 계속 마셨다.

정확한 날짜는 기억나지 않는다. 이 주의 어느 날, 나는 자이언츠레전드에서 탈퇴했다. 형식이 '임시 탈퇴'였고, 사정만 맞으면 이듬해 다시 돌아갈 마음도 없지는 않았지만 이것이 자이언츠레전드와의 영원한 이별이었다. 자이언츠레전드는 창단 1년이 갓 지난 2009년 12월 두 팀으로 갈라져 완전히 사라지게 된다.

5월 31일(일) K 드래곤즈의 연습 경기와 정규 리그 경기가 있었다. 연습 경기에 나가 볼넷과 안타 하나씩을 기록했다. 리그 경기에서는 덕아웃에서 응원만 열심히 했다.

6월 2일 화요일 일기에는 다음과 같이 기록돼 있다.

투수 레슨. 절망과 짜증. 캐치볼도 무서워.

그랬다. 그 무렵 나는 캐치볼조차 두려웠다. 공을 던진다는 것이 공포스럽기까지 했다. 6월 4일(목)에는 일부러 약속을 잡고 강습에 나가지 않았다.

이 무렵 나는 의욕상실증에 빠졌던 것 같다. 제법 열의를 갖고 쓰기 시작해 80매쯤 썼던 '자이언츠 키드……'를 내팽개친 것이 이 즈음이다. 이 소설이 다시 써질 가능성은 전혀 없으므로[18] 그중 한 대목을 여기에 옮겨본다.

축구가 시라면 야구는 소설이다. 야구가 소설과 비슷한 점은 꽤 많다. 축구는 그렇지 않지만 야구는 흔히 인생에 비유된다. 소설이야 원래 인생을 반영하는 것이다. 야구에는 스토리가 있다. 복기나 반추도 가능하다. 축구도 복기가 불가능한 것은 아니지만 야구처럼 용이하지는 않다. 축구의 룰은 단순하고 야구의 그것은 복잡하다. 야구의 룰은 인류의 법이 그래왔던 것만큼 끊임없이 복잡해져 왔다. 시는 거칠게 말하면 감정의 분출이다. 어느 순간 절정이 있다. 축구 또한 그런 면이 강하다. 그렇다고 축구와 야구 사이에 우열이 있을 수 없다. 시도 좋고 소설도 좋듯이 야구도 좋고 축구도 좋다.

거꾸로 "야구는 시, 축구는 산문."이라는 말을 하는 사람도 있다. 직관적으로 보면 그런 측면이 있기도 하다. 야구는 정적(靜的)이다가 한 번씩 '터지는' 게임이고, 축구는 쉴 새 없이 움직여야 하는 동적(動的)인 경기이기 때문이다. 하지만 그럼에도 나는 '축구가 시라면 야구는 소설'이라고 생각한다. 이유는 '자이언츠 키드……'에 쓴 바와 같다.

마음이 몸에 말하고 몸은 마음에 말한다

100% 희망이 없어질 때까지
결코 불가능한 일은 없다고 생각해야 한다.
장애는 우리의 목표를 성취하기 위해서
넘어야 할 하나의 단순한 단계에 지나지 않는다.
—짐 애보트

어떻게 말이 되어 팀 내 '70년 개띠 삼총사'가 10만 원씩 갹출해 하계 유니폼 상의를 지원하기로 했다. 김재우와 나창범과 내가 그 세 사람이었다. 제주도에 파견 근무를 나가 있던 신동준은 6월 초 서울로 복귀했다.

6월 7일(일) 성대 야구장 윈리그 대(對) 나우리 전. 4회초 이태복과 교체되어 타석에 들어가 총알 같은 중전 안타를 쳤다. 경기 후 황상호가 "오늘 안타 중에선 범준이 타구가 제일 잘 맞았다."고 한 것으로 기억한다. 도루도 하나 추가했다. 정말 기분이 좋았던 것은 수비에서 나왔다. 팀원 대부분이 중견수와 우익수 사이를 가르는 타구가 될 것이라고 생각했다고 한다. 정타로 잘 맞은 라인드라이브였는데 우익수였던 내가 어쩌다 타구 방향을 좇아 잘 따라갔다.

불과 1,2초 사이다. 공이 점점 내 쪽으로 오는데 정확히 내 눈

위치로 날아오는 것이었다. 사회인 야구에서 이런 타구를 처리하다 얼굴에 맞는 경우는 심심찮게 일어난다. 본능적으로 고개를 살짝 왼쪽으로 돌렸지만 공은 내 글러브에 들어가 있었다. 덕아웃에서 난리가 났다. 코치 김재우의 "범준아~. 내가 너 넣자고 했어."라는 고함이 들렸다. 두 번째 타석에선 강습 타구를 날렸지만 상대팀 2루수의 호수비로 아웃되었다.

6월은 투수를 꿈꾸는 나로서는 최악의 달이었다. 이 달의 일기를 나열해 본다.

2009년 6월 9일(화): 투수 레슨. 정말 늘지 않는 컨트롤.
2009년 6월 11일(목): 투수 레슨. 특이 사항 없음.
2009년 6월 16일(화): 투수 레슨. 약간 밸런스가 잡힘.
2009년 6월 18일(목): 투수 레슨. 별로 늘지 않는.

이 사이인 6월 14일(일) 카이브론즈리그 로지어스와의 경기가 있었지만 선발 오더에 오르지도, 교체 선수로 나서지도 못했다. 이날 황상호의 직장 후배라는 사람이 구경을 왔다. 이름이 정석원(鄭錫湲)이라고 했다. 한눈에도 영화배우 신하균과 많이 닮은 얼굴이었다. 한번은 그가 황상호와 함께 식당에서 밥을 먹는데 옆자리에 앉은 손님들이 "신하균이다.", "아니다."라는 논쟁을 벌였다고 한다. 후에 알게 됐지만 정석원은 황상호의 고등학교, 대학교 후배이

초대 감독 나창범(1970년생). 창단 초기 포지션은 포수였지만 2010 시즌부터 1루수나 지명타자로 출전하고 있다. 더러 마운드에도 선다.

기도 하다. 그는 7월 초 은근슬쩍 K 드래곤즈에 입단하게 되며 곧 팀의 주류(酒流)와 주류(主流)가 된다.

6월 21일(일) 경기에는 선발에 끼였다. 성대 야구장, 스타피쉬와의 일전(一戰). 정석원은 이날도 경기장에 모습을 드러냈다. 경기 전, 캐치볼을 하는 도중에 뭔가 느낀 것이 있었다. 마음이 몸에게 말하는, 다시 말해 마음이 몸에게 지시를 내리는 경우가 있다. 그런데 몸이 마음에게 말하는, 말을 바꿔 몸이 마음에게 이것이 옳다고 이야기하는 때도 있다. 그때는 전자와 후자가 연쇄 작용을 일으켰다. 문득 팔의 각도를 좀 더 오버스로 식으로 치켜 올려 던져 볼까 하는 생각이 들었다. 그렇게 했더니 '그게 더 자연스럽고 편하다'고 몸이 마음에게 말했던 것이다. 소중한 경험이었다.

첫 타석에선 우전 안타, 두 번째 타석에선 우익수 플라이를 치고 난 뒤, 나창범과 교체됐다. 3회까지 선발 문상남의 호투로 5 대 2로 앞서 갔지만 계투로 나선 신동준이 무너져버려 경기는 5 대 11로 졌다. 신동준은 4회 6점, 5회 3점을 내줬다. 그는 팀 홈페이지에 "내 탓이오."를 연발했다.

그리고 그 무렵의 어느 날이었을 것이다. 부산에 사는 친구 준용으로부터 전화가 왔다. 준용은 위(胃)에서 혹이 발견되어 2009년 4월 간단한 내시경 제거 수술을 받은 적이 있다. 친구 중에 가장 많이 통화하는 이가 준용인데 수술을 받은 후부터 부산에 한번 내려오라는 그의 채근이 이만저만이 아니었다.

어느덧 내게는 야구가 최우선이 되어 있었다. 부산에 가고 싶고 친구가 보고 싶어도 야구 때문에 선뜻 부산에 내려갈 엄두가 나지 않았다. 그랬다. 언젠가부터 나는 야구가 있어 설레고 울렁거렸다. 야구를 통해 '엑스터시'를 느끼지는 못했지만 일주일이 야구로 시작되고 야구로 끝났다. 한 주 한 주가 쏜살같이 지나갔다. 월요일이 되면 야구를 할 수 있는 주말만 기다리며 살았다. 일정상 경기가 없는, 비가 내려 경기가 취소된 일요일은 견딜 수 없이 쓸쓸하고 허전했다.

준용은 부산에 내려오라고 거의 노래를 불렀다. 원래 그런 성격이 아니어서 괜한 걱정이 들기도 했다. '이 녀석이 구체적으로 병명을 밝히지는 않았지만 혹시 몹쓸 병에 걸린 것은 아닐까. 한 번도 이렇게 채근한 적이 없었는데 왜 이러는 것일까. 설마……' 결국 나는 준용의 닦달을 받아들였다. 부산에 내려가도 어차피 교외로 놀러 갈 테니 7월의 첫 주말, 1박 2일로 지리산 산장에 가기로 약속한 것이다.

투구 연습은 6월 23일(화)부터 조금씩 예전의 모습을 되찾기 시작했다. 6월 25일(목) 저녁에는 레슨에 불참하고 유진국, 윤여훈, 이태복 등과 성대 야구장에서 연습을 했다. 이태복이 이날 내게 이런 말을 했던 것 같다.

"형, 나는 던질 때마다 뭔가 아쉬워요."

"왜?"

"힘은 있는데 마음껏 뿌리지 못하거든요."

이태복은 오른쪽 어깨가 좋지 않다. 내가 입단하기 전의 일이었다고 한다. 경기 중 이태복은 헤드퍼스트 슬라이딩을 했다. 그런데 미끄러지지 못하고 털썩 엎어졌다. 그때 오른쪽 어깨를 다쳤다. 그 후유증은 그가 2009 시즌 하반기 리그에 불참하는 한 원인이 된다. '힘은 있는데 마음껏 뿌리지 못한다'는 말은 어쩌면 '마음은 있는데 몸이 따라주지 못한다'는 말과 같을지도 모른다. 그 심정을 내가 왜 모를 것인가.

외야수 이태복(1976년생). 타격이 좋아 지명타자로 나오기도 한다. 2009 시즌에는 거의 선발로 출전했지만 현재는 부상으로 경기에 나가지 못하고 있다.

6월 28일(일) 카이루키리그 마구자비2와의 경기. 나는 선발 오더에 들지 못했다. 경기 전, 김재우에게 부탁을 했다. 그 전까지는 한 번도 그런 말을 해본 적이 없었다.

"재우야. 내가 다음 주에 친구 보러 지방에 내려가기로 했거든. 부탁인데 한 타석만이라도 치게 해주라."

김재우는 흔쾌히 알았다고 했다. 그런데 상황이 의도하지 않게 꼬여버렸다. 4회까지 K 드래곤즈가 10 대 2로 리드한 것까지는 좋았다. 문제는 이 점수차 그대로 5회를 종료하면 콜드게임승을 거둔다는 규정이었다. 뒤늦게 나는 대수비로 들어갔지만 한 타석에도 서지 못한 채 경기가 끝났다.

경기 후 나는 김재우에게 "내가 언제 한 번이라도 그런 부탁을 하디? 그렇게까지 이야기했는데."라고 짜증을 냈던 것 같다. 그는 내게 "그렇게 콜드게임으로 끝날 줄은 미처 생각 못했다. 다음 경기에는 선발로 뛸 수 있도록 상호 형에게 건의해 볼게."라며 미안해했다. 하지만 이때까지는 아무 문제가 아니었다. 이것이 내가 K 드래곤즈를 떠날 뻔한 소동의 단초였음을 그때는 상상도 할 수 없었다.

 ## 최동원의 사직구장 시구

> 야구는 실력 있는 팀이 이기는 경기지만 우리는 위대한 도전에 나서겠다.
> ―김인식

6월 29일은 기범의 결혼기념일이다. 친구의 결혼기념일까지 기억하는 것은 이날 두 가지 역사적인 사건이 있었기 때문이다. 알다시피 1987년에는 6·29선언이 있었고 1995년 6월 29일에는 삼풍백화점이 무너졌다. 기범은 1996년 6월 29일 결혼을 했다. 나는 생애 단 한 번 결혼식 사회를 본 적이 있는데 그게 기범이 결혼할 때였다.

기범은 이튿날 어느 콘도로 출장을 갈 예정이었다. 한 번 들어가면 보름이나 한 달씩 인터넷 사용이나 휴대폰 통화를 통제받는 상황이어서 서로 연락할 수가 없었다. 한두 번 겪어본 일이 아니었기 때문에 나는 그 사정을 잘 알고 있었다. 6월 29일 퇴근하기 전, 그에게 전화를 걸어 만나자고 할 마음도 있었지만 내 딴에는 배려 차원에서 그만두고 말았다.

그날 밤 1시쯤이었던 것 같다. 휴대폰 벨이 울렸다. 잠결에 받았다. 성만이었다. 그가 물었다.

"니 오늘 기범이랑 같이 있었나?"

"아니."

"기범이 와이프한테 방금 전화가 왔는데 기범이가 교통사고를 당해서 지금 응급실에 있단다."

"뭐? ……왜?"

"크게 다친 건 아니라고 걱정 말라 카던데, 그래도 CT촬영 같은 거 하고 이것저것 검사받고 있다더라."

"……근데 이 밤에 니한테 전화는 와 했다드노?"

"내가 보험설계사 할 때 기범이도, 니도 보험 들어줬잖아. 입원했으니까 보험 관계로 나한테 물어본 거라."

대강 이 같은 대화가 오고 가고 나서 나는 '별일 없겠지'라는 심정으로 전화를 끊었다. 5분도 안 됐을 것이다. 잠을 청했으나 잠이 올 리 없었다. 통화 버튼을 눌렀다. 성만이 받았다.

"아무리 생각해도 이상하네. 괜찮다면서 CT촬영은 뭐 한다 받노?"

"내도 그기 이상하긴 한데 별일 없다니까 믿을 수밖에."

"안 되겠다. 내가 가봐야겠다."

성만과 통화를 끝내고 옷을 챙겨 입었다. 택시를 잡아타고 세브란스병원 응급실로 달려갔다. 새벽 2시쯤이었다. 들어가자마자 곡(哭)소리가 났다. 또 다른 사고로 부상자가 실려온 모양이었다. 기범의 친척이나 지인들의 음성은 아니었지만 마음이 안 좋았다.

기범의 처가 약간 부은 눈을 하고 나를 맞이했다. 기범이 누워 있는 곳으로 갔다. 그는 정신을 잃은 채 가쁜 숨을 몰아쉬고 있었다. 턱과 얼굴에 엉겨 붙은 피딱지가 보였다. 더는 설명할 수가 없다. 곡소리의 대상은 끝내 목숨을 잃었다. 다시 한 번 애절한 곡소리가 파도처럼 엄습하더니 얼마 후 거짓말처럼 고요해졌다. 그리고 유학 중에 잠시 귀국한 학생인 듯한 이의 자해 소동이 있었다. 그는 한국인의 얼굴을 하고 쉴 새 없이 영어로 욕을 했다. 응급실은 다시 가볼 곳이 못 된다는 생각을 했다.

정신을 차렸을 때 기범은 '웅이 엄마'라고 불렀다. 그러고는 아내의 손을 잡았다. 그의 처가 "범준 씨 오셨어요."라고 하자 그는 손짓으로 나를 불렀다. 그는 나의 손도 잡아주었다. 응급실에서 뜬 눈으로 지새운 후 나는 직장으로 바로 출근했다. 회사가 서소문에 있어 세브란스병원과 가까웠다. 점심시간에 또 응급실에 들렀다.

지난밤보다는 상태가 꽤 호전돼 있었다.

이날부터 그가 퇴원한 7월 15일까지 거의 매일 세브란스병원 응급실이나 입원실로 '출근'을 했던 것 같다. 그래도 야구는 해야 했다. 6월 30일(화) 강습은 정재철의 예비군 훈련 관계로 취소되었다. 7월 2일(목) 레슨 때부터 다시 정재철의 칭찬을 받기 시작했다. 이날 일기는 "팔을 좀 더 올린 효과를 톡톡히 봄. 코치로부터 가장 좋다는 말을 들음."이라고 쓰고 있다.

7월 3일(금) 아침, 회사에서 뉴스 서핑을 하다가 이런 기사를 발견했다.

최동원 한국야구위원회(KBO) 경기운영위원이 21년 만에 롯데 유니폼을 입고 고향 마운드에 오른다. (7월) 4일 롯데와 SK의 경기에서 시구를 한다. 최 위원은 2004년 사직에서 열린 올스타전에서 양복 차림으로 공을 던진 적은 있다. 하지만 롯데 유니폼을 입고 시구를 하는 건 1988년 이후 처음이다. 그는 그해 선수협의회를 추진하다 이듬해 삼성으로 쫓기듯 이적했고 1990년 은퇴했다.

최 위원은 "떨린다."고 했다. 선수 시절 강타자를 만나도 거침없이 강속구를 던진 그였다. "경기장을 가득 메운 고향 팬 앞에서 친정 팀 유니폼을 입고 공을 던진다고 생각하니 가슴이 설렙니다. 롯데 유니폼을 입고 마운드에 선다는 자체만으로도 행복합니다."

그에게 예전의 시속 150km 강속구를 기대해도 되겠느냐고 묻자 "멋진 투구 폼은 보여줄 수 있지만 빠른 공은 어렵다."며 손사래를 쳤다.
"부산 가는 날이 기다려진다."는 최 위원은 이미 사직구장 마운드에
서 있는 듯한 표정이었다.(2009년 7월 3일자《동아일보》)

하지만 이 시구가 롯데와 최동원의 화해를 의미하는 것은 아니
었다. 7월 3일자《부산일보》는 "물론 지난 1988년 '선수협 파동'으
로 껄끄럽게 헤어졌던 롯데 구단이 만든 자리는 아니다. 이는 2009 프
로야구 타이틀 스폰서인 CJ 마구마구가 전설적인 선수를 초청해
시구 행사를 벌이는 '레전드 시리즈(legend series)'의 일환."이라고
보도했다.《부산일보》기자가 쓴 '물론'이라는 단어에 롯데와 최동
원 사이의 미묘한 관계가 함축돼 있다.

어쨌거나 나는 흔한 말로 만감이 교차하고 감개가 무량했다.
나는 '최동원의 사직구장 시구'라는 장문의 글을 써서 다음(Daum)
야구게시판에 올렸다. 이 글은 스물한 분의 추천을 받아 '게시판
베스트'에 올랐다. 전문(全文)을 붙여본다. 이 글을 읽어보면 '물
론'이라는 단어에 함축된 의미를 이해할 수 있을 것이다.

최동원 경기감독관이 내일 사직구장에서 롯데 유니폼을 입고 시구를
한답니다. 사직에서는 예전 올스타전에서 양복을 입고 시구를 한 적
이 있지만 거인의 유니폼을 입고서 하는 건 내일이 처음이라네요.
최동원 평전을 쓴 저는 개인적으로도 감개무량합니다. 아는 분은 다

아시겠지만 최동원 선수는 '칠 테면 쳐봐라'라는 자존심 그 자체입니다. 그런 분이 그동안 그 자존심을 접어둔 채 롯데를 향해 그렇게 구애를 했는데도 한 번도 받아들여진 적이 없었던 것 같습니다.

서문에 저는 이렇게 쓴 적이 있습니다.

"부정탈까 봐 누구에게도 말하지 않았지만 저는 《거인의 추억》을 쓰면서 두 가지를 갈망했습니다. 지금도 말씀드릴 수는 없지만 언젠가 그 두 가지 희망이 이루어지면 밝힐 때가 오리라고 믿습니다."

저는 희망이 이루어지면 밝히겠다고 했지만 이제는 말씀드려도 될 것 같네요. 희망이 이루어지면 그땐 이미 희망이 아니니까요. 제가 바랐던 두 가지 희망은, 하나는 최동원 선수가 롯데의 감독이나 코치로 돌아오는 것이고, 둘째는 롯데의 우승이었습니다. 언젠가는 꼭 이루어질 듯합니다.

책에서 저는 나름대로 암시가 섞인 호소를 묻어두었습니다. (책에 개인적인 희망을 드러내는 게 그닥 바람직한 일은 아니지만 그만큼 간절했으니까요.)

이를테면 이런 구절들……:

"교섭은 이에 따라 급물살을 타게 됐지만 그렇다고 금방 타결된다면 최동원은 최동원이 아닐 테고 롯데는 롯데가 아닐 것이다."

"그리고 많은 시간이 흘렀다. 지금은 그토록 '나를 간절히 원했던 21세기'가 눈앞에 펼쳐져 있다. 롯데는, 그리고 최동원은 서로를 용서하고 있을까."

"6월 23일 최동원은 부산 파라다이스호텔에서 삼성과 연봉 9000만 원에
입단 계약을 체결했다. 부산이 아닌 곳에서, 롯데의 유니폼이 아닌 옷을
입고 다시 마운드에 서게 된 것이다."

엄마랑 야구를 보는데 최동원 코치가 한화 유니폼을 입고 왔다 갔다 하
는 모습이 카메라에 잡혔다.

울 엄마, "최동원이가 왜 저기 가 있노?" 하신다.

"에휴—."

"그는 더 이상 강속구를 뿌릴 수 없다는 것을 알고 있었다. 롯데 유니폼
을 벗은 최동원이 최동원이 아닌 것처럼 강속구 투수가 아닌 최동원은 최
동원이 아니었다. 이를 깨닫자 그는 미련 없이 유니폼을 벗었다."

최동원 선수는 야구 선수로서 유니폼의 의미를 각별하게 생각했습니
다. 그는 2006년 10월 2일자 《스포츠 2.0》과의 인터뷰에서 이렇게
말했습니다.

"후배들은 아마도 유니폼을 입었을 때와 벗었을 때의 차이점을 모를 것
이다. 유니폼을 벗고 났을 때의 인생이 어떤지 아는가? 마음이 쓰라리다.
나는 그런 생각을 한다. 만약에 인생의 전부를 바친 그라운드에서 물러
나 문을 잠그고 벽에 기댔을 때 주체할 수 없는 눈물을 흘릴 수 있다면 그
선수는 야구를 사랑한 것이라고."

그런데 그냥 야구 유니폼이면 다 똑같을까요?

물론 그렇지는 않을 거 같습니다.

2006년 4월 22일 롯데 자이언츠의 창립 24주년 기념식이 열렸습니다. 이날 롯데 자이언츠 서울사무소 박웅필 소장은 25년 근속상을 받았습니다. 박 소장은 1985년부터 21년 동안 구단 사무실을 지켜왔지요. 그가 부산일보 기자에게 밝힌 여러 가지 소회 중에, "최동원을 삼성 라이온즈로 이적시킨 게 가장 쓰라렸다."는 언급이 있습니다. 최동원의 방출은 구단 직원에게도 가슴 아픈 일이었던 것입니다. 최동원 선수는 방출 직전, 이렇게 말했습니다.

"롯데 구단이 일방적으로 나를 삼성에 넘긴 것은 부당하다. 불명예스럽게 타구단으로 옮길 수 없다. 부산 팬들이 최동원을 아껴주듯, 나도 부산을 사랑한다. 차라리 은퇴하겠다."

그러나 최동원 선수는 은퇴를 하지 않고 부산이 아닌 곳에서, 롯데의 유니폼이 아닌 옷을 입고 다시 마운드에 서게 됐습니다. 자신에게나 팬들에게나 이게 얼마나 서글픈 장면인지는 최동원 선수를 모르시는 분들, 그때 야구를 안 보신 분들은 아마 상상도 하지 못하실 겁니다. 그래서인지 얼마 후 최동원 선수는 미련 없이 유니폼을 벗었습니다. 롯데 유니폼을 벗은 최동원이 최동원이 아닌 것을 깨달았는지도 모릅니다. 실제로 그는 그런 뉘앙스의 인터뷰를 하기도 했습니다.

야구 기자 박동희는 이렇게 말한 적이 있습니다.

"야구 이전에 최동원이 있었고 최동원 때문에 야구가 있었다. 실제로 한국에서는 그랬던 시절이 존재했고 그 세월을 함께 한 사람들이 지금 사회의 중심으로 성장해 있다."

저도 박동희 기자의 생각에 절대적으로 동의합니다. 1970년생인 저에게 있어 야구는 최동원 이전과 이후가 달리 있습니다. 느낌이 다르고 추억이 다른 것입니다. 그래서 저는 이렇게 쓰기도 했습니다.

"투수 최동원은 그렇게 마운드에서 내려왔다. 집에 돌아가 방문을 잠근 그는 벽에 기대 굵은 눈물을 뿌렸을지도 모른다. 최동원 이전에도 야구 스타는 있었다. 그 동시대에도 야구 스타는 많았다. 앞으로도 무수한 스타가 나와 최동원이 섰던 마운드에 오르고 또 오를 것이다. 그러나 그가 내려간 마운드에서, 야구는 일순 정지했다. 그리고 추억은 한 페이지를 넘겼다."

최동원 선수가 은퇴하면서 저에게 야구는, 그리고 그 추억은 일시적으로 정지한 것이나 마찬가지였습니다. 그런데 내일이면 그 추억이 되살아날지도 모르겠습니다.
정말 기다려집니다. 내일이…….

이날 점심시간인지, 퇴근 후인지는 기억나지 않는다. 기범의 병실에 들렀다. 그 사이 그는 입원실에 옮겨져 있었다. 기범에게 최동원의 사직 구장 시구에 대해 말해 주면서 보고 싶은데 볼 수가 없다고 했던 것 같다. 이튿날 준용 등과 함께 TV도 없는 지리산 산장에서 하루를 보내야 했기 때문이다. 기범은 내게 잘 놀다 오라고 했다.

7월 4일 정오쯤 일행 3명과 함께 지리산 백무동 입구 주차장에 도착했다. 토요일에도 근무가 있는 준용은 2시쯤 합류하기로 했다. 일행과 함께 산에 올랐다가 나만 1시쯤 주차장 쪽으로 내려왔다. 준용 혼자 심심할까 싶어 놀아주기로 했던 것이다. 주차장 부근에 이르자 준용의 등짝이 보였다. 그는 차 트렁크에서 무엇인가를 꺼내고 있었다.

안 그래도 마른 편인 준용은 수술 이후 더욱 야윈 모습이었다. 그 뒷모습을 보니 가슴속에서 무언가 치밀어 올랐다. 얼굴은 거의 반쪽이 돼 있었다. 부산에 내려오라고 내게 닦달한 이유를 알 수 있을 것만 같았다.

그날 밤 산장에서 준용 등과 함께 삼겹살을 구워 먹었다. '사사십육 사건'은 좋은 안줏거리였다. 준용은 내게 "열여섯 개 던져서 스트라이크 하나를 못 잡으면 야구를 하지 말아야 되는 거 아니냐."며 "내가 지금 던져도 스트라이크 몇 개는 던지겠다."고 했다.

마시면 좋지 않음에도 준용은 굳이 몇 잔을 들이켰다. 수술 이후론 거의 처음이었을 것이다. 지나가는 비가 살짝 내렸다. 그리고 기범으로부터 문자 메시지가 왔다. 첨부된 파일이 있었다. 스포츠 뉴스 시간에 휴대폰 카메라를 입원실 텔레비전에 대고 찍은 '최동원의 사직 구장 시구' 동영상이었다.

밤은 깊어갔다.

잃어버린 여름

할 말 뭐 있어. 졌는데…….
—김응용

친구들과 1박 2일 또는 2박 3일로 어딜 놀러 가면 내가 하는 습관이 있다. 전날 술을 마셨음에도 다음 날 아침부터 또 술을 마시는 버릇이다. 나는 이를 '폐인 놀이'라고 부른다. 그럴 때면 어김없이 친구들이 하는 말이 있다.

"범준이 네가 진정한 술꾼이다."

나는 그 말을 즐긴다. '진정한'이라는 말이 좋아서 그런지도 모른다.

7월 5일(일) 아침에도 예외는 아니었다. 나는 일어나자마자 1.8리터 됫병에 담긴 소주를 마시기 시작했다. 식전에만 거의 3분의 1을 비운 것 같다. 정신없이 날은 지나갔다. 준용과 헤어져 서울로 올라오는 길에 나는 문득 그동안 벼러오던 금연을 실행하자고 결심했다.

7월 6일(월)부터 나는 담배를 피우지 않기 시작했다. 몸이 몹시 좋지 않았음에도 화요일(7월 7일)에는 투수 레슨에 참석했다. 일기에는 "연이은 음주로 몽롱. 금연. 어지러움. 상하체가 따로 노는 느낌."이라고 적혀 있다. 야구인들은 흔히 "공은 하체로 던진다.", "공은 하체로 친다."는 말을 한다. 이런 말은 나도 오래전부터 알고는 있었지만 몸으로 느껴보지는 못했었다.

훗날 내가 터득한 것은 우투우타의 경우, 투구나 타격이나 왼쪽 엉덩이에서 시작해서 오른쪽 엉덩이로 끝난다는 점이다. 왼쪽 엉덩이가 힘차게 나가고 오른쪽 엉덩이가 들어가며 뒤를 받쳐주면 릴리스 포인트나 히팅 포인트에서 힘을 극대화할 수 있다. 나는 이것이 하체를 쓰는 방법이라고 생각한다. 아무래도 상체는 하체의 힘을 따라갈 수가 없다. 상체의 자세가 아무리 좋아도 하체의 힘이 받쳐주지 않으면 강한 공을 던질 수도, 강한 타구를 날릴 수도 없는 것이다.

7월 9일(목) 강습부터는 컨디션을 되찾기 시작했다. 컨트롤도 조금 잡혀갔다. 화요일보다는 모든 게 나았다.

노무현의 서거, 기범의 교통사고, 준용의 야윈 얼굴, 그리고 금연 등은 일시적으로나마 내 삶을 바꿔놓은 것 같았다. '……마운드에 서다'를 쓰면서 유독 2009년 여름의 일이 가물가물했는데 금단 현상을 겪는 것처럼 모든 일이 꿈결 같고 몽롱하기조차 했다. 그때 그런 일이 있었는데 나는 무엇을 하고 있었을까 하는 생각, 기억을 잃어버렸다는 생각을 했다. 야구 일기와 다이어리를 작성하지 않았다면, 또한 이 책을 쓰지 않았다면 기억에서 영원히 잊혀져버렸을 여름이었다.

7월 11일(토) K 드래곤즈는 성대 제2구장에서 자체 연습을 가졌다. 서울시 연합회장기 대회 출전을 앞두고 '특훈'을 받은 것이다. 지리산에 다녀오느라 한 주를 빠졌더니 정석원이 정식으로 입단해 있었다. 새로 팀원을 뽑을 때마다 크고 작은 반발이 있기 마련인데 정석원은 운이 좋은 편이었다. 그는 경기 후 뒤풀이 때마다 팀원들과 자리를 같이하며 안면을 익혀온 터였다. 자연스럽게 팀 분위기에 젖어들었고, 팀원들도 별 거부감 없이 그를 팀의 일원으로 받아들였던 것이다.

이날 정유민이 재학 중인 한민대의 코치 임현택이 운동장에 나와 직접 펑고를 쳐주었다. 정유민의 청원고 동창이며 야구 선수였던 이상엽, 허성주 등도 함께 훈련을 받았다. 이들은 얼마 후 K 드래곤즈에 정식으로 입단하게 된다.

이튿날 카이루키리그 경기는 우천으로 최소됐다. 7월 14일(화)에도 폭우가 쏟아졌다. 도저히 자전거를 끌고 갈 수 없어 마을버스를 타고 백운초등학교에 갔다. 1시간 정도, '쏙닥하게' 강습을 받았다는 메모가 보인다. 목요일(7월 16일)부터는 차츰 예전의 좋았던 폼을 되찾기 시작했다. 자신감 있게 공을 뿌렸다.

이 무렵 나는 정규 리그 경기 출전에 대한 갈증을 느끼고 있었던 것 같다. 6월 28일(일) 경기에는 대수비로 나가 한 타석에도 들어가지 못했고, 7월 5일(일)에는 준용과의 만남으로 경기에 나가지 못했다. 7월 12일(일) 경기는 비로 취소됐고, 7월 19일(일) 리그 경기는 일정상 연기됐다. K 드래곤즈가 7월 18일(토)부터 열리게 될 서울시 연합회장기 쟁탈 사회인 야구대회에 출전했기 때문이다. K 드래곤즈는 2009년 윈리그(루키) 준우승팀 자격으로 이 대회의 출전권을 얻은 바 있다.

연합회장기 대회는 토너먼트 방식이었다. 선발 오더에 내 이름을 올리는 것은 그야말로 언감생심이었다. 7월 18일 K 드래곤즈는 YJ클린쳐스를 첫 상대로 만나 처참한 패배를 당했다. 경기 전부터 팀 분위기가 좋지 않았다. 팀 장비를 차에 실은 한 부원이 경기장에 늦게 도착해 하마터면 상대 팀에게 포수 장비를 빌릴 뻔했다. 이번에도 황상호의 '고길동 캐릭터'가 작렬했다. 그는 방망이를 집어던지며 고래고래 고함을 질렀다. 약간 돌출형의 입을 가진 그는 충청도 억양이 섞인 말투로 이렇게 말했다.

"이게 무슨 경우여. 상대 팀에게 포수 장비를 빌려야 한다니 이건 팀 망신일 뿐만 아니라 윈리그 망신이야. 우리 팀은 이제 연합회장기엔 다신 못 나갈 거다."

팀원들 대부분은 황상호의 그런 행동이 팀 분위기를 띄우기 위한 '오버 액션'이라는 것을 잘 알고 있었다. 분위기가 싸해지기는 커녕 팀원들의 입꼬리에서 오히려 미소가 번졌다. 황상호는 문제의 그 부원이 경기 시작 직전 포수 장비를 들고 달려오자 "왜 이리 늦게 왔어?"라는 말 이외에는 단 한마디도 덧붙이지 않았다.

팀원들의 긴장이 풀렸다. 그래서인지 경기 시작은 괜찮았다. 선발 신동준이 2점을 내주긴 했지만 4번 윤여훈의 홈런성 적시타로 동점을 만들었다. 그의 타구는 맞는 순간 모두가 홈런임을 직감할 만큼 잘 맞았음에도 불구하고 외야 쪽에서 부는 강한 바람의 영향을 받아 2루타에 그쳤다.

그런데 믿었던 내야수들이 2회초 수비부터 실책을 남발하기 시작했다. 2루수 문성원, 유격수 김선홍 등은 평소답지 않은 실수를 연이어 저질렀다. 에러는 연쇄반응을 일으켰다. 수비수들이 겨우 정신을 차렸을 땐 따라갈 수가 없을 정도로 스코어가 벌어져 있었다. 에이스 신동준 역시 제몫을 못했다. 구원으로 나선 문상남도 스트라이크를 잡기에만 급급했다.

팀 홈페이지의 '경기 후기' 란에는 팀원들이 남긴 당시 소회가 지금도 남아 있다. 문성원은 "주체할 수 없는 부끄러운 마음에 당일 조용히 집에 가서 벽 보고 반성하려 했다."고 썼다. 문상남은 "공 한번 제대로 힘껏 뿌리지 못하고 스트라이크 잡기에 급급한 내 모습이 너무 한스럽다."며 "반성은 해도 후회는 하지 말자."고 적었다. 신동준은 "2년여 만에 다시 참가해 보는 대회였다."고 하면서 "그동안 내가 무척 도태되었구나 하는 생각도 든다."고 자책했다. 나창범은 전임 감독답게 "우리 팀의 실력을 다 보여주지 못한 것이 아쉽다. 긴장도 많이 한 것 같고 낯선 운동장도 어색했던 점 등을 위안으로 삼고 내년에는 더욱 발전된 모습으로 다시 도전해 보자."고 했다.

나는 2 대 19로 승부의 추가 완전히 기운 마지막 회, 대타로 나갔다. 인조잔디를 밟아보라는 황상호의 배려 덕분이었다. 대회가 열린 양천구 신월야구장은 인조잔디가 깔린, 사회인 야구인에게는 '꿈의 구장'이라 할 수 있었다. 이런 곳에서 마운드에 선다면, 안타를 친다면, 홈런을 날릴 수 있다면 영혼이라도 팔고 싶을 정도였다. 볼넷을 고른 나는 인조잔디를 밟고 1루에 나갔지만 후속 타자가 범타로 물러나 경기가 끝났다. 뒤에 알고 보니 연합회장기 창설 이래 가장 큰 점수 차 패배였다고 한다.

이날 경기를 끝내고 나는 황상호, 김재우와 함께 기념사진을 찍었다. 나중에 사진을 보고 나서 다소 신선한 충격을 받았다. 내가 언제 이렇게 살이 붙었나 하는 기분에서였다. 사회인 야구를 시작하기 전, 내 몸무게는 66킬로그램 정도였다. 나처럼 일생을 갈비씨로 살아온 사람에게는 살찌는 것이 '일생의' 소원이라 할 수 있는데 그 무렵 내 체중은 70킬로그램에 육박하고 있었다. 살이 다소 쪘다는 건 느끼고 있었지만 사진으로 새삼스레 실감하게 되니 기

서울시 연합회장기 대회 첫 경기를 마치고(2009년 7월 18일). 감독 황상호(맨 왼쪽)의 배려로 나(가운데)는 신월구장의 인조잔디를 밟아볼 수 있었다. 오른쪽은 코치 김재우.

분이 더 좋았다. 야구로 인해 나의 몸이 건강해지고 있었고, 덩달아 마음도 활력을 찾고 있었다.

이튿날에는 황상호, 정석원, 김재우, 정유민 등과 연합회장기 대회 개회식에 참석했다. 개회식 후에는 부천시 춘의동 부천야구장으로 이동해 아삼육 구단의 리그 경기를 관전했다. 견디기 힘들 정도로 더운 날인데도 정유민과 잠시 캐치볼을 했다. 하지만 더 던지고 싶은 마음뿐이었다. 황상호와 김재우에게 같이 캐치볼을 하자고 했더니 아무도 응해주지 않았다. 땡볕이 쏟아지는 운동장 한 켠에서 나는 그물망을 향해 공을 던졌다. 야구에 대한 갈증에 목이 타는 듯했다.

7월 21일(화) 투수 강습을 마치고 함께 강습을 받는 동료들과 모임을 가졌다. 투구가 잘 돼 기분 좋은 날이었다. 7월 23일(목) 레슨 때는 타격 연습을 하면서 놀라운 경험을 했다. 피칭 머신을 상대로 연습 타격을 할 때였다. 왼발 앞쪽에 히팅 포인트를 잡고 가볍게 톡톡 쳐내는데, 치는 순간 힘이 집중되는 느낌을 받은 것이다. 동료 하나는 내 타격을 보더니 "그분이 오셨네요."라는 말을 했다. 이 말은 '신이 내렸다'는 표현과 비슷한 것이다. 하지만 안타깝게도 그 느낌은 그날 이후 사라져버리게 된다.

7월 25일(토) 성대 제2구장에서 연습 경기가 있었다. 2루수 쪽 내야 안타와 2루 땅볼을 쳤다. 일기에는 "집중력 없이 휘두름."이라고 적혀 있다. 투수로도 등판했는데 두 타자를 잡고 내려왔다. 어떻게 잡았는지는 잘 기억나지 않는다.

이 무렵이었던 듯하다. 유진국이 하는 일이 잘 안 돼 새벽에 신문배달을 한다는 말을 들었다. 나중에 물어보니 이해 5월 중순부터 11월 중순까지 꼭 6개월간 신문을 돌렸다고 한다. 그는 정수기 관련 사업을 하고 있다. K 드래곤즈에서 그와 같은 일을 하는 사람이 네 명이나 된다. 정수기가 한창 인기를 끌기 시작하던 때가 있었다. 윤여훈이 20대 때 일찌감치 뛰어들었고 사업이 잘 되자 동생과 친구들에게도 이 사업을 권유했다. 그래서 유진국, 이태복, 윤여준이 같은 일을 하고 있다. 한 회사는 아니다.

유진국은 경기장에 얼굴은 내비쳤지만 경기에 참여하지는 않았다. 잠이 부족해 얼굴이 푸석푸석해 보였던 기억이 난다. 마침 오랜만에 다섯살 난 아들 민성을 데려왔기에 과자를 사줘야겠다는 생각을 했다.

삐짐 파동

타격은 여자의 마음과 같다.
오늘 잘 맞다가 내일은 맞지 않는다.
—장훈

7월 26일 일요일, 문제의 카이브론즈리그 경기. 상대는 야사모해커스란 팀이었다. 나로서는 6월 21일(일) 선발 출전 이후 처음 맞이하는 정규 리그 경기라고 할 수 있었다. 한 달 넘게 기다려온 경기라서 그런지 나는 기대감에 부풀었다. 내 머리 속에는 '다음 리그 경기 때는 선발로 나가게 해줄게'라는 김재우의 말이 맴돌고 있었다.

하지만 돈을 빌려준 사람은 기억해도, 빌린 사람은 곧잘 잊어버린다. 김재우는 내게 했던 말을 잊어버리고 있었다. 황상호가 선발 오더를 불렀다.

1번 최원찬 우익수, 2번 유진국 좌익수, 3번 김융기 3루수, 4번 황상호 1루수, 5번 윤여훈 중견수, 6번 나창범 포수, 7번 소범호 지명타자, 8번 김선홍 유격수, 9번 문성원 2루수, 선발투수 문상남……

　내 이름은 끝내 불리지 않았다. 시작부터 기분이 상했다. 3회까지 3 대 3으로 팽팽하게 맞서던 K 드래곤즈는 4회말 수비에서 무너져버렸다. 계투로 나선 신동준이 흔들리며 5점을 내준 것이다. 내 이름은 4 대 10으로 승부가 완전히 기운 7회초 마지막 공격이 되어서야 불렸다. 타석에 설 때부터 기분이 좋지 않았다. 무슨 인심 쓰는 것도 아니고 다 진 경기, 맥 빠진 경기에만 내보낼 정도로 내 야구 실력을 형편없이 본다는 말 아니겠는가.

　며칠 전 '그분이 오셨다' 는 말을 들을 정도로 타격감이 좋았었지만 나는 인상만 잔뜩 쓴 채 삼진을 당하고 말았다. 덕아웃으로 돌아오는 내 표정을 본 황상호는 직감한 게 있었던 모양이다.

　"범준이 삐졌어, 삐졌어. 그러게 재우야. 내가 미리 내보내자고 했잖아."

　무슨 소릴 하든 말든 이미 나와는 상관없는 일이었다. 지금 생각해 보면 웃고 넘길 만한 소동이었지만 그때는 무척 화가 나고 풀리지도 않는 상황이었다. 아마 그날 내가 삼진을 당하지 않고 안타를 쳤다면 아무런 일도 일어나지 않았을지도 모른다. 뒤풀이로 저녁을 먹으러 가기로 했다. 참석할 사람은 손을 들라고 했다. 나는 손을 들지 않았다. 뒤풀이에 거의 빠지지 않는 나였기 때문에 아무도 신경을 쓰지 않았다.

　일단 유진국의 차를 탔다. 조수석엔 소경수가, 뒷좌석엔 내가 않았다. 이동 중에는 그 날 있었던 경기가 화제가 될 수밖에 없다. 4타수 무안타에 삼진까지 당한 유진국은 소경수를 상대로 "오늘은 안타를 하나도 못 깠다."며 자신의 부진을 자책했다. 나는 입을 닫고 있을 뿐이었다. 이제 K 드래곤즈를 떠나야 하나, 오만 가지 생각이 머리에 맴돌았다.

상계역 부근이었을 것이다. 내가 말했다.

"진국아. 나, 여기서 내려줘."

"왜요? 식사하러 안 가세요?"

"어. 별로 밥 먹고 싶은 생각이 없네."

"같이 가요. 형 안 가면 나도 안 가요."

"너는 식사하러 가. 난 도저히 밥 먹을 기분이 아니야."

유진국의 차에서 내리자마자 나는 택시를 잡아탔다. 택시를 타는 순간, 이젠 정말 K 드래곤즈와는 이별이라는 생각이 들었다. 어떻게 정을 붙인 팀인데……. 이렇게 좋은 팀을 떠나야만 한다니……. 거짓말 하나 보태지 않고 가슴이 찢어질 듯이 슬프고 아팠다.

집으로 가는 택시 안에서 전화벨이 울렸다. 황상호였다.

"너 왜 밥 먹으러 안 와?"

"별로 밥 생각이 없어서요."

"왜 그래. 한 번도 안 빠지던 사람이."

"오늘은 좀 그러네요."

"너 안 온다고 진국이도 안 오잖아. 너, 다음 주부터 안 나올 거지? 팀 나갈 거지? 정말 왜 그래. 나 감독 되고 나서·너 같은 사람 안 만들기 위해서 얼마나 노력했는데…….”

“……다음 주에는 못 나와요.”

“왜?”

“약속 있어요. 아는 사람들끼리 놀러 가기로 했어요.”

“거짓말 마.”

“진짜예요.”

“너, 정말 안 삐졌어?”

“나도 사람이니까 기분이 좋지 않은 건 사실이에요.”

“다음 주는 그렇다 치고 앞으로 나올 거야, 안 나올 거야?”

“나올 거예요. 너무 걱정 마시고 내가 주중에 전화 드릴게요. 그때 얘기해요.”

대충 이 같은 대화가 오고 간 것 같다. 그리고 윤여훈으로부터 도 전화가 왔다. 비슷한 이야기가 오갔을 것이다.

슬그머니 마음이 풀리는 것을 느꼈다. 아무렴, 이 좋은 팀을 떠날 수는 없었다.

제3장

야구는 사람과 한다

• • <u>드르와~드르와~드르와~드르와~ 세입, 대쓰요.</u>

2008년 베이징 올림픽에서 한국 야구는 쿠바, 일본, 미국 등 강국을 꺾고 금메달
을 차지한다. 첫 경기인 미국전에서 희생플라이로 끝내기 점수를 뽑아내자 허구연
해설위원이 구수한 사투리로 한 말이다.

• • 투수는 아웃카운트를 늘림으로써 승리투수가 되는 것이지 삼진을
많이 잡는다고 승리를 보장받는 것은 아니다.

1960년대 초반 메이저리그를 지배했던 최고의 좌완 투수 중 한 명인 샌디 쿠팩스
의 말이다.

• • 진정한 노력은 결코 배신하지 않는다.

한일 통산 400호 홈런을 돌파했고, 아시아 홈런 기록(56개)을 갖고 있는 이승엽의
좌우명이다.

•• No Fear!
만년 하위 팀 롯데 자이언츠를 3년 연속 포스트시즌 진출 팀으
로 탈바꿈시킨 제리 로이스터 감독의 야구 철학의 핵심이다.

•• 야구를 향한 나의 열정은 스피드건에 찍히지 않는다.
언젠가 한 기자가 빠르지 않은 공을 가지고도 어떻게 그렇게 좋은 성적을 낼 수 있
느냐고 묻자 톰 글래빈은 저렇게 대답했다.

•• 야구 몰라요.
하일성의 이 말은 "끝날 때까지 끝난 게 아니다."라는 요기 베라의 말과 맞닿아
있다.

•• 1년 중 가장 슬픈 날은 야구 시즌이 끝나는 날이다.
선수와 감독으로 60여 년 동안 한 팀(다저스)에 있었던 토미 라소다 감독 또한 살
아 있는 전설이다.

멋쩍게 복귀하다

드르와~드르와~드르와~드르와~ 세입, 대쓰요.
— 허구연

야사모해커스와의 7월 26일 경기는 리그 전반기의 마지막 게임이었다. 황상호는 팀 홈페이지에 "누구나 풀타임으로 뛰고 싶어 하지만 여러 가지 제약으로 인해서 제대로 뛰지 못한 팀원들에게는 죄송한 마음뿐."이라며 "아직도 리그의 절반이 남았다. 부족한 점이 있더라도 운영진을 믿고 따라주시기 바란다."는 글을 올렸다.

7월 28일 화요일 강습은 코치 사정으로 취소됐다. 주중에 연락을 하기로 했지만 황상호에게 전화를 걸지는 않았다. 그럴 필요가 없었기 때문이다. 7월 30일(목) 자전거를 타고 백운초등학교로 가고 있는데 윤여훈으로부터 전화가 왔다. 이날은 문상남이 팀원들에게 오리 고기를 '쏘기로' 한 날이었다. 윤여훈이 오라고 했다. 가겠다고 했다.

강습을 한 시간만 받고 상계역 근처로 달려갔다. 팀원들은 오리 고기를 먹고 난 뒤 한 생맥주집에 모여 있었다. 문상남, 김재우, 윤여훈, 김용기, 윤여준 등의 얼굴이 보였다. 유진국은 내가 온 이후에 합류했다. 화제는 자연스럽게 나의 '삐짐 파동'으로 모아졌다. 한 잔 마시며 대화를 나누면 풀지 못할 일이 없는 법이다.

특히 김재우와는 많은 이야기를 했던 것 같다. 그는 내게 미안해했고 그래서 나는 더 그에게 미안했다. 김재우와는 오래전부터 막역해 있었다. 언젠가 그와 이런 농담이 오고 간 적이 있었다. 살다 보면 어떤 사람의 직업, 재산, 학력, 외모 따위가 화제가 될 때가 많다. 황상호, 윤여준 등으로부터 들은 말인데 그들은 야구 이야기가 나올 때 "우리 팀에 서울대 나온 사람이 있다."는 말을 꼭 한다고 한다.

내가 또 무슨 실없는 소리를 하자 김재우가 말했다.

"쟤 서울대 나온 거 맞아? 범준아, 너 다음에 올 때 졸업증명서 떼 와라."

듣고 있던 황상호가 농담 섞인 한마디를 했다.

"왜 그래. 우리 팀의 브레인한테."

그러다가 김재우의 출신 대학 이야기가 나오게 됐다. 그는 경희대 호텔경영학과를 졸업했다. 어떤 이야기 끝에 내가 반격의 실마리를 잡았다.

"그런데 재우야. 경희대가 대학교 이름이냐? 경희라는 대학이 있나……."

나머지 팀원들은 '브라보'를 외치고 하이파이브를 하며 그야말로 뒤집어졌다. '김재우를 잡을 사람은 범준뿐'이라는 이야기가 여기서 나왔다.

어떻게 얘기를 해도 오해를 하실 분이 있을 것 같다. 그런 농담을 한 이유나 맥락에 대한 해명이나 변명은 굳이 하지 않으려 한다. K 드래곤즈의 팀 분위기가 그렇고, 사람 사는 일이 그렇다. 사심(邪心)이나 악의 없는 유머를 포용할 수 있는 모임이나 자리가 있다. '삐짐 파동'이 있긴 했지만 사실 김재우와는 풀고 자시고 할 것도 없었다. 그저 내 자신이 부끄러울 따름이다.

아는 사람들과 놀러 가기로 했다는 말은 거짓이 아니었다. 예의 '롯데 자이언츠의 서울 팬클럽' 사람들과 8월 1일(토)부터 1박 2일간 강원도 횡성의 어느 펜션에 가기로 했던 것이다. K 드래곤즈는 8월 2일 더블헤더가 잡혀 있었다. 광진구 구의야구장을 대여해 연습 경기를 두 차례 갖기로 했다. 이 구장 역시 인조잔디가 깔린, 사회인 야구인에게는 '꿈의 구장'이었다. 나는 횡성에서 아침 일찍 출발해 K 드래곤즈의 오후 연습 경기에만 참석하기로 했다.

횡성에서의 엠티는 최악이었다. 일단 차가 너무 막혔다. 오전 10시 10분쯤 건대역에서 일행과 만나 장을 본 후 11시 40분경 출발했는데 펜션에 도착한 것이 6시 반이었다. 도착하자마자 삼겹살을 구워 먹고 일찍 잠자리에 들었다. 다음 날 있을 경기를 위해 그 정도로 자제해야 했다.

8월 2일(일) 오전 8시 20분쯤 일어나 콜택시를 불렀다. 횡성터미널까지 가는 어느 고속도로에서 택시 기사는 150킬로미터 이상의 속력으로 차를 몰았다. 서둘러 달라고 부탁한 것도 아니었다.

날은 쨍쨍한데 차 앞 유리창에 비가 떨어지는 듯했다. 자세히 보니 유리창에 부딪힌 하루살이들이 '콩알탄'이 터지듯 사라지고 있었다. 어느 순간에는 이름 모를 새가 충돌해 비명도 지르지 못하고 횡사했다. 그게 왜 마음에 남아 있는지 지금도 알 길이 없다.

9시 30분경 서울행 버스를 타고 11시 20분쯤 강변터미널에 도착했다. 순대국밥으로 점심을 먹고 택시를 타고 구의구장으로 갔다. '삐짐 파동' 이후 경기장에선 처음으로 만나는 팀원들의 얼굴이었다. 어색하고 멋쩍었다. 특히 황상호에게 더 미안했다. 하지만 나는 곧 야구에 녹아들었다.

상대는 드림헌터스. 경기에 진 것만 기억난다. 스코어는 기억할 수가 없다. 첫 타석에서는 상대 팀 투수를 끈질기게 물고 늘어졌다. 정타를 쳤지만 중견수 플라이로 물러났다. 두 번째 타석, 마지막 타석에서도 범타로 물러났다. 야구는 정말 집중력의 싸움이었다. 우익수를 보면서 나는 이미지 트레이닝을 했다. 제발 공이 내 쪽으로 와라, 타격에서 못한 것 수비로 만회하겠다, 이번엔 보여줄 수 있다고 되뇌었다. 레너드 코페트는 "수비에서는 마음의 준비가 무엇보다 중요하다."[19]고 지적한 적이 있다. 결과는 어떻게 될까.

공은 네 번 내게로 왔다. 두 번은 손을 쓸 수 없는 우익수 앞 안타였다. 어쩔 수 없었다. 또 다른 두 번은 내가 생각해 봐도 괜찮은 플레이를 했던 것 같다. 한 번은 키를 넘어가는 공을 재빨리 따라가 잡아냈고, 한 번은 2루수 뒤쪽으로 높이 뜬 플라이를 뛰어들어가 걸어냈다. 오랜만에 연습 경기에 참석한 이길형이 "수비가 정말 좋아지셨습니다."라고 했던 말이 기억에 남아 있다. 2009년 6월 제대한 그는 사회생활에 적응하느라 한창 바쁠 때였다.

경기 전에는 김선홍, 윤여훈과 캐치볼을 했는데 잘 되지 않았다. 지금은 훨씬 나아졌지만 그때는 릴리스 포인트의 중요성을 깨닫지 못하고 있었다. 팔꿈치에서 팔이 돌아나가는 각도에만 신경을 쓸 때였다. 볼은 제법 묵직하고 빨랐다. 밸런스가 잡힐 때는 그랬다. 하지만 밸런스가 무너지면 컨트롤뿐만 아니라 구위까지 무뎌졌다. 상체가 먼저 오픈되고 팔과 어깨가 힘겹게 따라왔기 때문이다. 이렇게 되면 공을 눈앞에서 채지 못하고 머리 뒤쪽에서 던지게 된다.

8월 4일(화) 강습 때의 일요일 캐치볼의 여파가 있었다. 잘 되지 않았다. 목요일(8월 6일)에는 팔까지 아파 제대로 공을 던질 수 없었다. 이튿날에는 공릉동 유소년야구장에서 K 드래곤즈의 야간 훈련이 있었다. 연습 후 문상남, 윤여훈과 상계동 어느 술집에서 생맥주를 마셨다. 문상남의 단골집이었다. 그는 이건 반드시 먹어 봐야 한다며 계란말이를 주문했다. 계란말이가 맛있어 봐야 계란말이지 하며 별 기대를 안 했는데 정말 놀라웠다. 태어나서 그렇게 맛있는 계란말이는 처음 먹어보았다. 윤여훈도 거기에 동의했다. 어디에서든, 어느 분야든 강호(江湖)엔 숨은 고수가 있다는 생각을 했다.

8월 9일(일)은 내게 2009 시즌의 터닝 포인트가 된 날이다. 황상호는 이 시즌부터 팀원들의 정규 리그 경기 기록을 '개인종합성적표'에 작성하고 있었다. 이날까지 내 타율은 2할5푼에 지나지 않았다. 상대는 나우리, K 드래곤즈가 18 대 2로 대승했다.

4 대 2로 앞선 K 드래곤즈의 3회초 공격. 선두 타자 소범호가 볼넷을 골랐다. 후속 타자 김선홍은 몸에 맞는 볼로 출루했다. 다음 타자가 나였다. 나는 우중간 2타점, 2루타를 때렸다. 달려나가는데 덕아웃 쪽에서 문상남의 환호가 들렸다. 이를 시작으로 K 드래곤즈 타선은 이 회에만 대거 7점을 얻었다. 내 안타로 인해 경기의 흐름이 바뀌었다고 할 수 있었다. 당연히 나는 이 회에 홈을 밟아 득점도 기록했다. 덕아웃으로 걸어오니 황상호가 "상남이 형님, 범준이 2루타 치니까 본인이 친 것처럼 좋아하시네."라고 했다. 이날 나는 3타수 1안타, 2타점, 2득점, 2도루를 기록했다. 비로소 나의 종합 타율은 3할1푼6리, 3할을 넘기게 되었다.

정석원에게도 뜻깊은 날이었다. 공식 게임에 처음으로 출전한 그는 첫 번째 타석에선 유격수 실책으로 진루했고, 두 번째 타석에선 우중간 안타를 때렸다. 첫 게임에 안타를 치는 것이 쉽지 않은데 나보다 출발이 좋아 부럽기까지 했다. 하지만 5할로 첫 경기를 시작한 그는 이후 타율을 조금씩 까먹게 된다.

8월 11일(화) 레슨은 우천으로, 8월 13일(목) 강습은 백운초등학교에서 예비군 훈련이 벌어진 관계로 취소됐다.

같으면서 다르고 다르면서 같다

투수는 아웃카운트를 늘림으로써 승리투수가 되는 것이지
삼진을 많이 잡는다고 승리를 보장받는 것은 아니다.
— 샌디 쿠팩스

'사사십육 사건'(5월 3일) 이래로 나는 등판할 기회를 갖지 못
하고 있었다. 차마 내 입으로 또다시 마운드에 서겠다는 말을 꺼낼
수가 없었다. 꿈은 멀어져 갔다. 그러나 나는 포기하지 않았다. 그
러면 기회는 다시 오기 마련이다.

8월 14일(금) 남양주야구장에서 루시퍼스와의 야간 연습 경기
가 있었다. 평일 오후 7시에 경기가 시작될 예정이었지만 나는 만
사를 제쳐두고 달려갔다. 4시쯤 조퇴를 했다. 이날은 황상호가 여러
가지를 시험한 날이었다. 일단 나를 마운드에 올려보기로 했고, 유격
수를 주로 봐오던 김선홍에게 '안방'(포수)을 맡기기로 했다.

김선홍은 키는 작은 편이지만 타고난 체력과 운동신경을 지녔
다. 나창범처럼 축구를 오래 해서 하체가 매우 튼튼하다. 설명하기
는 어렵지만 인상적인 것은 김선홍은 무엇을 해도 자세가 나온다
는 점이다. 극단적인 예를 들자면 그가 고깃집에서 고기를 자르는
그 모습도 그렇게 자연스러울 수가 없다. 마치 고기를 자르기 위해

태어난 사람처럼 능숙하고 어울린다. 노래방에서 마이크를 잡으면 방금 동남아 순회 공연에서 돌아온 가수를 보는 듯하다. 수비 자세와 송구는 상대 팀원으로부터 "선출이냐?"는 소리를 들을 만큼 폼이 난다.

이날 김선홍의 '포수 데뷔'는 성공적이었다. 원래 포수였던 것처럼 미트질과 블로킹이 뛰어나 보였다. 게다가 포수로서의 파이팅 또한 기대 이상이었다. 경기 결과는 기억나지 않는다. 내가 몇 회에 등판했는지도 기억할 수가 없다. 어쨌든 나는 1과 3분의 2이닝 동안 마운드에서 버텼다. 다이어리에 써두지 않았다면 영원히 사장됐을 기록이다.

김선홍은 궁합이 맞는 포수였다. 그는 내게 "공이 묵직해서 좋다."고 했다. 가운데에 꽂으라며 "(그래도 상대 타자가) 못 쳐, 못 쳐."라고 연발하기도 했다. 그랬던 것 같다. 나는 볼넷을 많이 내주며 중전 안타도 맞았지만 자신감을 얻을 수 있었다. 상대 팀 타자들이 내 공을 쳐도 내야를 못 벗어나는 때가 많았다. 처음 내가 야구를 시작해서, '맥아리가 없는' 타구를 칠 때와 똑같았다. 나는 투수 땅볼 하나, 1루수 플라이 2개, 3루수 땅볼, 중견수 플라이 등으로 아웃카운트를 잡았다.

특히 1루수 플라이 두 개를 잡았을 때는 더없이 기뻤다. 삼진을 잡은 것보다 더 좋았다. 경기 후 황상호는 "오늘 잘했어. 가능성이 있어."라며 격려해 주었다. 이름은 기억나지 않지만 한 팀원으로부터 "밤(야간 경기)에만 잘하시는 것 아니에요?"라는 말을 들었던 생각도 난다. 이날 나는 타격에도 한 차례 나서 중견수 앞으로 깨끗한 안타를 날렸다. 기분이 나쁠 리 없었다. 좀 더 노력한다면 정규 리그 경기에서 다시 마운드에 설 수 있겠다는, 꿈을 이룰 수 있겠다는 생각을 했다.

8월 16일(일)에는 더블헤더가 있었다. 첫 경기는 원리그 시그마9와의 일전이었고, 두 번째 경기 상대는 카이루키리그 호형호제였다. 경기는 각각 성대 구장과 사이버대 구장에서 열렸다. 나는 두 게임 모두 출장할 수 있었다.

시그마9와의 경기에서는 21 대 3으로 승리했다. 지명타자로 교체 출장했던 나는 첫 타석에선 유격수 에러로 출루했고, 두 번째 타석에선 중전 안타를 때렸다.

호형호제와의 경기에선 처음으로 좌익수를 맡게 됐는데 실수가 다소 있었다. 우익수를 볼 때와는 타구의 방향과 속도가 전혀 달랐다. 정신이 없을 정도였다. 첫 타석에선 야수 선택으로 1루에 나갔고, 다음 타석에선 또다시 중전 안타를 기록했다. 1타점 적시타였다. 득점 하나와 도루 두 개도 기록했다. 두 게임 통산 4타수 2안타, '개인종합성적표'의 내 타율은 3할4푼8리로 올랐다.

8월 18일(화) 전 대통령 김대중이 서거했다. 슬픔은 있었지만 노무현 서거만큼의 충격은 없었다. 이날 강습은 백운초등학교 야구단의 대회 참가 관계로 취소되었다. 목요일(8월 20일)에도 대회가 이어져 레슨은 연기되었다.

8월 21일(금)과 22일(토)에는 공릉동 유소년야구장에서 K 드래곤즈의 자체 연습이 있었다. 23일(일)에는 리그 경기가 없었다. 8월 25일(화) 레슨 때는 오랜만에 강습생들이 많이 참석했다. 개인적으로도 투구가 잘 돼 만족스러운 날이긴 했으나 참석 인원이 많아 조금밖에 못 던진 것이 아쉽기는 했다. 이날 황상호는 허성주를 영입했다는 공지를 팀 홈페이지에 남겼다.

허성주는 고3 때까지 야구 선수로 활약했다. 포지션은 투수였다. 체육특기생으로 탐라대 진학까지 결정됐지만 고3 겨울방학 때 팔꿈치 수술 판정이 내려졌다고 한다. 그때 수술을 포기하고 야구를 그만두었으며 대학에서 자퇴했다. 야구와 야구 지도자에 대한 회의와 환멸이 그 결정에 영향을 끼쳤던 것 같다. 어쨌든 그의 영입은 투수 지망생인 내게 '개인 인스트럭터'가 생긴 것이나 마찬가지였다. 문상남 역시 "쌍수를 들어 환영한다."는 글을 올렸다.

목요일(8월 27일)에는 웬일인지 투구 밸런스가 잡히지 않았다. 야구는 진짜 모른다. 잘 될 때가 있고 안 될 때도 있다. 직접 야구를 하면서 문득 깨달은 바가 있다. 야구는 같으면서 다르고 다르면서 같다는 것이다. 타격 자세를 가르칠 때 야구를 좀 해 본 이들은 이렇게 말한다. 우타자 기준이다.

"오른쪽 팔꿈치가 몸에 붙어서 나가야 한다.""배트가 퍼져서 (누워서) 나가면 안 된다.""방망이가 출렁거린다.""왼쪽 어깨가 일

내야수 허성주(1990년생). 홈런을 치고
난 뒤, 3루 주루코치로 나가 있던 나창
범과 하이파이브를 하고 있다.
출처_SB리그 홈페이지.

찍 열린다." "왼발이 열리면 안 된다." "왼팔이 펴지지 않고 그냥
돌아가 버린다." "손목을 못 쓴다." "오른쪽 손목을 일찍 덮는다."

다 다른 말처럼 들리지만 실은 한 가지 목표를 지향하는 말이
다. 야구는 점(點)을 지향하는, 점에 집중하는 스포츠인 것 같다.
타격에는 히팅 포인트, 투구에는 릴리스 포인트라는 '점'이 있다.
타격이나 투구나 한 점에 힘을 모아야 한다. 그 힘을 가장 효율적
인 방법으로 극대화해 한 점에 모으는 것이 타격과 투구의 요체다.

오른쪽 팔꿈치가 몸에 붙지 않으면 배트가 퍼지거나 누워서 나
간다. 배트가 퍼져서 나가면 히팅 포인트에서 힘을 극대화할 수 없
다. 왼쪽 어깨나 왼발이 일찍 열려도, 왼팔이 펴지지 않고 그냥 돌

아가 버려도 마찬가지다. 팔목을 쓰는 것은 히팅 포인트에 힘을 집중하는 완결편이다. 팔목을 일찍 덮는 것은 엉뚱한 지점에 미리 힘을 쓰는 것과 같다.

타격과 투구의 메커니즘은 놀랍도록 일치하지만 다른 면도 있다. 같으면서 다른 것이다. 투수는 릴리스 포인트에 온 힘을 모아 실어야 한다. 그러기 위해선 오른손 투수의 경우, 상체가 일찍 열려서는 안 된다. 오른손 팔꿈치가 머리 앞쪽으로 나와 쭉 펴져야 한다. 손목을 뿌리고 손가락으로 공을 채는 것은 릴리스 포인트에 힘을 집중하는 마지막 작업이다.

타격과 투구의 메커니즘에 대한 이러한 이해나 지식은 야구 선수들이라면 모두 알고 있다. 하지만 자신의 신체조건이나 체력에 맞게 적용하기가 어렵다. 말하자면 목표는 같지만 목표에 도달하는 방법은 개인마다 다를 수밖에 없다. 한화 이글스 류현진이 메이저리거 박찬호로부터 원포인트 레슨을 받았다는 기사[20]를 읽은 적이 있다. 이것은 류현진이 투구의 기본을 몰라서가 아니라 투수마다 '다른 방법'이 있을 수 있기 때문이다.

8월 28일 광진구 구의구장에서 연습 경기가 있었다. 금요일인 평일이었다. 평소 때는 서류가방을 들고 출근했지만 이날은 유니폼과 글러브를 작은 배낭에 넣고 집을 나서기로 했다. 그런데 야구 벨트를 넣을 곳이 마땅치 않았다. 배낭에 구겨 넣을 수도 없어 고민하다가 신사복 바지에 벨트 대신 매게 되었다. 일찌감치 퇴근을 했다. 5호선 광나루역에서 내려 김밥 한 줄을 먹어가며 구의구장으로 올라갔던 기억이 난다.

하마터면 이날 내가 선발 투수로 나설 뻔했다. 신동준은 회사 일로 참석을 못한다고 했고, 문상남도 참석이 어렵다고 했다. 황상호는 누구를 선발로 쓸지 고민했다. 그는 그 고민을 조카인 정유민에게 이야기했는데 뜻밖에도 정유민이 나를 추천했다. 황상호에 따르면 정유민은 이렇게 말했다고 한다.

"61번을 쓰세요. 공 좋아요."

61번은 나의 배번이다. 내 공이 좋다는 것은 그때도 팀원들이 인정하는 부분이었다. 역시 컨트롤이 문제였지만 마땅한 선발 투수가 없는 날에는 내가 대안이 될 수도 있었다. 하지만 그날 문상남이 만사를 제쳐두고 참석했다. 나는 한편으론 아쉬우면서도 한편으론 안도감을 느꼈다. 아무래도 그때까지는 투수로서의 자신감이 없었기 때문이다. 이날 2타수 1안타, 볼넷 2개를 기록했다고 다이어리에 적혀 있다. 경기 결과를 비롯한 다른 구체적인 기억은 남은 게 없다.

8월 30일(일)에는 블루샤크와의 카이루키리그 경기가 예정돼 있었지만 블루샤크가 어느 토너먼트 대회에 참가하는 바람에 취소되었다. 카이리그측에서는 부랴부랴 허접스란 팀과의 연습 경기를 잡아주었다. 공식 기록이 없어 스코어는 알 수 없지만 7회까지 무승부로 끝이 났다. 나는 첫 타석에선 중견수 앞 깨끗한 안타를 쳤다. 1타점도 기록했다. 두 번째 타석에선 2루수 앞 땅볼 아웃됐지만 세 번째 타석에선 1타점을 올리는 좌전 안타를 쳤다. 마지막 타석에서도 유격수 깊은 곳에 내야 안타를 쳤다. 4타수 3안타, 2타점이었다.

특기할 것은 이날 오후 3시 고등학교, 대학교 후배의 결혼식이 있다는 점이다. 나는 청첩장을 이메일로 받고 후배와 전화 통화까지 했음에도 볼일이 있다는 핑계를 대고 결혼식에 불참했다. 그 무렵 나는 거짓말을 하고 후배 결혼식에 가지 않을 만큼 야구에 빠져 있었다. 미안하긴 했지만 그 후 나는 후배에게 내 책을 보내주면서 축의금을 책갈피에 꽂아두었다.

 두 번째 스무 살, 제2의 전성기

진정한 노력은 결코 배신하지 않는다.
— 이승엽

임계점(臨界點)이라는 단어가 있다. 사전적 정의는 조금 어렵다. '물질의 구조와 성질이 다른 상태로 바뀔 때의 온도와 압력'이라 한다. 구체적으로 설명하면 물은 1기압인 상태에서 100°C의 온도가 되어야 끓기 시작하는데 이때의 1기압과 100°C가 물이 끓는 임계점이다. 산에서 물이 잘 끓지 않는 이유는 평지에 비해 산의 기압이 낮기 때문이다.

세상일에도 임계점이라는 게 있는 것 같다. 아기가 처음 엄마라고 부를 때, 어느 순간 영어가 들릴 때가 있듯 야구에서도 어느 순간 되는구나 하는 느낌이 올 때가 있다. 야구의 임계점도 있다는 뜻이다. 다만 야구의 그것은 기술(노력)과 멘탈(정신력)과 관계된 것일 수밖에 없다.

그 무렵 나는 임계점에 이른 모양이다. 8월 27일(목)의 일기만 해도 "잘 안 됨. 밸런스가 안 잡힘."이라고 투덜대고 있는데 9월 1일(화) 일기는 다음과 같이 달라진다.

투심이 많이 휘어짐. 공을 받다가 손이 아프다는 정재철 코치. 직구인지 변화구인지 미리 말하라는 말. 공에 힘이 많이 붙었다는 말도.

직구, 즉 패스트볼도 여러 가지가 있다. 공을 잡는 그립에 따라 공에 변화가 생긴다. 가장 일반적인 직구가 포심(four seam)이다. 심(seam)이란 봉합선 또는 솔기를 뜻하는데 야구공에서는 실밥이 된다. 포심은 국립국어원 '신어(新語)' 자료집에 "두 손가락으로 공의 실밥을 네 개 걸쳐서 공을 던지는 일."이라고 정의돼 있다. 하지만 잘못된 정의인 듯하다. 직접 야구공을 쥐어보면 알 수 있다.

두 손가락으로는 공의 실밥을 네 개 걸쳐서 잡을 수 없다.

포심은 그립과 관련이 있는 게 아니라 회전과 관련된 것이라고 생각한다. 날아가는 공은 너클볼이 아닌 이상 무조건 회전이 걸린다. 공이 회전할 때 실밥이 네 개가 걸리면 포심이 된다. 이에 비해 두 개가 걸리면 투심(two seam)이다.

간단한 실험을 해보면 쉽게 이해할 수 있다. 야구공을 딱딱하고 평평한 바닥에 굴려보면 된다. 실밥이 네 개가 걸리게 굴리면 '두 두 두 두' 하는 소리가 난다. 반면 실밥이 두 개가 걸리게 굴려보면 '드륵……드륵' 하는 소리가 난다. 전자는 일정한 소리가 나며 비교적 직선으로 굴러가고, 후자는 불규칙한 소리를 내며 굴러가면서 휘기도 한다. 공과 바닥의 마찰력은 일종의 저항이다.

날아가는 공 역시 공기의 마찰력, 저항을 받는다. 이제는 포심과 투심의 차이를 알 수 있으리라 본다. 포심은 공의 실밥 네 개가 공기의 저항을 일정하게 받는다. 그래서 직선으로 날아간다. 한편 투심은 실밥 두 개가 공기의 저항을, 포심보다는 상대적으로 불규칙하게 받기 때문에 날아가며 휘게 된다. 이것이 포심과 같은 직구임에도 투심이 휘게 되는 이유다. 물론 투심과 포심 모두 중력의 영향을 받는다.

오른손 투수가 던진 투심은 검지에 힘을 더 줄 경우 날아가면서 오른쪽으로 휘고, 중지에 힘을 많이 쓸 때는 왼쪽으로 휜다. 언젠가 박찬호가 이치로를 상대로 투심을 던지는 장면을 본 적이 있다. 공은 좌타자인 이치로의 몸을 향해 날아갈 듯하더니 어느 순간 오른쪽으로 휘어져 스트라이크가 되었다. 이치로가 화들짝 놀란 것은 두말할 것이 없다.

나는 오른손잡이다. 9월 1일 강습 때 나의 투심은 내가 봐도 공의 변화가 느껴졌다. 포수 입장에서 보면 미트를 향해 정면으로 날아오던 공이 갑자기 왼쪽으로 휘어진다. 그런 이유로 정재철은 포수 미트의 볼집 부분이 아니라 손바닥 부분에서 공을 잡게 된 것이다. 손바닥이 아프지 않을 수가 없다. 그가 "직구인지 변화구인지 미리 말하라."고 했던 것도 공의 변화를 미리 알고 미트의 위치를 준비하기 위해서다.

9월 3일(목) 강습 때도 컨디션이 좋았다. 토요일(9월 5일)에는 윤여준의 결혼식에 참석했다. 이튿날인 9월 6일(일)에는 윈리그 경기가 있었다. 상대는 GOB, K 드래곤즈가 12 대 2로 이겼다. 나는 경기 중간에 김재우와 교체되어 한 타석에 들어가 2루 땅볼로 아웃됐다. 어쩌다 기록원에게 교체 통보를 해주지 않아 공식 기록은 김재우가 2루 땅볼을 친 것으로 기록됐다. 그의 타율을 까먹은 것인데 훗날 김재우는 내 안타를 땅볼 아웃으로 만들어 서로 '퉁치게' 된다.

9월 8일(화) 강습 때는 "이젠 하산하라."는 정재철의 말이 있었다. 나로서도 최고의 피칭이었다. 목요일(9월 10일) 레슨 때도 나쁘지 않았다. 내 야구 인생에서 '제2의 전성기'가 온 듯했다.

화장실 가기 전의 마음이 다르고 화장실에서 나온 후의 마음이 다르다. 마음이 간사해서 그렇겠지만 어쭙잖게 야구 실력이 늘고 자신감도 생긴 나는 팀의 연하들에게 거침없이 이런 말을 내뱉고 있었다.

"요놈들아, 나도 예전엔 야구 잘했어."

"언제요?"

"대학 다닐 때."

"어떻게 잘하셨는데요?"

"여름과 가을에 한 번씩 동문야구대회가 열렸거든. 금성고 동문회에서 매년 한두 차례는 반드시 출전했는데 나는 100퍼센트 출루했어. 줄잡아 스무 번 넘게 타석에 나가 한 번도 아웃된 적이 없었단 말이다."

내 말은 거짓이 아니었다. 모교의 동문야구대회는 매년 백학기와 총장배, 두 번 열렸다. 서너 차례 대회에 출전해 아웃된 기억이 없다. 단 한 번의 위기는 있었다. 1루 쪽으로 평범한 땅볼을 쳤는데 상대 팀 1루수가 본헤드 플레이를 했다. 1루를 찍어버리면 그만일 것을 공을 쥔 채 나를 태그하기 위해 기다렸던 것이다. 나는 천천히 뛰어가며 태그를 당하는 척하다가 마지막에 재빨리 슬라이딩을 했다. 가까스로 태그를 면하며 1루 베이스를 밟을 수 있었다. 그때가 내 야구 인생의 첫 번째 전성기였다.

팀원들에게 이런 말도 했었던 것 같다.

"내가 삼십 대 중반에만 야구를 시작했어도 날아다녔을 거다. 느그도 마흔 다 돼서 야구 해봐라."

날아다니지 못한다 해도 좋다. 삼십 대 중반에 야구를 시작했다면 내 인생이 어떻게 바뀌었을까. 지금도 아쉽기만 하다.

황상호는 배번이 35번이다. 서른다섯이 되던 2001년에 야구를 시작해서 35번을 달았다고 한다. 그러니 야구 경력이 벌써 10년에 가깝다. 오래 했다고 야구를 다 잘하는 건 아니겠지만 경력에 맞는 실력도 갖췄다. 그의 2009 시즌 통산 타율은 5할3푼2리다. 팀 내 1위였다.

이 해 배호열, 유진국, 윤여훈, 이태복은 서른넷이었다. 그들의 젊음도 부러웠다. 1977년생인 소범호, 1978년생인 김용기, 윤여준, 그 밑으로 소경수, 이길형, 최원찬 등은 더 말할 게 없다. 유연성, 배트 스피드, 주력, 순발력 등등 모든 것이 나보다 더 좋았다. 하지만 야구는 야구고 인생은 인생이다. 젊다고 야구를 더 잘하는 것은 아니며 나이를 먹었다고 인생이 더 불행한 것은 아니다.

K의 비밀을 알다

No Fear!
— 제리 로이스터

배호열은 창단 멤버였다. 투수를 맡길 만한 사람이 그밖에 없었다. 그래서 창단 초기 그가 도맡아 던졌다. 그러다 어깨를 다쳤다. 팀 홈페이지에는 배호열이 남긴 이런 글이 있다.

아직도 저번 주에 했던 피칭 때문에 온몸이 쑤셔요. 아무래도 오늘 진탕 마셔야 할 거 같습니다.^^ (2008년 1월 18일)
부상이 생각보다 심각한 것 같습니다.ㅜ.ㅜ 몸관리 열심히 하겠습니다.^^(2008년 2월 4일)
하하하. _.__ 저 12주 진단 나왔습니다. 의사 선상님이 어깨 망가지고 싶으면 계속 공 던지라고 협박을 해서 당분간은 그냥 쉬려고 합니다. 이런 중요한 시기에 부상을 당해서 팀원 모든 분들께 죄송합니다. 제가 없어도 잘하시니까 저는 재활에만 전념하겠습니다. K 드래곤즈 화이팅~~(2008년 2월 12일)

어깨 부상을 당한 그의 팀 내 입지가 좁아지기 시작했다. 아삼

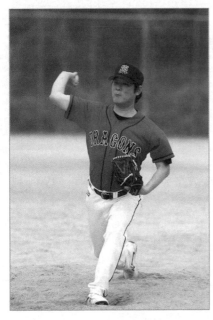

창단 멤버 배호열(1976년생). 창단 초기 투수를 도맡아 하다시피 했다. 그때의 부상 여파로 지금은 야구를 접었다.

육에서 합류한 신동준은 그의 공백을 메우는 데 그치지 않고 부동의 에이스로 자리를 잡게 되었다. 야수로 전향한 배호열은 2008 시즌을 도중에 접게 된다. 그는 이듬해 다시 야수로 도전했지만 시즌 도중에 활동을 중지한 것은 이번에도 마찬가지였다.

언젠가 배호열이 "내가 상대해 본 팀들 가운데 연예인 야구단 '한' 이 제일 잘 쳤다."고 하던 말이 기억난다. K 드래곤즈는 2007년 12월 2일 남양주 밤섬야구장에서 연예인 야구단 '한(恨)' 팀과 연습 경기를 가진 적이 있다. 배호열은 '한' 팀을 상대로 마운드에 올랐던 것을 소중한 추억으로 간직하고 있을 것이다. 지금 밤섬야구장은 없어졌지만 그가 다시 마운드에 오를 날을 기대해 본다.

이태복은 오른쪽 무릎이 좋지 않다. 지금도 무릎에 철심이 박혀 있다. 수년 전 축구를 하다가 다쳤는데 병원에 가보니 아무런 이상이 없다고 해 한동안 치료를 받지 않았다. 오진이었다. 다른 병원에서 수술을 받게 됐지만 이미 무릎의 부상은 심각한 수준이었다. 그는 요즘 오른쪽 어깨도 정상이 아니다. 그도 2008년 중도에 시즌을 접은 적이 있다. 하지만 2009년에는 거의 선발로 출전했다. 실력 향상을 통해 스스로 이겨낸 것이다.

개인적인 노력이 당연히 뒤따랐을 테지만 나는 이태복이 주전으로 자리를 잡게 된 것은 그의 강한 자존심의 소산이라고 생각한다. 그는 남에게 신세를 지는 걸 싫어한다. 형들에게 술 한 잔 얻어 마시는 것도 불편해할 정도다. 그러니 '배려' 차원에서 선발에 들어가는 것을 참을 수 없었을 것이고, 스스로 많은 노력을 했던 듯하다.

팀 내에서는 이태복과 가장 많은 이야기를 나눴다. 거의 매번 그가 나를 카풀해 주었기 때문이다. 언젠가 차에서 그에게 이런 말을 한 적이 있다.

"태복아, 너는 얼굴은 샤프하고 잘생겼는데 이름은 촌스러운 것 같다. 태복이가 뭐냐. 클 태(泰) 자에 복 복(福) 자냐?"

"아뇨. 별 태(台) 자에 향기로울 복(馥)자예요."

그 차에 유진국도 동승해 있었다. 그가 말했다.

"형. 나도 자랄 때 내 이름이 촌스러워 죽는 줄 알았어요."

"그러냐?"

"태복이하고 진국이하고 어느 이름이 더 촌스러워요?"

"음, 어려운데……. 이름은 여훈이랑, 여준이가 좋지. 뭔가 도시(都市)적인 냄새가 나잖아."

"저희 친구 중엔 정진대라는 녀석도 있어요."

"이름이 진대야?"

"네. 셋 중엔 뭐가 제일 촌스러워요?"

"성(姓)이 조씨라면 생각할 것도 없는데 말이야. 가리기가 힘드네."

K 드래곤즈는 팀 분위기가 좋은 편이다. 이 말은 팀 구성원들의 사람됨이 좋은 편이라는 말과 같다. 내가 K 드래곤즈에 들어온 지도 어느덧 1년이 다 돼가고 있었다. 내게도 간담(肝膽)을 상조(相照)하는 친구가 있다. 규범, 기범, 준용, 성만 등이 그들이다. 이들과 나 못지않게 '76년 용띠' 동생들의 우정과 어울림도 보기 좋았다. 기특하기까지 했다.

인간관계라는 게 참 우습다. 고등학교 친구, 어릴 적부터 같이 커왔던 친구가 친하고 편한 것은 당연하다. 그러다 대학 친구도 생기고 직장 친구도 생긴다. 잘 지내기만 한다면 직장 친구 또한 죽마고우 이상이 된다. 같은 일을 하며 같은 의식, 같은 생활을 공유하기 때문이다. 그런데 나이야 많고 적음이 있겠지만 '야구 친구'

도 있을 수 있다는 것을 깨달았다. 매주 모여 땀을 흘리고, 더러 술을 함께 마시며 살아가는 이야기를 주고받는다는 것이 사람 사이를 이토록 가깝게 할 수 있다는 것을 알게 되었다.

'K의 비밀'을 알게 된 것도 그 무렵이었던 것 같다. 팀 이름이 K 드래곤즈다. '76년 용띠'들이 주도해 만든 팀이라 드래곤즈가된 것은 입단할 때부터 알고 있었다. K는 그저 강북을 뜻하는 이니셜이라고만 생각했는데 그게 아니었다. K는 월곡동을 의미하는 이니셜이었다.

유진국, 윤여훈, 이태복, 최세훈 등은 월곡동에서 유소년기를 보냈다. 당시 월곡동은 서울의 대표적인 판자촌이었다. 다른 동네 사람들은 월곡동을 비하해 '-곡동'이라고 부르기도 했다. 유진국 등은 '-곡동 새끼들', '-곡동 애들이랑은 안 놀아'라는 말을 들으며 자랐다. K는 '-곡동'의 이니셜이었던 것이다. 나는 그들의 마음을 어느 정도 이해할 수 있다. 나 역시 부산에서는 대표적인 산동네인 수정동, 초량동 등에서 유소년기를 보냈기 때문이다.

팀 창단을 주도한 윤여훈은 스물여섯 살부터 조기축구를 했다. 그는 이런 말을 한다.

"막말로 축구는 팬티 하나만 입으면 할 수 있는 운동이에요. 반면 야구는 돈은 많이 들지만 폼이 나는 운동이잖아요. 어느 날 사회인 야구를 하는 사람을 만난 적이 있어요. 자격지심인지 사람이 조금 거들먹거리는 것처럼 보였는데 그때 자존심이 상한 거예

내야수 소경수(1979년생). 둥글둥글한 얼굴에 느긋한 성격이다. 최근 타격이 급성장해 모든 팀원들을 놀라게 하고 있다. 출처_SB리그 홈페이지.

요. 그래서 친구들끼리 야구단을 만들자는 결심을 한 겁니다."

그렇게 해서 배호열, 유진국, 윤여훈, 이태복, 최세훈 등이 모여 2007년 6월 K 드래곤즈를 창단했다. 윤여훈은 조기축구를 함께 했던 나창범에게 감독을 맡아달라고 부탁했다. 나창범은 이를 수락했고 역시 같이 축구를 한 김선홍에게 입단을 권유했다. 최세훈은 직장 후배인 김융기를 팀으로 이끌었다. 두 사람은 의류부자재 수출업체에서 일하고 있다. 소범호와 소경수 형제 역시 최세훈의 권유로 팀에 들어왔다. 소범호는 최세훈의 한 다리 건넌 후배다.

이 해 9월에 입단한 이길형은 나창범이 올린 부원 모집 공고를 보고 K 드래곤즈의 문을 두드렸다. 아삼육에서 나온 황상호, 문성원, 신동준이 입단한 것이 바로 이 무렵이다. 같은 아삼육 출신인 김재우는 1년 동안 호주에 가 있느라 입단이 조금 늦었다. 그는 같은 해 11월 K 드래곤즈의 유니폼을 입게 된다.

1973년생인 이병진은 2008년 6월 팀에 가입했다. 그는 소경수의 직장 선배다. 당시 두 사람은 한 온라인게임 개발 전문업체에서 재직하고 있었다. 이병진의 입단 과정이 조금 재미있다. 먼저 소경수의 글이다.

> 저희 회사분 중에 저희 팀에 들어와 야구 하고 싶다는 분이 계시는데 가입 가능할까요? 사회인 리그 경력 3년 되신다고 하구요. 가능한 포지션이 투수, 포수, 3루수라고 합니다.(2008년 6월 24일)

그러자 이런 댓글이 달렸다.

> ㄴ 신동준: 오케이! 모셔와! 모셔와!
> ㄴ 나창범: 이번 주 나오시라 해라~~~
> ㄴ 김선홍: 오랜만에 좋은 소식이군!

이렇듯 이병진은 팀원들의 기대를 한 몸에 받으며 K 드래곤즈의 일원이 되었다. 투·포수, 3루수가 모두 가능하다니 팀으로선 희소식이 아닐 수 없었다. 입단 후 이병진은 팀원들의 기대에 부응했다. 3루와 2루를 주로 맡지만 팀 사정이 어려울 때는 마운드에 오르기도 한다. 더욱 놀라운 것은 입단 후 현재까지 단 한 차례도 삼진이 없다는 점이다. 성격이 좋아 선발 오더나 팀 운영에 대해 불평하는 소리를 들어본 적이 없다.

최원찬은 이병진보다는 한 달이 늦은 2008년 7월 팀에 들어왔다. 그를 보면 역시 젊음이 좋다는 생각이 든다. 당시 스물여섯이던 그는 2008년 후반기 카이스포츠리그에서 타격왕을 차지하게 된다. 이 해 9월 이재호와 나, 그리고 한 주 늦게 문상남이 입단한 사실은 이미 쓴 적이 있다. 이재호는 2009 시즌 초반에 개인적인 사정으로 야구를 중단한 상태다.

감독의 남자

야구를 향한 나의 열정은 스피드건에 찍히지 않는다.
—톰 글래빈

2009년 9월 12일(토) 공릉동 유소년 야구장에서 팀 자체 연습

KBS 예능 프로그램 '천하무
적 야구단'에 출연한 황상호.
2009년 9월 12일 방영.

을 가졌다. 구장을 2시간 대여했는데 연습을 1시간쯤 하자 가는 비
가 내리기 시작했다. 모두들 비를 피해 덕아웃으로 모였다. 대여료
가 아깝고 시간이 아까웠다. 나는 글러브를 들고 홀로 운동장으로
나갔다. 미친 사람처럼 빗속을 뛰어다니자 보기에 측은했던 모양
이다. 이병진이 글러브를 들고 나와 캐치볼을 하자고 했다. 내가
마다할 리 없었다. 빗속의 캐치볼……, 좋았다. 쉽게 잊히지 않을
추억이다.

구장 대여 시간이 끝나갈 무렵, 비는 거짓말처럼 멈췄다. 주차
장 부근에서 중국 음식을 시켜 먹었다. 나는 비가 내리면 '땡기는'
삼선짬뽕을 골랐다. 이날 저녁 황상호가 KBS 예능 프로그램인 '천
하무적 야구단'(팔도 원정기 1탄)에 출연했다. 천하무적 야구단은 팔
도 원정을 떠나며 첫 상대로 서울 아삼육과 일전을 벌였다. 황상호
는 전(前) 소속팀인 아삼육과의 인연으로 출전하게 되었다. 말하자

면 그는 '부정 선수'였던 것이다.

댓글을 제외하면 정석원은 입단 후 지금까지 글을 단 세 번 팀 홈페이지에 남겼다. 한 번은 가입 인사, 한 번은 연말 인사였고 나머지 하나는 이런 글이었다.

이번 주 토요일, 황 감독님이 천하무적 야구단과의 경기에서 활약하는 모습이 전국에 전파를 탑니다. KBS2 저녁 6시 30분입니다. 참고로 2타수 2안타라네요. 그놈의 방망이는 어디 가도 손색이 없네. ㅋㅋ (2009년 9월 10일)

글을 쓴 의도가 뻔히 보이는 '홍보성 글'이다. 이처럼 그는 감독의 입을 대변하다가 급기야는 '감독의 남자'를 자처하게 된다. 하지만 이때까지는 내가 '감독의 남자의 남자'가 될 줄은 꿈에도 몰랐다.

정석원은 1968년생이다. 황상호의 서울 보성고등학교 1년 후배다. 게다가 두 사람은 같은 대학을 졸업했다. 나의 출신 대학이 팀원들 사이에서 화제가 되자 정석원은 "우리도 '악산(岳山) 밑의 S대'를 나왔다."고 한 적이 있다. 여기서 '우리'라 함은 황상호, 문성원, 정석원을 말하며 '악산 밑의 S대'는 원주 상지대학교를 뜻한다. 원주에 치악산이 있어 '악산 밑'이라고 한 것이다. 이 세 사람은 한 건설 시행사에 근무하는 직장 동료 간이기도 하다.

'천하무적 야구단' 프로그램은 한때 승부를 '연출'한다는 시비에 휘말린 적이 있다. 상대하는 팀이 일부러 '살살' 해준다는 이야기가 떠돌기도 했다. '저렇게 봐주면서 하면 사람들이 사회인 야구 실력을 뭘로 보겠느냐', '사회인 야구 망신이다'라는 식의 글이 프로그램 게시판에 오른다는 소문도 있었다. 하지만 황상호에 따르면 제작사측이 '점수 좀 뽑게 해달라', '봐달라'라는 식으로 요청하는 일은 전혀 없었다고 한다. 다만 젊은 방송작가 아가씨가 덕아웃에 와서 한숨을 쉬며 이렇게 푸념한 일은 있었다고 했다.

"에휴, 이러면 오늘 방송 분량 안 나오는데……."

신기하게도 그런 말이 있고 나면 방송 분량이 나올 만한 상황이 일어난다는 후문이다.

처음엔 나도 여느 사회인 야구인들처럼 '천하무적 야구단'의 실력을 '우습게' 보았다. 황상호, 정석원 등과 함께 텔레비전을 보다가 "내가 저기 가면 바로 에이스로 뛰겠다."는 장담을 한 적도 있다. 여기에 황상호가 "당연하지."라고 맞장구를 쳤을 정도였으니 그 역시 '천하무적 야구단'의 실력을 그다지 높이 평가하지 않았음이 틀림없다.

그러나 시간이 지날수록 '천하무적 야구단'을 바라보는 K 드래곤즈 팀원들의 시선은 따뜻하게 변해 갔다. 나 또한 그랬다. 나날이 늘어가는 그들의 야구 실력이 눈에 보였고, 무엇보다 야구를 향한 열정과 노력에 감명을 받았다. 따지고 보니 나는 '천하무적 야구단'의 팀원들보다 불과 3, 4개월 먼저 야구를 시작한 것에 지나지 않았다. 언젠가 기회가 되면 '천하무적 야구단'을 상대로 공을 던져보고 싶다. 물론 K 드래곤즈의 유니폼을 입고서 말이다.

9월 13일(일) 성대 야구장에서 세이커스와의 원리그 경기가 있었다. 세이커스는 2008년 K 드래곤즈에게 세 번이나 진 팀이다. 경기에 나서는 눈빛부터가 달랐다. 단단히 벼르고 있음이 분명했다.

경기 전, 내가 윤여훈에게 펑고를 쳐주었다. 그 무렵 윤여훈은 중견수에서 유격수로 전환하기 위해 내야 수비 연습을 하고 있었다. 내가 쳐준 공이 굴러가자 윤여훈은 공을 잡기 위해 글러브를 들이댔다. 그런데 공은 그의 글러브를 튕기고 난 뒤 근처에서 아장아장 걷고 있던 도현의 얼굴에 맞고 말았다.

가슴이 철렁했다. 도현은 영문을 모르겠다는 표정을 순간 짓더니 곧 울음을 터뜨렸다. 당장 도현이 있는 쪽으로 달려갔지만 뭐라 할 말이 없었다. 말없이 어색한 미소만 띠고 있는 윤여훈과, 아이를 안아 달래고 있는 그의 아내 주위에서 나는 엉거주춤 서 있을 수밖에 없었다. 울고 있는 도현의 이빨 사이로 피가 번지는 모습이 보였다. 차라리 내가 맞았으면 하는 마음뿐이었다. 다행히도 도현에게는 아무런 이상이 없었다. 나는 가슴을 쓸어내렸다.

경기는 K 드래곤즈가 1 대 8로 완패했다. 경기 중에 신경전이 벌어졌다. K 드래곤즈가 1 대 8로 거의 경기를 포기하고 있던 마지막 회, 세이커스의 1루 주자가 2루를 훔쳤다. 2루수 문성원이 "이

상황에서 도루를 다 하시네."라고 하자 주자는 헬멧을 집어던지며 화를 냈다. 누구의 잘잘못을 따질 일은 아닌 듯하다. 경기 중에 일어날 수 있는 하나의 해프닝이었다. 나는 경기 내내 벤치를 지켰다.

9월 15일(화) 강습은 정재철의 예비군 훈련 참가로 취소됐다. 목요일(9월 17일)에는 정재철로부터 "오늘이 제일 좋다. 최고의 피칭이다. 포수 장비 없이는 공을 못 받겠다."는 말을 들었다. 공치사(空致辭)는 아니었던 것 같다. 이튿날 나는 '롯데 자이언츠의 서울 팬클럽' 홈페이지에 다음과 같은 글을 남겼다.

비단 옷을 마련했는데 고향에 가지 못하니 이 어찌 서글픈 일이 아니리오. 투심, 포심, 슬라이더, 커브, 포크볼, 체인지업까지 장착했는데 보여줄 시간이 없구려~~좋은 날입니다~~행복하소서 ㅎㅎ

제법 는 내 야구 실력을 자이언츠레전드 팀원들에게 보여주고 싶었다. 미리 언급할 기회는 없었지만 그때 나는 이미 위와 같은 구종을 모두 던질 수 있었다. 문제는 그 변화의 폭이 미미하고 컨트롤이 안 된다는 점이다.

9월 17일 이상엽이 정식으로 K 드래곤즈에 입단했다. 좌투좌타인 그는 고2 때까지 청원고에서 야구를 했다. 외야수를 주로 봤다고 한다. 정유민, 허성주와 동기인 그도 1990년생이다.

9월 20일(일)에는 팀원들과 함께 김웅기의 결혼식에 참석하고

내야수 김융기(1978년생). 힘이 뛰어나고 어깨가 강하다. 타율은 항상 팀 내 상위권이다.

나서 세계사이버대학교 야구장으로 향했다. 큰 키에 체구가 건장한 김융기는 팀에선 주로 3루를 맡는 내야수다. 타율은 항상 팀 내 상위권이다. 어깨가 강해 연습 경기에선 포수를 본 적도 있다. 술한 잔만 마셔도 온몸이 빨개지는 까닭에 뒤풀이에는 거의 참석하지 않는다. 그래서 많은 이야기를 나눠보진 못했다.

사람이 구김이 없다고나 할까, 누구나 한 번씩 우울한 기색을 보일 때도 있기 마련인데 아직 그런 모습을 본 적이 없다. 그런 모습에 그의 아내가 반한 모양이다. 자세한 전말은 쓸 수 없지만 두 사람은 그야말로 물불을 가리지 않고 사랑에 빠져 결혼에 이르렀다고 한다.

경기는 불패네버루즈란 팀을 상대로 K 드래곤즈가 6 대 2 승리를 거뒀다. 선발 우익수로 출전한 나는 볼넷 하나와 플라이 아웃 2개를 기록했다. 그래도 나는 자신감에 넘쳐 있었다. 경기 후 무슨 이야기 끝에 윤여훈과 내기를 했다. 앞으로 1년 안에 내가 공식 경기에서 홈런을 치면 그가 내게 글러브를 사주고, 그 반대이면 내가 그에게 알루미늄 배트를 사기로 했다. 그런데 글러브와 배트가 워낙 고가여서 그냥 20만 원을 걸기로 내기를 조정했다.

팀원들은 거의 윤여훈의 편을 드는 분위기였다. 이병진은 저렴하고 좋은 배트를 소개해 주기도 했다. 다음 날 나는 "오늘부터 술 끊습니다. 금주 선언합니다."라는 글을 홈페이지에 올렸다. 이 글을 보고 문성원은 "범준의 각오가 엿보인다."고 했지만 나는 농담으로 해본 말이었다.

9월 22일(화) 강습은 불참했다. 기범, 성만, 정웅 등과 목동야구장으로 롯데 자이언츠의 경기를 보러 갔다. 목요일(9월 24일) 레슨은 백운초등학교 운동장에서 예비군 훈련이 예정돼 있어 취소됐다.

홀로 서기

야구 몰라요.
— 하일성

그때까지만 해도 정석원은 도저히 안타를 칠 수 없는 엉성한 타격 폼을 갖고 있었다. 김재우는 "범준이 너도 처음엔 석원 형과 비슷했다."고 말하지만 아무리 생각해 봐도 내가 그 정도는 아니었다. 게다가 정석원은 나보다 더한 마흔둘에 사회인 야구에 뛰어들었다. 동병상련이라 할까, 그를 바라보는 내 시선에는 안쓰러움이 깃들 수밖에 없었다. 나는 나름대로 터득한 타격 자세와 공 던지는 요령을 그에게 알려주려고 했다.

같이 캐치볼을 하자는 약속을 잡고 9월 26일(토) 정석원의 집으로 갔다. 미혼인 그는 쌍문역 근처에서 홀로 자취를 하고 있었다. 뜻밖에도 황상호가 그 집에 와 있었다. 황상호와 정석원은 같은 직장에 다니지만 근무지가 다르다. 정석원은 문성원과 함께 동대문구 답십리에 있는 사무실로 출퇴근을 하고, 황상호는 대전에 장기 출장을 나가 있다. 황상호는 야구를 하기 위해 금요일 저녁마다 상경하는데 그 생활만 벌써 수년째라고 한다.

역시 미혼인 황상호는 주말마다 누나의 집에서 숙식을 해결하고 있었다. 그런데 2009년 4월 정석원이 쌍문동으로 이사를 왔고, 5월에 회사 야유회가 있어 우연히 정석원의 집에서 하루를 묵게 되었다. 후배의 집에서 자고 나니 편하고 즐거웠던 모양이다. 황상호는 이 해 6월부터 매주 주말을 정석원의 집에서 보내게 된다. 그러다 정석원은 황상호에 이끌려 야구장에 나오게 됐고 결국 야구를 하게 됐다. 그가 '감독의 남자'일 수밖에 없는 이유가 여기에 있다.

정석원의 집은 내게도 편하고 즐거웠다. 대학 다닐 때 친구 자취방에 놀러 가던 기분이 새삼 들었다. K 드래곤즈에는 40대 미혼남이 세 명 있는데 이날 정석원의 자취방에 모인 이들이 그 주인공이다. 정석원과 캐치볼을 하기 위해 그의 집을 드나들다가 어느덧 나도 '중독'이 되어버렸다. 별다른 약속이 없는 주말이면 캐치볼을 하든 안 하든 그의 집을 찾게 된 것이다. 그렇게 해서 나는 '감독의 남자의 남자'가 돼버렸지만 호시탐탐 '감독의 남자'를 노리고 있다. '감독의 남자'를 노린다는 것은 중의적인 표현인데 구태여 설명할 필요는 없을 것 같다.

이튿날인 9월 27일(일)에는 카이브론즈리그 경기가 있었다. K 드래곤즈는 마구자비를 맞아 8 대 4로 승리했다. 나는 경기 중간에 대타로 나가 1타수 1안타를 때렸다. 중전 안타였다. 9월 29일(화) 강습이 있던 시간, 나는 잠실야구장에서 롯데 자이언츠와 두산 베어스의 준플레이오프 1차전을 관전하고 있었다. 롯데가 7 대 2로 완승했다. 첫 경기를 이겨 기분 좋은 출발을 한 롯데는 그러나 내리

세 게임을 두산에게 내주고 플레이오프 진출에 실패하고 말았다.

목요일(10월 1일)에는 추석 연휴 밑이라 레슨이 연기됐다. 물론 이 주에 리그 경기가 있을 리 없었다.

연휴 기간이던 10월 2일(금)에는 정석원과 캐치볼을 하며 경기에 대한 갈증을 달랬다. 이날 나는 포수 마스크와 프로텍터(가슴 보호 장비)를 들고 갔다. 캐치볼을 할 때 정석원이 내 공에 맞을까 봐 걱정됐기 때문이다. 정석원은 지금도 공이 날아오면 몸을 약간 피하는 경향이 있다. 그에게 공을 던지는 입장에선 걱정이 될 수밖에 없다. 어쨌든 정석원은 이날 마스크와 프로텍터를 착용한 채 나와 캐치볼을 했다. 진풍경이라 할 수 있었다. 그 후 나는 그가 공을 받을 때 몸을 피하는 버릇이 있긴 해도 잘 잡아낸다는 사실을 알게 되었다. 그때부터는 아무 걱정 없이 그에게 전력으로 공을 뿌리고 있다.

추석 연휴가 끝났다. K 드래곤즈가 참여한 세 리그는 각기 막바지로 치달았다. 매경기가 플레이오프 진출과 직결되는, 놓칠 수 없는 게임의 연속이었다. 황상호로서는 투수 경험을 쌓아주기 위해 나를 리그 경기에 등판시킬 만한 여유가 없었다. 대신 그는 남은 10월의 토요일을 연습 경기로 채우게 된다. 팀원들에게 플레이오프를 위한 실전 경험을 쌓게 하고 경기 감각을 유지하게 하려는 의도였겠지만 나에 대한 배려도 분명 있었으리라 본다.

토요일 연습 경기가 10월 10일, 17일, 24일, 31일로 확정되자 나는 자이언츠레전드를 떠올렸다. 자이언츠레전드 팀원들에게 내 투구를 보여주고 싶었다. K 드래곤즈와 자이언츠레전드와의 연습 경기를 제안하면 어떨까. 내 머릿속에 자이언츠레전드 타자들을 상대로 공을 던지는 장면이 그려졌다. 하지만 아직 컨트롤에 자신이 없었다. 고향 사람 앞에서 사사구를 남발하며 무너진다면 그 이상 부끄러운 일도 없을 듯했다. 일단 나는 10월 10일 연습 경기에 등판하고 난 뒤 다시 판단하기로 했다.

10월 6일(화) 투수 강습에 참석했다. 정확히 이날이 아닐 수는 있지만 그 무렵 정재철은 내게 이런 말을 했다.

"그 정도의 구위라면 사회인 야구에선 충분히 통한다. 문제는 멘탈이다. 나에게는 잘 던지지 않는가. 왜 다른 사람이 받으면 그렇게 못 던지는가. 나에게 던진다고 생각하고 자신 있게 공을 뿌려라. 이제는 당신의 몫이다. 누누이 말했지만 내가 기술은 가르쳐줄 수 있어도 멘탈까지 가르쳐줄 수는 없다."

10월 8일(목) 레슨은 1시간만 받았다. 정석원의 생일이어서 노원역 부근의 한 식당에서 팀원들과 합류했다가 밤 12시쯤 자리에서 일어섰다.

10월 10일(토) 성대 제2구장에서 가진 첫 연습 경기에서 나는 2이닝을 던졌다. 사사구를 예닐곱 개나 허용하고 2실점을 했다고 다이어리에 기록돼 있다. 만족할 수 없는 투구였지만 2이닝 2실점이라면 사회인 야구에서 그다지 나쁜 성적은 아니었다. 연습 경기를 24일이나 31일로 잡는다면 그 사이 컨트롤을 잡을 수도 있겠다는 생각을 했다. 나는 한 번 도전해 보기로 했다. 타석에선 2타수 1안타를 쳤지만 그게 중요했을 까닭이 없다.

아마 이 경기에서였던 것 같다. 이상엽이 선출답게 홈런 세 방을 때려냈다. 반면 허성주는 삼진을 당하는 등 별다른 활약을 보여주지 못했다. 이럴 땐 '아저씨'나 '삼촌' 들의 '야지'가 상상을 초월한다. 이를테면 내가 이런 말을 한 적이 있다.

"성주야, 차라리 씨름을 해볼 생각은 없냐?"

허성주는 키 187센티, 몸무게 110킬로그램에 달하는 거구의 소유자다. 그에 비한다면 이상엽은 호리호리한 편이다.

현역 선수나 선출이 사회인 야구에서 뛰면 한동안 적응을 하지 못한다. 130킬로미터 이상의 공만 상대하다가 기다려도 기다려도 오지 않는 공을 치다 보니 타격 밸런스가 쉽게 무너지기 때문이다. 정유민도 K 드래곤즈에서 경기를 하면 선수다운 모습을 보여주지 못할 때가 많았다. 어느 날 정유민이 현역 선수의 자존심을 살리기 위해 나무 방망이를 들고 나가자 김재우가 말했다.

"유민아, 너는 그냥 알루미늄 배트를 써라."

이튿날 리그 경기는 우천으로 취소됐다. 10월 13일(화) 강습에서는 그럭저럭 컨트롤이 잡히기 시작했다. 알다가도 모르는 게 야구라는 생각을 했다. 이튿날 나는 메신저를 통해 자이언츠레전드 감독 김시원에게 연습 경기를 제안했다. 24일 또는 31일이 어떠냐고 했더니 김시원은 24일은 '롯데 자이언츠의 서울 팬클럽' 카페의 체육대회가 있어 31일이 좋겠다고 했다. 나로서는 컨트롤을 잡을 시간을 벌 수 있어 더 좋았다. 황상호에게 그 사실을 전했다. 그가 마다할 리 없었다. 자이언츠레전드와의 경기는 10월 31일로 확정됐다.

목요일(10월 15일) 레슨에 참석해 보니 신입회원이 와 있었다. 정재철에게 레슨비가 든 봉투를 건네는 모습까지 보였는데 10여 분 후 이상한 일이 벌어졌다. 그 사이에 정재철은 잠시 누군가를 만나고 왔거나, 무슨 전화를 받은 모양이었다. 다시 나타난 그는 그 봉투를 신입회원에게 돌려주었다. 그러고는 강습생들에게 이렇게 말했다.

"오늘 강습은 진행할 수 없습니다. 죄송합니다. 방금 해임 통보를 받았습니다. 저도 갑자기 닥친 일이라 경황이 없습니다. 저는 더 이상 백운초등학교 운동장 시설을 이용할 수가 없게 됐습니다. 오늘부로 야구교실도 문을 닫습니다. 다른 학교에 코치 자리가 생겨 다시 야구교실을 열게 되면 여러분께 꼭 연락을 드리겠습니다. 오늘은 도저히 강습을 진행할 기분이 아닙니다. 양해 바랍니다."

그는 특히 내게 "마지막으로 공을 받아드려야 하는데 죄송하다."며 미안해했다. 나는 "괜찮다. 곧 좋은 자리가 생길 것."이라고 대답했다. 이것이 그와 내가 나눈 마지막 대화였다. 내가 강습을 시작한 지 11개월, 투수 레슨을 받게 된 지 10개월 만의 일이었다.

허탈하고 아쉬웠다. 조금만 더 강습을 받으면 컨트롤이 잡힐 것도 같은데 이제는 어쩔 수 없이 혼자서 헤쳐나갈 수밖에 없었다.

10월 17일(토) 연습 경기는 근무나 약속이 있는 팀원들이 많아 무산됐다. 예닐곱 명이 성대 2구장에 모여 자체 연습을 가졌다. 나는 그 일원이었다.

큰형님을 위하여

> 나와의 약속은 단 한 번도 어긴 적이 없다.
> ― 스즈키 이치로

일요일(10월 18일) 리그 경기는 여러모로 인상적이었다. 이 경기 직전까지 카이루키리그에서 6승을 거두고 있었던 문상남은 리그 다승왕을 다투고 있었다. 팀원들 사이에선 암묵적으로 문상남의 다승왕을 밀어주자는 분위기가 형성돼 있었다. 그러나 블루샤크를 상대로 그는 1회초 4점을 내주며 불안한 출발을 했다. 블루샤크는 플레이오프 진출을 위해 4위를 노리고 있던 상황이었다. 눈에 불을 켠 듯 경기에 임하는 자세가 진지했다.

K 드래곤즈 타선은 1회 1점, 2회 3점을 얻어내며 동점을 만들

외야수 최원찬(1983년생). 발이 빠르고 타격 센스가 뛰어나다. 가끔 메이저리그급 수비를 펼치는데 그를 보면 '젊음이 좋긴 좋다'라는 생각이 들 때가 많다.

었다. 문상남이 3회초 2점을 내주자 K 드래곤즈는 3회말 공격에서 2점을 뽑아내 승부를 또다시 원점으로 돌렸다. 문상남은 4회에도 3실점을 했다. 하지만 4회말 공격에서 K 드래곤즈는 득점을 추가하는 데 실패했다.

문상남이 5회를 무실점으로 막고 K 드래곤즈는 5회말 공격을 맞이했다. 그때까지의 스코어는 6 대 9였다. 경기 종료 시간 10분 전에는 새로운 이닝에 들어가지 못한다는 카이리그의 규정이 있어서 실제로는 마지막 공격이었다.

선두타자 문성원이 중월 2루타를 치며 물꼬를 텄다. 뒤이어 최원찬, 김융기, 황상호가 연속 3안타를 쳐 동점을 만들었다. 후속타자 윤여훈이 삼진으로 물러나고 나창범 역시 삼진을 당했지만 공이 뒤로 빠져 낫아웃으로 1루에 진출했다. 그리고 나창범은 2루 도루에 성공했다. 이날의 히어로는 이어 등장한 이태복이었다. 그의 우전안타로 역전에 성공한 것이다. 후속 타자 유진국도 1타점 2루타를 때려 문상남의 짐을 덜어주었다.

이제는 문상남의 차례였다. 그는 6회를 무실점으로 틀어막고 자신의 승리를 스스로 지켰다. 문성원은 팀 홈페이지 '경기 후기'란에 이런 글을 남겼다. 장문의 글이지만 거의 전문을 옮겨본다. 그럴 만한 가치가 있다. 팀 분위기, 집중력, 단결력, 작전 등등 야구에서 드러날 수 있는 거의 모든 요소를 담고 있는 글이다.

1. 불안한 출발

신동준의 갑작스런 불참으로 인해 상남 형님이 모든 이닝을 책임져야 하는 상황. 투아웃까지는 가볍게 잡았으나 이후 볼넷과 안타를 묶어서 4실점. 게임 전에 얘기했지만 상대 팀은 4위에 간신히 턱걸이를 해야 하는 상황이라 배수진을 치고 경기에 임하고 있었다.

2. 알 수 없는 집중력

지금 생각해 보면 우리는 이미 플레이오프에 진출했기에 여유 있게 경기를 했어도 상관이 없었는데 왜 그리도 악착같이 따라 붙고 따라 붙고 기어이 역전까지 일구어 냈을까. 아마도 남자들만의 승부라서 그런 것이 아닐까 생각해 본다.

3. 김재우 코치의 작전

4회 이후 우리 팀의 공격 전술에 변화가 생긴다. 김재우 코치가 상대 팀 투수의 제구력 및 집중력이 다소 떨어진 것을 간파하여 '무조건 원 스트라이크를 먹고 들어가기 작전'을 내린 것이다. 이 작전은 귀신같이 맞아떨어졌고 5회 이병진의 진루 때 문성원 팀원으로 교체한 것도 정확히 맞아떨어졌다. 이는 곧 동점 득점으로 이어졌고 역전의 발판을 마련하는 계기가 되었다.

4. 공포의 하위 타선 재현

그 선봉에는 태복과 범준이 있었다. 범준은 교체 아웃될 때까지 2타수 2안타 2득점 2도루의 맹활약을 펼쳤다. 교체될 때 오히려 고개가 갸우뚱해질 정도였으니 말이다. 대기만성의 전형인 태복은 올해 최고 명승부에 결승타점을 올린 주인공이 되었다. 하지만 오늘 두 사람은 2등성에 만족하라. 가장 빛나는 별은 원찬이 아니겠는가?

5. K 드래곤즈 역사에 남을 명승부

작년 * *팀과 경기에서 1점 차 앞서고 있던 상황, 마지막 수비에서 주자 2명을 내보내고 홈 승부 아웃(김선홍), 마지막 중견수(윤여훈) 플라이 아웃으로 게임을 승리로 장식했던 경기. 모두가 기억할 것이다. (블루샤크와의 경기는) 그 경기 이후 우리 팀이 공수주에서 보여줄 수 있는 것을 모두 보여준 경기라 할 수 있다. 이 경기는 단지 리그 경기중 하나였을 뿐인데 마치 포스트 시즌의 준결승 또는 결승전을 보는 느낌이었다.

6. 누가 뭐래도 베스트 플레이어는 최원찬

4회초 상대 주자 2루에 있을 때 먹힌 타구를 냅다 달려와 다이빙캐치. 수석코치인 나는 속으로 생각했다. 그냥 안전하게 처리하지 무리하는 거 같은데……. 그런데 순간 내 눈을 의심할 수밖에 없었다. 공은 그림같이 글러브에 빨려 들어가버렸다. 우리 팀에서 저런 플레이가 나올 줄이야. 1부 팀은 물론 고교야구 이상에서나 볼 수 있는 플레이를 보여주었고 경기의 대미를 장식하는 멋진 홈 송구. 이쯤 되면 한편의 드라마 아닌가!!! 아니 원맨쇼인가? 아마도 상대 팀은 최원찬이란 이름은 기억 못해도 K 드래곤즈의 중견수는 절대 못 잊을 것이다. 하지만 겸손함을 절대 잃지 말 것!^^

7. 총평

모두들 고생했다. 무릎이 까진 감독님, 원찬이, 문 수석코치, 4타수 무안타에 그쳤지만 유격수로서 몸을 사리지 않는 플레이를 보여준 여훈이, 각자 위치에서 제몫을 다해준 용기, 병진, 경수, 진국이도 모두 잘했다. 아마도 투구수 100개 이상을 던지셔서 지금쯤 어깨에 파스를 붙이고 아이고 나 죽네 하고 계실 상남 형님, 가장 수고 많으셨습니다.

문상남은 경기가 끝난 당일, 다음과 같은 글을 올렸다.

오늘 승패가 크게 중요하지 않은 게임에서 저의 승수를 올려주기 위
해 최선을 다해 준 모든 팀원에게 감사드립니다. 특히 원찬 씨의 다
이빙 캐치는 프로에서도 보기 힘든 플레이였고 대주자로 나와 역전
의 계기를 만든 성원 씨의 주루플레이는 훌륭하였습니다. 모두들 감
사합니다.

 **새가슴**

최선을 다하고, 그 나머지는 잊어라.
—월터 앨스턴

10월 19일(월) 나는 K 드래곤즈 홈페이지에 이런 글을 올렸다.
댓글 두 개가 붙었다.

감독님과 팀원들에게 말씀드리기도 했는데 10월 31일 토요일 성대
2구장 연습 경기는 저의 부산팀이었던 자이언츠레전드와 치러질 예
정입니다. 우리 팀에서 선출을 뺀다면 실력이 비슷할 듯합니다. 재미

있는 경기가 될 것 같습니다. ㅎ

ㄴ 정석원 : 범준이가 친정 팀에 비수를 꽂겠구만 ㅎㅎ

ㄴ 문성원 : 비수까진 아니고 뒤통수 한번 치는 거지 뭐 ㅋㅎ

이런 농담을 주고받을 정도로 쾌활한 척했지만 자이언츠레전드와의 경기일이 다가오자 나는 초조해지기 시작했다. 남은 단 한 번의 연습 경기(10월 24일)에서 컨트롤을 잡아두어야 했다. 공의 속도와 볼 끝의 묵직함은 자신이 있었다. 그러나 들쭉날쭉한 제구력만은 여전했다. 남들은 "차라리 홈런을 맞는 게 더 좋다. 피하지 말고 한가운데 넣어라."며 속 모르는 말을 한다.

한술 더 떠 "구속에 욕심 내지 말고 느리더라도 스트라이크를 던져라."고 충고하는 이도 있다. 하지만 이런 방법은 레너드 코페트가 지적했듯이 투수에게 치명적인 독(毒)이 된다. 그는 "투수들이 드러내는 가장 큰 폐단은 컨트롤을 잡겠답시고 전력투구하지 못하고 무심코 스피드를 늦추는 것."[21]이라고 했다. 정재철로부터도 비슷한 이야기를 들었다.

한때 '새가슴'이라 불렸던 롯데 자이언츠 투수 장원준의 말이 생각난다. 대략 이런 내용이었을 것이다.

"사람들이 나를 '새가슴'이라고 부른다는 사실을 나도 안다. 맞아도 좋으니 피하지 말고 정면 승부를 하라는 것이다. 사람들은 내가 정면 승부를 피한다고 생각하지만 나도 미치도록 공을 한복

판에 꽂아넣고 싶다. 하지만 안 되는데 어쩌란 말인가. 피하는 게 아니라 컨트롤이 안 되는 거다."

내 심정이 꼭 그와 같다. 장원준은 이후 고질적인 제구력 난조를 극복하고 '새가슴'이라는 오명에서 벗어나게 된다. 그는 현재 롯데 자이언츠의 부동의 좌완 에이스로 성장해 있다.

컨트롤이 어느 정도 잡힌 지금의 관점에서 보면 당시 내 문제점은 멘탈보다는 기술에 있었다. 그때는 릴리스 포인트가 일정하지 않았다. 릴리스 포인트는 어찌 보면 기본 중의 기본인데 왜 그때는 그 문제점을 인식하지 못하고 고치려 하지도 않았는지 지금도 이유를 알 수가 없다. 기술과 멘탈은 별개의 문제인 것 같지만 실은 그렇지 않다. 기술이 있어야 멘탈(자신감)도 생긴다는 게 내 깨달음이다. SK 와이번스 감독 김성근은 이런 말을 한 적이 있다.

마음이 변하면 태도가 변하고 태도가 변하면 행동이 변한다. 행동이 변하면 습관이 변하고 습관이 변하면 인격이 변한다. 바뀐 인격은 운명을 바꾸고 운명이 바뀌면 인생이 바뀐다.('정철우의 1S1B', 이데일리 SPN 2009년 5월 15일자)

스위스 철학자 데미르의 명언을 조금 변형한 것이라 하지만 정말 멋진 말이 아닐 수 없다. 그런데 이렇게도 생각해 볼 수 있다. 기술이나 체력이 생기면 자신감이 생기고 자신감이 생기면 경기에

창단 초기 K드래곤즈는 연예인 야구단 '한'과 연습 경기를 치른 적이 있다. 2007년 12월 2일 남양주 밤섬야구장. 출처_ '한' 홈페이지.

임하는 태도와 멘탈이 변한다. 태도와 멘탈이 변하면 공격적인 피칭을 할 수 있는 것이다.

10월 24일(토) 성대 제2구장에서 연습 경기가 있었다. 선발 투수로 등판했다. 귀신이 씌인 듯한 날이었다. 볼넷을 여러 개 내준 것은 아무것도 아니었다. 상대 팀 타자들은 내 공을 제대로 쳐내지 못했다. 3루 땅볼이 두 개, 투수 땅볼이 하나였던 것으로 기억한다. 그런데 그 세 개의 공이 빗맞아 비실비실 구르더니 한결같이 포수와 3루수 중간쯤에 멈춰 서는 것이었다. 두 번은 3루수가, 한 번은 내가 직접 잡아 1루에 송구했지만 모두 내야 안타가 됐다. 연속 안타를 맞은 것도 아니었는데 순식간에 2실점을 했다. 아웃카운트 하나 잡지 못한 채 나는 무사 만루인 상황에서 교체됐다. 타석에서는

3타수 무안타를 쳤다. 여러모로 최악의 날이었다.

경기가 끝나고 귀가해 기아 타이거즈와 SK 와이번스 간의 한국시리즈 7차전 경기를 시청했다. 기아 타이거즈가 극적인 우승을 거뒀다. 왠지 패자인 SK 와이번스에 동정이 갔다. 박경완(朴勍完), 김광현(金廣鉉) 없이 일궈낸 준우승이었다. 끝내기 홈런을 얻어맞은, 땀과 눈물이 범벅이 된 채병룡의 얼굴은 쉽게 잊혀질 것 같지 않다. 나중에 K 드래곤즈 팀원들과 이야기를 나눠보니 그들도 나와 비슷한 감정을 갖고 있었다. 요컨대 "SK 야구를 다시 보게 되었다.", "김성근 감독을 존경하게 되었다."는 것이었다.

나는 2009 시즌 플레이오프와 한국시리즈를 보기 전까진 김성근과 SK 와이번스를 좋아하지 않았다. 그렇게 악착같이 이기려는 감독과 선수들이 곱게 보이지 않았다. 하지만 이젠 생각이 변했다. 김성근과 그 팀원들은 야구 자체를 종교처럼 숭배하는 것 같다. 그 피나는 훈련과 열정을 순수하게 봐주지 않는다면 그들에게 너무 가혹한 일인 듯싶다.

롯데 자이언츠의 영원한 팬이지만 나는 SK 와이번스의 주장 박경완이 했다는 말을 듣고 비수에 찔린 것 같은 아픔을 느꼈다.

"롯데에게만큼은 지기도 싫고 질 리도 없다. 그렇게 연습 안 하는 팀에게 진다는 건 자존심의 문제다."

그의 말에 전적으로 공감한다. 정말 자이언츠가 연습을 많이 해서라도 야구를 잘했으면, 우승을 했으면 좋겠다. 내 나이 스물세

살 때 마지막으로 우승을 하고 여지껏 한국시리즈조차 나가지 못하고 있다. 이제 내 나이 마흔하나다.

자이언츠 선수들이 이런 말을 들었는지 모르겠다. 어느 기자가 '당신에게 야구는 무엇이냐' 라는 질문을 던졌을 때 김성근은 이렇게 말했다.

인생의 전부. 그러니까 난 야구를 위해서 살아왔고 야구밖에 모르는 사람이니까. (잠시 말문을 닫았다가) 야구라는 것은 정말 인생하고 똑같은 거예요. 사람이 죽을 때까지 공부해야 하고, 생각해야 하고, 그리고 행동해야 하듯 야구도 마찬가지예요. (강한 어조로) 전 SK 야구를 통해 단순히 이기고 지는 게 아니라 이 세상에 절망은 없다는 걸 보여주고 싶어요. '하면 된다.' '하지 않아서 안 될 뿐' 이란 것도 깨닫게 해주고 싶어요. 내가 정말 야구를 하며 여러분께 어필하고 싶은 건 바로 그런 것입니다.

('박동희의 스포츠춘추' , magazine S 2010년 2월 12일자)

일요일(10월 25일)에는 카이루키리그 경기를 치렀다. 상대 팀은 레타, K 드래곤즈가 8 대 6으로 이겼다. 나는 지명타자로 선발 출전했다. 첫 타석에서는 총알 같은 타구가 상대 팀 1루수 정면으로 갔다. 1루수가 미처 손쓸 틈도 없이 공은 다리 사이로 빠져버렸다. 여유 있게 1루에 나갔더니 1루 주루코치로 나가 있던 신동준이 엄지손가락을 치켜세웠다. 그는 "잘 맞았어요. 요즘 팀에서 형 타격 감각이 제일 좋은 것 같아요."라고 했다. 기록원이 혹시 에러로 기록하지 않을까 하는 생각도 들었지만 이튿날 공식 기록을 보니 안타로 처리돼 있었다. 두 번째 타석에선 유격수 땅볼 아웃, 세 번째 타석에선 볼넷을 기록했다. 2타수 1안타, 타점 1, 득점 1, 도루 2가 이날의 기록이었다.

또다시 한 주일이 시작됐다. 자이언츠레전드와의 연습 경기가 일주일 앞으로 다가와 있었다. 이젠 거의 안절부절이었다. 비단 옷을 입고 고향에 내려간다는 심정으로 자이언츠레전드와의 경기를 주선한 것인데 까딱하면 망신만 당하게 될 상황이었다. 지금 안 잡히는 컨트롤이 일주일 후라고 해서 잡힌다는 보장이 없었다. 어느 정도 컨트롤을 잡아두어야 안심이 되고 자신감이 생길 터인데 그게 쉽지 않았다. 다시 내 머릿속에는 비단 옷을 입은 게 아니라 벌거벗은 몸으로 고향 사람 앞에 선 나의 모습이 그려졌다.

나로서는 그날 비가 왔으면 하는 생각을 했을 만큼 절박했다. 피할 수 있으면 무슨 방법을 써서라도 피하고 싶었는데 구원은 뜻밖의 곳에서 찾아왔다. '임시 탈퇴'를 해서 잘은 몰랐지만 자이언츠레전드가 심각한 내분을 겪고 있다는 사실을 나는 알고 있었다. 팀 홈페이지에서 이런저런 논쟁과 다툼이 벌어지는 모습을 보아왔기 때문이다. '롯데 자이언츠의 서울 팬클럽'의 한 회원으로부터 들은 이야기도 있다.

앞서 자이언츠레전드 팀원의 이름은 가명을 취했다고 했지만 그 가명조차 드러낼 수 없음을 양해해 주시기 바란다.

전반기 리그를 마치고 팀원 회식이 있었다고 한다. 화제가 점점 팀 운영과 주전 선발 문제로 모아지더니 고성이 오가기 시작했다. 주장을 비롯한 일부 팀원들은 팀 운영진이 특정 선수 몇 명을 편애한다, 선발 오더 작성에 사심이 있다는 등의 주장을 하며 목소리를 높였다. 회식은 성토장으로 변질됐다. 급기야 '잠시 나가 있으라'는 운영진의 말에 서포터들이 자리를 피해 주는 촌극이 연출됐다.

본질적인 상황은 더욱 복잡했다. 운영진을 포함한 팀원들이 두 파로 갈려 공공연히 서로를 비방하고 있었고, 팀원과 카페 회원 등에게 도합 천만 원도 넘게 빌린 한 부원이 이를 갚지 않아 갈등이 빚어졌다는 후문이다. 결국 후반기 리그가 끝날 때까지는 현 운영진을 신임하고, 리그가 끝나면 정기총회를 갖자는 제안에 합의가 이뤄져 회식이 마무리됐다. 하지만 일시적인 봉합일 뿐이었다.

고름은 터지고야 만다. 자이언츠레전드는 10월 중순 Y중학교에서 자체 훈련을 가졌다. 어느 사회인 야구단이나 마찬가지다. 팀 홈페이지에는 팀원들의 참석, 불참을 알리는 '참불란'이 있다. 이미 두 차례 참불을 밝히지 않아 경고를 받은 바 있는 한 부원이 이 훈련에도 무단 불참했다.

그 부원은 어느 코치에게 문자로 불참을 알렸다는 변명 섞인 댓글을 달았다. 그러자 "언제부터 그런 식으로 참불을 알리기로 했느냐."는 운영진의 댓글이 붙었다. 그런데 운영진 중의 하나가 그 부원에게 전화를 걸어 뭐라고 질책했던 모양이다. 그 운영진은 그 부원보다 한 살 연상이었다. 말다툼이 심해지자 운영진은 전화를 끊어버렸고 그 후로 부원의 전화를 받지 않았다. 제 분을 참지 못했던 그 부원은 그 운영진이 전화를 받지 않자 문자 메시지에 욕설을 담아보냈고, 그 운영진은 이를 팀 홈페이지에 공개했다. 차마 옮길 내용은 못 된다. 그 후 훈련 방식을 놓고 운영진 내에서의 말싸움도 있었지만 이 역시 소개할 필요는 없으리라고 본다.

팀 분위기가 이러니 K 드래곤즈와의 연습 경기 '참불란'에도 댓글이 달리지 않았다. 10월 26일(월) 나는 한 운영진으로부터 "지금 우리 팀 경기 인원이 안 나올 것 같은데 만약 그렇게 되면 다른 팀 구할 수는 있겠니?"라는 쪽지를 받았다. 내가 "어쩔 수 없지, 뭐. 다음에 기회를 만들어보자."고 하자, 그는 내게 "일단 수요일까지는 최대한 인원을 만들어 볼게. 안 되면 양해를 구하는 수밖에 없다."고 했다.

내가 보기에는 경기 인원이 안 나와서가 아니라 팀 분위기의 문제였다. 팀원만 30여 명에 달하는데 경기 최소 인원 아홉 명을 못 채운다는 것은 말이 되지 않았다. 나는 수요일까지 기다리지 않고 화요일에 그 운영진과 메신저 대화를 했다.

나: 내일까지 기다리면 너무 촉박할 것 같다.

운영진: 그러게. 미안해서 어쩌냐?

나: 면목이 안 서긴 하지만 우리 팀에 미리 말해야지, 뭐. 게다가 비
온다는 예보도 있고.

운영진: 그럼 그렇게 해줄래? 토요일 비도 온다고 하고 우리 인원들
이직한 친구들이 많아서.

나는 황상호에게 사정을 말했고 연습 경기는 취소됐다. 그런데
이틀쯤 후엔가 자이언츠레전드의 다른 운영진으로부터 "경기 인원
이 충분히 나온다."는 문자가 왔다. 역시 경기 인원 문제가 아니었
던 것이다. 하지만 이미 때는 늦었다. 왠지 황상호에게 말을 번복
하기가 구차스러웠다. 좋을 것이 못 되는 자이언츠레전드의 팀 분
위기에 대해 설명하기가 싫었다. 나는 그 운영진에게 "비도 온다는
데 다음에 기회를 만들어보자."는 메시지를 보냈다.

다시 문 담배

내려갈 팀은 내려간다.
— 김재박

10월 31일(토)에는 정말 비가 왔다. 연습 경기는 말할 것도 없고 자체 훈련도 무산되었다. 이날까지 '개인종합성적표' 상의 내 타율은 3할8푼7리, 팀 내에서 6위였다. 내 위로는 황상호(0.545), 문성원(0.462), 윤여준(0.429), 최원찬(0.419), 김융기(0.404)밖에 없었다. 적어도 타율만으로는 베스트 나인 또는 베스트 텐에 충분히 들어갈 수 있는 성적이었다.

11월 1일(일) 성대 야구장에서 윈리그 골리앗과의 경기가 있었다. 골리앗은 2008 시즌 한 수 아래라고 여기던 K 드래곤즈에게 덜미를 잡혀 플레이오프에서 탈락한 팀이다. 윈리그의 터줏대감 격인 팀이었고 전통의 강팀이었다. 이번에는 K 드래곤즈를 반드시 잡아내겠다는 의지가 충만해 보였다. 근거 없는 '첩보'에 따르면 선수 전원이 출석하라는 소집령이 떨어졌다고도 한다.

K 드래곤즈의 선발 오더는 철저하게 타율 위주로 작성됐다. 선발 오더에 이름을 올린 이들은 1번 중견수 최원찬, 2번 1루수 윤여준, 3번 포수 황상호, 4번 유격수 윤여훈, 5번 3루수 김융기, 6번

우익수 이태복, 7번 지명타자 정범준, 8번 좌익수 유진국, 9번 2루수 문성원, 선발투수 신동준이었다. 그러나 K 드래곤즈 타선은 고작 산발 4안타에 그치며 단 한 점도 뽑아내지 못했다. 0 대 9 완패였다.

그나마 윤여준이 좌전 안타와 우중간 2루타를 쳐냈고 김융기와 문성원이 안타를 하나씩 쳤다. 특히 3번과 4번이 제 역할을 해주지 못했다. 황상호는 우익수 플라이, 3루수 파울 플라이로 물러났고 윤여훈은 삼진과 유격수 땅볼로 고개를 숙였다. 나도 최악이었다. 투수 땅볼 두 개만 쳤다. 굴욕적이었다. 야구를 처음 시작한 2008년 11월 엑스브레이브스와의 경기에서 투수 땅볼 두 개를 친 기억이 되살아났다.

오전 게임이라 경기 후 단골 국밥집에서 팀원들과 식사를 했다. 물론 소주잔이 돌았다. 생각해 보면 '복수'를 당해도 참담하게 당한 셈이었다. 2008년 세이커스와 골리앗에게 통한의 패배를 안긴 K 드래곤즈였다. 하지만 2009년에는 세이커스에게 먼저 농락을 당하더니, 골리앗에게마저 영패를 당하는 수모를 겪은 것이다. 팀원들은 울분에 찬 것 같았다. '나라 잃은 백성들'처럼 술을 마시기 시작했다. 나도 거기에 동참하다가 누구에겐가 담배 한 대를 얻어 입에 물었다. 7월 6일 금연을 시작한 이래 처음으로 손을 댄 담배였다.

자리를 옮겨 윤여훈의 집에서 술을 더 마시기로 했다. 나는

수석코치 문성원(1969년생, 오른쪽). 마흔을 훌쩍 넘겼지만 이겨야 하는 경기에는 꼭 주전으로 출전할 만큼 야구 실력은 여전하다. 출처_SB리그 홈페이지.

정석원과 함께 문성원의 차에 동승했는데 문성원이 집에서 옷을 갈아입고 오는 사이, 그가 사는 아파트 앞 놀이터에서 정석원과 캐치볼을 했다. 울분을 실어 전력 투구를 했다. 10여 분 후 합류한 문성원도 내 볼을 받아주었다. 이를 지켜보던 정석원이 "내가 저 볼을 받았단 말이야?" 하던 기억이 난다. 그만큼 울분의 캐치볼이었다.

11월 7일(토) '감독의 남자'의 자취방에 갔다. 황상호는 당연히 와 있을 줄 알았는데 문성원도 아들 주명을 데리고 와서 진을 치고 있었다. 정석원과의 캐치볼이 방문 목적이어서 집 근처의 창동고등학교 운동장으로 가자고 했더니 문성원과 정석원만 글러브를 챙겼다. 황상호는 "너희들끼리 많이 해."라고 하며 TV에서 눈을 떼지 않았다.

셋이서 돌아가며 캐치볼을 하다가 타격 훈련도 했다. 한 명이 던지면 한 명은 치고 한 명은 수비를 봤다. 운동장 주위를 아장아장 걸어다니는 주명에게 계속 시선을 둘 수밖에 없었지만 세 사람은 나름대로 알차게 연습했다고 만족해했다. 오늘은 이만하면 됐다고 생각하는 순간, 학교 관계자가 고3 학생들이 수능시험 공부를 하고 있으니 야구는 좀 곤란하다며 양해를 구해 연습을 끝냈다. 이튿날 열릴 예정인 카이루키리그 시민유빠스와의 경기는 비로 연기됐다.

그 다음 주 일요일에는 정규리그 경기 일정이 없었다. 대신 토요일(11월 14일) 성대 제2구장에서 연습 경기를 갖기로 했다. 상대는 매니아즈란 팀이었다. 팀의 배려 속에 나는 선발 투수로 등판했다. 4이닝 동안 5실점했지만 삼진을 네댓 개나 잡았다. 더욱 고무적인 것은 3회, 4회 연속 2이닝을 3자 범퇴로 처리했다는 점이었다. 하지만 경기 초반 투구 운영이 미숙하고 실점이 잦은 것이 나의 문제점이라는 사실을 깨달은 날이기도 했다.

타석엔 두 번 나가 모두 중전 안타를 기록했다. 마침 포수 뒤쪽 그물망 뒤에서 내 타격을 지켜본 황상호는 "레벨 스윙이 되니까 안타가 나온다."는 말을 했다. 일요일에는 스윙 연습을 하며 하루를 무료하게 보냈던 것 같다.

11월 21일(토)에는 정석원과 캐치볼을 했다. 이튿날(11월 22일)에는 폴라리스와의 카이루키리그 경기가 열렸다. K 드래곤즈가 7 대 6으로 승리했다. 나는 선발 지명타자로 출전해 3타수 1안타를 기록했다.

　11월 29일 카이브론즈리그 최강와인드업과의 경기에는 정말 오랜만에 자의로 불참했다. 사촌여동생의 결혼식에 참석하기 위해 전날 준용이 상경했기 때문이다. 웬만하면 준용과 적당히 놀아주고 다음 날 경기에 나가려고 했다. 하지만 밤새워 놀자는 준용의 성화에 그만 붙잡히고 말았다. 그리고 이날부터 나는 본격적으로 담배를 다시 피우기 시작했다. 최강와인드업과의 경기는 K 드래곤즈가 몰수승을 거뒀다. 경기 개시 시간 10분이 지났는데도 최강와인드업이 경기 인원 9명을 채우지 못했기 때문이다.

　12월 초 자이언츠레전드가 해체됐다는 소식이 전해졌다. 듣기에도 안타깝고 안쓰러운 이야기였다. 팀 운영진 일부와 갈등을 빚어오던 어느 코치와 팀원들이 주동이 되어 '쿠데타'를 일으켰다. 리그가 진행 중이던 11월 중순의 어느 날 긴급총회를 열어 신임 감독을 선출하기로 한 것이다. 긴급총회 소집을 주도한 일부 팀원들은 '오늘 감독 바꾼다'는 말을 공공연히 흘리며 투표에 임했다고 한다. '쿠데타'는 어느 팀원에게 들은 표현이다.

　'쿠데타' 주동자들은 스스로 나서기가 뭣했는지 1976년생인 한 부원을 신임 감독 후보로 내세웠다. 그런데 결과는 의외였다. 후보로 나선 부원이 현 감독에게 졌다. 팀 내에서는 '반(反)쿠데타가 성공했다'는 말이 떠돌았다. 재신임을 받은 운영진은 이대로는 도저히 팀을 이끌 수 없겠다고 판단한 것 같다. 운영진은 팀 홈페이지를 통해 또 다른 투표를 강행했다. 항목은 세 가지였다.

1. 현 감독을 따르겠다. 현 팀에 남겠다.
2. 현 감독과는 함께 할 수 없다. 팀을 떠나겠다.
3. 둘 다 싫다. 다른 팀을 알아보겠다.

투표 결과, 1을 선택한 팀원은 14명, 2를 선택한 사람은 9명이었다. 편의상 전자를 A팀, 후자를 B팀이라 한다. 3을 선택한 한 명도 있었다. 11월 말경 A팀의 대표자와 B팀의 대표자가 모여 다음과 같은 네 가지 사항에 합의했다.

하나, 두 팀 모두 자이언츠레전드라는 팀명을 쓸 수 없다.
둘, 두 팀 모두 현 유니폼을 사용할 수 없다.
셋, 기존 장비와 남은 회비는 14 대 9의 비율로 나눠 가진다.
넷, 카페 내에서 다시는 야구팀을 만들거나 팀원을 모집할 수 없다.

이렇게 해서 자이언츠레전드는 창단 1년 만에 두 팀으로 쪼개져 영원히 사라져버렸다. 비극적이면서 희극적인 일이었다. '둘 다 싫다'를 선택한 김민훈은 팀 홈페이지에 "고향 사람들과 야구를 할 수 있다기에 기존 팀을 버리고 자이언츠레전드에 들어왔다. 일이 이렇게까지 돼버려 너무 마음이 아프다. 원망스럽다."라는 글을 남겼다.

야구는 사람과 한다. 마음에 들지 않는 사람이 있으면 팀에서
견뎌낼 재간이 없다.

송년회

진 경기를 감독이 이기게 하는 경우는 드물지만
감독 때문에 다 이긴 경기가 뒤집히는 경우는 숱하게 봤다.
—김인식

2009시즌은 막바지로 치달았다. K 드래곤즈는 윈리그에서
는 플레이오프 진출에 실패했지만 카이루키리그에서는 단 한 경
기만을 남겨둔 채 전승 우승을 노리고 있었다. 카이브론즈리그에
서는 플레이오프 진출을 위한 실낱같은 희망이 남아 있었다. 남은
세 경기를 모두 이긴다면 4위로 플레이오프에 진출할 수 있었기
때문이다.

12월 5일(토) 새벽 5시 40분에 기상했다. 조선일보 야구팀의
2009년 마지막 경기에 '초청 선수' 형식으로 참석하기로 한 날이
었다. 나는 2003년 6월부터 이듬해 11월까지 조선일보 사료연구
실에서 외부 필자로 일한 적이 있다. 그때 친분을 튼 뒤 지금도 한

달에 서너 번 이상은 만나는 조선일보 문화부 기자 이한수(李漢洙)와 6시 20분경 수유역에서 만났다. 그는 3년 연상의 선배다.

경기를 할 곳은 경기도 고양시에 있는 연세대 삼애캠퍼스 야구장이었다. 3·4호선 지하철, 그리고 택시를 이용해 구장에 도착해 보니 전날 내린 비로 경기가 여의치 않을 것 같았다. 하지만 마운드와 내야의 물기를 닦아내고 경기를 하기로 했다. 스무 명이 넘는 사람들이 힘을 모아 신문지로 그라운드의 물기를 걷어내고 마른 흙으로 덮었다. 구장 정리에만 1시간 남짓 걸렸지만 야구를 할 수 있다는 생각에 다들 기분이 좋은 듯했다.

편집국팀과 제작국팀으로 팀원을 나눴다. 나는 이한수와 함께 편집국팀에 속하게 되었다. 같은 조선일보 기자 이한우(李翰雨)와 신용관(辛容寬)도 편집국 팀원이었는데 두 사람 모두 사료연구실에서 일하면서 알게 된 선배들이다. 신용관은 사료연구실에서 함께 일한 적이 있고, 이한우와는 '최동원 평전'을 쓰면서 인터뷰를 한 인연도 있다.

기분이 묘했다. 이한수가 우익수, 신용관이 좌익수, 내가 중견수를 보면서 사료연구실의 옛 동료들이 나란히 외야에 서서 더욱 그랬는지도 모른다. 경기는 9회까지 여유 있게 치를 수 있었다. 구장 사정이 좋지 않을 거라고 생각했던 모양인지 이후 경기장을 대여한 팀들이 나타나지 않았기 때문이다. 호사였다.

스코어는 기억나지 않지만 편집국팀이 승리했다. 편집국팀이 이긴 것은 '정말 오랜만'이라고 했다. 나는 수비를 보면서 어려운 타구 두 개를 걷어내 동료들의 박수를 받았다. 역시 수비는 집중력과 이미지 트레이닝이 중요하다는 것을 새삼스럽게 느꼈다. 그나마 야구 경력이 있는 내가 여기까지 와서 망신을 당할 수는 없다는 생각에 제법 신경을 쓴 결과인 듯하다. 타격에서는 첫 타석 때 2타점 적시타를 치며 산뜻하게 출발했지만 나머지 네 번의 타석에서는 매번 범타로 물러났다. 이한수는 "평소 빠른 볼만 치니까 여기에서는 적응을 못하는 것 같다."는 덕담을 해주었다.

다음 날(12월 6일)에는 카이루키리그 마지막 경기가 있었다. 상대는 시민유빠스, K 드래곤즈가 17 대 7 콜드 게임승을 거뒀다. K 드래곤즈의 전승 우승이었다. 나는 개인 사정으로 불참한 소범호의 등번호를 달고 '대리 출전' 했다. 첫 타석에선 2루 땅볼을 쳤는데 상대 팀의 야수 선택으로 출루에 성공했다. 이때 타점도 하나 기록했다. 두 번째 타석에서는 2루수 플라이로 아웃됐다. 2타수 무안타였다. 소범호의 타율을 까먹은 셈이다. 친동생인 소경수는 내게 "대리 출전이라 너무 설렁설렁 치신 것 아니냐."는 농담을 했다.

재미있는 일이 있었다. 경기 중 소경수는 문자를 한 통 받았다. 누군가가 무슨 문자냐고 물었던 모양이다. 소경수는 아무렇지도 않다는 듯이 "방금 신종플루 확진 판정을 받았다."고 했다. 그때부터 소경수는 기적을 일으켰다. 그가 움직일 때마다 팀원들이 모세

앞의 홍해처럼 갈라졌다. 이날 소경수는 2타수 2안타를 친 뒤, "빨리 집에 가라."는 팀원들의 성화에 못 이겨 홀로 경기장을 떠났다. K 드래곤즈 팀 분위기가 이렇다. 하지만 소경수가 상처를 받은 것 같지는 않아 보인다.

12월 12일(토)에는 감독과, 감독의 남자와, 감독의 남자의 남자가 창북중학교에서 캐치볼을 했다. 황상호는 이날 포수 미트를 끼고 내 공을 받아주었다. 그는 "공이 묵직하다. 더 이상 안 빨라도 된다. 제구력만 갖추면 되겠다."고 했다. 하지만 그러면 뭐 하나. 그때까지 나는 단 한 번의 공식 경기에 나가 포볼 네 개를 기록한 것이 전부였다. 그게 '사사십육 사건'이 있었던 5월 3일이다. 벌써 7개월 전의 일이었다.

이튿날(12월 13일) 블루샤크2와의 게임은 그런 이유로 나에게는 '운명의 경기'였다. K 드래곤즈는 그때까지 카이브론즈리그 5위를 달리고 있었다. 이날 블루샤크2를 이기고 남은 두 경기를 모두 이긴다면 플레이오프에 진출할 수 있었다. 하지만 블루샤크2를 이기게 되면 내 등판은 다음 경기로 미뤄지게 되는 상황이었다. 그렇다고 내가 K 드래곤즈가 지기를 바란 것은 아니었지만 승부는 싱겁게 끝이 났다. K 드래곤즈는 힘도 써보지 못하고 3 대 16으로 콜드게임패를 당했다.

이날 나는 한 차례 타석에 나가 1사 1, 3루인 상황에서 2루 베이스 쪽으로 강한 타구를 날렸다. 공은 2루수 글러브를 가까스로

내야수 송재성(1970년생). 선수 출신답게 멋진 타격 폼을 지니고 있다.

스친 채 외야 쪽으로 굴러갔다. 완전한 안타였지만 1루 주자였던 김재우가 미처 2루를 밟지 못한 상황이었다. 오른쪽 무릎이 좋지 않은 그는 그만큼 느렸다. 4, 5초면 갈 수 있는 거리를 그가 뛰면 8, 9초는 걸리는 것 같았다. 결국 김재우는 2루에서 아웃됐고 내 안타는 야수선택으로 기록됐다. 그 사이 황상호가 홈에 들어와 타점 하나로 만족할 수밖에 없었다.

리그가 끝난 어느 날이었던 것 같다. 김재우에게 "니 덕분에 3할3푼3리로 시즌을 마칠 수 있었다."고 했다. 그러자 김재우가 말했다.

"내가 뭘 한 게 있다고……. 다 네가 열심히 한 덕분이지."

"네가 그날 2루에서 죽지만 않았어도 3할5푼9리였는데 니 덕택에 3할3푼3리가 됐단 말이다."

"아, 그런 뜻이었니? 하하."

경기 중에 포수 나창범이 파울팁을 잡다가 왼손 새끼손가락이 부러지는 불상사가 있었다. 나창범은 이튿날 "새끼손가락 맨 끝마디가 골절돼 4주 진단이 나왔습니다. 화끈하게 부러졌다는 원장님의 말도 있었지요. 파울 볼이 유난히 눈에 잘 보이더라 ㅎ."라는 글을 남겼다.

경기 후 K 드래곤즈는 한 오리고기 구이 전문점에서 송년회를 가졌다. 팀원 가족들을 포함해 30여 명이 복작복작했던 것 같다. 신임감독 선출을 위한 투표도 있었는데 결과는 보나마나였다. 2009년 감독이었던 황상호는 벌여놓은 일이 많았다. 그는 2010 시즌에 리그 네 개에 출전하겠다고 선언하고 선출인 송재성, 약관의 강속구 투수 최익호 등을 영입하기로 한 상태였다. 그런데도 그는 감독을 고사했다. 고사의 변(辯)은 "물이 고이면 썩는다. 감독은 봉사직이다. 다른 팀원들도 팀 운영의 어려움을 알고 느낄 필요가 있다."는 것이었다.

하지만 팀원들의 반발이 심했다. 팀원들은 "말도 안 된다. 다음 시즌 그림을 그려놓았으면 책임을 져야 한다."고 그를 감독 후보로 추천했다. 나도 문상남, 나창범 등과 함께 감독 후보로 추천

됐다. 돌아가며 '출마 연설'이 있었다. 나는 이렇게 말했다.

"황상호 감독의 팀 운영에 불만이 많다. 경기만 끝나면 술을 마시는데 이래서 무슨 야구를 하겠는가. 내가 감독이 되면 철저히 야구만 하겠다. 모든 회식을 금지하고 술자리도 가혹하게 차단하겠다. 제발 누구를 동정하는 마음으로 투표를 하지 않았으면 좋겠다. '나는 괜찮겠지' 하는 마음으로 동정표를 날리다 보면 정말 큰일 나는 상황이 벌어질 수도 있다. 현명한 판단을 기대한다."

투표권은 팀원의 가족들에게도 주어졌다. 황상호가 많은 표를 얻어 2010 시즌 감독으로 연임됐다. 그런데 내가 네 표나 얻었다. 뜻밖이었다. '술자리를 금지하겠다'는 공약이 팀원들의 아내나 여자친구에게 크게 어필하지 않았나 한다. 역시 좋은 공약부터 내놓고 볼 일이라는 생각을 했다.

 **사라진 마운드**

1년 중 가장 슬픈 날은 야구 시즌이 끝나는 날이다.
—토미 라소다

블루샤크2에게 패배를 당한 K 드래곤즈는 남은 두 경기의 결과에 관계없이 플레이오프 진출이 좌절됐다. 황상호는 남은 두 경기에 나를 선발 투수로 등판시키겠다고 공언했다. 그렇게 해서 공식리그 경기에서의 내 두 번째 등판이 12월 20일(일) 이루어졌다. 핑곗거리를 미리 나열해 본다. 경기 시작 시간이 오전 7시 20분이었다. 보통 경기 시작 1시간 전에 구장에 모여 몸을 푸는 것이 K 드래곤즈의 관례였다. 대부분의 팀도 그렇게 한다.

6시 20분 세계사이버대학교에 도착해 보니 막막할 따름이었다. 캐치볼을 할 수 없을 정도로 야구장은 어둠에 싸여 있었다. 몸을 풀 수가 없었다. 날은 또 매우 추웠다. 기상청 기록을 보니 이날 오전 6시의 서울 온도는 영하 8.6도, 체감 온도는 영하 10.9도였다. 게다가 사이버대 구장은 불암산 산자락에 있어 거의 산 속이라 할 만했다. 실제 온도는 영하 10도 아래로 내려갔음이 분명하고 체감 온도는 더 낮았을 것이다.

7시쯤이 돼서야 겨우 캐치볼을 할 수 있었다. 그런데 손이 곱아 공을 던지기가 어려웠다. 손가락으로 채기는커녕 공이 손바닥에서 그냥 빠져나가는 듯했다. 그래도 핑계는 핑계일 뿐이다. 나가야 할 시간은 어김없이 다가왔고 나는 마운드에 섰다. 첫 구는 스트라이크를 넣었던 것 같다. 삼진이라도 잡은 것처럼 야수들이 환호를 질렀다. 두 번째 공은 아마 볼이었을 것이다. 그 뒤 볼 카운트는 기억나지 않지만 나는 첫 타자에게 볼넷을 허용했다. 두 번째 타자도, 세 번째, 네 번째 타자도 마찬가지였다.

곧바로 문상남과 교체됐다. 문상남은 첫 타자를 인필드 플라이로 잡고 두 번째 타자는 중견수 희생플라이로 잡아냈다. 다음 타자는 삼진이었다. 이닝을 끝내고 온 문상남은 "아이고 범준아, 범준아. 어떻게 스트라이크를 못 던지냐."며 안타까워했다. 하지만 위안 거리로 삼을 만한 것은 있었다. 포볼 네 개를 기록했지만 타자당 스트라이크 하나 혹은 두 개를 던졌기 때문이다. 경기 중간에 따뜻한 캔커피를 들고 응원을 나온 나창범에게 나는 "또 볼넷만 네 개 줬다. 타자당 스트라이크 1.5개를 잡았다."는 설명을 해주었다.

K 드래곤즈는 2회초 공격에서 정석원의 적시타로 등으로 2점을 얻었다. 정석원 덕분에 경기가 원점으로 돌아가 나는 패전을 면할 수 있었다. 하지만 2회말 5점, 3회 7점을 헌납하며 패색이 짙어갔다. 반격은 5회초에 이뤄졌다. 대거 5점을 뽑아냈다. 그런데 코미디 같은 일이 있었다. 1사 1루, 2루 상황에서 황상호가 타석에 들어섰다. 1루 주자는 정석원, 2루 주자는 이태복이었다.

당시 43세의 황상호가 좌전 안타를 치자 42세의 정석원은 1루에서 정신없이 뛰기 시작했다. 정석원은 2루를 찍고 3루를 돌았다. 그때 상대 팀 야수들 간에 약간의 저글링이 있었다. 정석원의 귀에 '홈, 홈'이라고 외치는 주루 코치와 팀원들의 외침이 들렸다. 정석원은 다시 홈으로 뛰었다. 공이 얼마나 왔는지를 보기 위해 그가 고개를 돌렸을 때 그만 다리가 풀려 넘어졌다. 이때 황상호는 2루

내야수 정석원(1968년생). 자청 타청 '감독의 남자' 다. 마흔 둘에 사회인 야구를 시작했지만 열정만큼은 누구에게도 뒤지지 않는다.

를 돌아 3루까지 넘보던 상황이었다. 그런데 3루로 뛰려던 그가 미끄러져 정석원과 거의 동시에 쓰러졌다.

상대 팀 야수들은 배를 잡고 웃을 지경이었다. 더욱 코미디 같은 장면이 이 다음에 펼쳐졌다. 다시 일어난 정석원은 홈을 향해 헤드퍼스트 슬라이딩을 감행했다. 그런데 홈에 손이 닿지 않을 만큼 미리 슬라이딩을 한 것이 문제였다. 설상가상으로 홈 베이스가 흙에 덮여 보이지 않았다. 정석원은 엉금엉금 기어 홈 베이스라고 짐작되는 곳에 손을 찍었다. 그런데 그곳은 홈 베이스가 아니었다. 방망이를 치워주기 위해 홈 베이스 근처에 가 있던 이태복, 김웅기, 윤여준 등이 거의 동시에 외쳤다.

"형, (거기가 아니고) 여기요!"

정석원은 또 반사적으로 그곳을 찍었다. 하지만 이번에도 아니었다. 김용기가 다시 "여기요, 여기."라고 고함을 치자 정석원은 세 번의 시도 끝에 홈 베이스를 찍을 수 있었다. 그 모습이 마치 개구리가 팔딱거리는 것처럼 보였지만 세이프는 세이프였다. 경기 후 황상호는 "야구가 아니라 코미디."라고 했다. 경기는 K 드래곤즈가 버서커스에게 7 대 15 콜드게임패를 당했다.

야구가 재미있는 이유는 여러 가지가 있을 것이다. 야구에는 세이프와 아웃의 기로, 다시 말해 '삶과 죽음'의 기로가 있으며, 그래서 야구가 재미있는 것은 아닐까 하는 생각을 해보았다. 어떻게 살고, 어떻게 죽느냐가 매회 최소한 여섯 번씩 벌어진다. 감동적인 홈런이나 나이스 플레이가 나오기도 하고, 어처구니없는 주루사나 코미디 같은 본헤드 플레이가 벌어지기도 한다. 경기에는 졌지만 황상호와 정석원 덕분에 마음껏 웃을 수 있었던 날이었다.

두 차례 공식 경기에 등판했음에도 나의 방어율은 아직 0이었다. 방어율은 자책점에 9를 곱하고 이를 전체 투구 이닝 수로 나눠 계산한다. 9회를 던졌을 때 자책점이 얼마인가를 보는 것이다. 하지만 나는 그때까지 아웃카운트를 잡지 못해 전체 투구 이닝이 0이었다. 그러니 방어율을 계산할 수 없었던 것이다.

12월 27일(일) 나는 세 번째로 공식 경기에 등판했다. 2009 시즌의 마지막 경기였다. 상대는 붕어스라는 팀이었다. 이날도 매서

운 바람을 동반한 강추위가 사이버대 구장을 에워싸고 있었다. 기상청은 이날 오후 1시 현재의 온도를 영하 5.7도, 체감온도는 영하 10.4도, 풍속은 초속 3미터라고 기록하고 있다. 그나마 다행인 것은 경기가 오후 1시 20분에 열렸다는 점이다. 몸이 덜 풀렸다는 핑계도, 손가락이 곱았다는 핑계도 댈 수 없었다.

K 드래곤즈의 선공으로 경기가 시작되었다. K 드래곤즈 타선은 1회초 3점을 선취했다. 이제는 내가 나서야 할 차례였다. 또다시 마운드에 섰다. 이번에도 초구는 스트라이크를 잡았던 것 같다. 팀원들도 또다시 삼진이라도 잡은 듯 파이팅을 외쳤다. 하지만 결국 나는 또다시 볼넷을 내주고 말았다. 다음 타자도 마찬가지였다. 볼넷만 헌납한 채 마운드에서 내려올 수도 있는 위기였다. 그때였을 것이다. 눈발이 날리기 시작했다.

그 사이 1루 주자와 2루 주자는 각각 도루에 성공해 무사 2, 3루 상황이었다. 나는 상대 팀 3번 타자를 유격수 땅볼로 잡았다. 그 사이 3루 주자가 홈에 들어왔다. 4번 타자가 들어섰다. 내가 던진 공을 그가 받아쳤다. 공은 중견수 뒤쪽으로 높이 솟아올랐다. 수비가 좋은 중견수 최원찬이 그 공을 받을 수도 있겠다는 생각이 잠시 들었다. 하지만 높이 치솟은 흰 공은 내리는 눈 속에 묻혀 최원찬의 시야에서 사라졌다. 2루타였다. 이제 내게 주자 따위는 안중에 있을 리 없었다. 나는 타자하고만 상대했다. 2루 주자가 3루를 훔쳤다. 다음 타자를 유격수 땅볼로 잡아냈지만 그 사이

3루 주자가 홈을 밟았다. 3실점째다.

누상에는 이제 아무도 없었다. 볼카운트는 전혀 기억나지 않는다. 상대 타자가 친 공이 2루 쪽으로 맥없이 굴러가기 시작했다. 나는 아웃임을 직감하며 천천히 1루 측 덕아웃으로 걸음을 옮겼다. 2루수 소경수가 1루로 공을 던져 쓰리 아웃을 잡았다. 야수들이 덕아웃으로 달려오며 환호를 지르기 시작했다. 그들은 경기에 이긴 것처럼 내게 하이파이브를 했다. 고마웠다.

K 드래곤즈 타선은 2회초에도 한 점을 추가했다. 경기가 계속 이어졌다면 '큰형님을 위한 경기'에 이은 '정범준을 위한 경기'가 될 뻔도 했다. 눈은 완전히 함박눈으로 변해갔다. K 드래곤즈의 2회 공격이 마무리되자 야구장은 눈 덮인 벌판이 되어 있었다. 마운드도 완전히 눈에 묻혀버렸다. 경기가 중단됐다. 부상 위험 때문에 도저히 이대로는 경기를 속개할 수 없는 상황이었다. 재경기를 하는 것이 옳았지만 리그 일정상 그럴 수도 없었다.

플레이오프 진출이 좌절된 K 드래곤즈와는 달리 붕어스는 이 경기의 승부에 그 여부가 달려 있었다. 승부는 K 드래곤즈가 진 것으로 합의를 봤다. 대신 붕어스가 K 드래곤즈에게 한 차례의 연습 경기를 주선하기로 했다.

1이닝 3실점 3자책 볼넷 두 개. 사회인 야구를 시작한 지 1년 3개월, 투수 강습을 받은 지 10개월 만에 거둔, 그것도 세 번의 도전 끝에 얻은 나의 초라한 기록이다. 그 해 야구는 그렇게 끝이 났다. 내가 섰던 마운드 또한 꿈결처럼 눈 속에 사라졌다.

하지만 바로 그 이유 때문에 마운드에 서겠다는 나의 꿈은 여전히 진행형이다.

제4장

야구 그 네버엔딩 스토리

•• 야구라는 종목은 경기장에서 땀 흘리는 게 아니라 경기 전에 땀을 흘리는 것이다. 야구는 힘들다. 안 보이는 곳에서 열심히 해야 하니까.

일본의 야구 선수 니시오카 츠요시(西岡剛, 1984~)의 야구론 중 일부이다.

•• 아~! 아! 눼~ 눼~~ 눼~~~ 눼~~~~! 넘어……가쓰요~!

전 롯데 자이언츠 선수, 현 부산 경남의 지역방송 KNN의 해설위원인 이성득 (1953~) 위원은 롯데 팬이자 편파 방송의 달인이다.

•• 야구는 체력이 떨어지면 두뇌로 대신할 수 있다.

중화민국 국적을 가졌으며, 친구이자 라이벌인 장훈과 함께 시대를 풍미했던 강타자 오 사다하루(王貞治)의 야구 철학이다.

•• 자기 한계를 규정짓지 마라. 한계를 그으면 거기까지밖에 발전하지 못한다.

야신 김성근 감독의 말. 헨리 데이비드 소로의 "인간은 장기적으로 자기가 목표한 만큼만 달성하게 된다."라는 말과 유사하다.

•• 내 몸엔 푸른 피가 흐른다.

유니폼을 벗을 각오로 선수협의회 결성에 앞장섰던 양준혁은
삼성에서 해태로 트레이드되고, 다시 LG로 트레이드되는 동안
에도 3할의 맹타를 휘두른다. FA 자격을 얻어 삼성에 3년 만에
돌아온 양준혁이 한 유명한 말이다.

•• 신(神)은 부산에 최악의 팀과 최고의 팬을 주었다.

대한민국 국민이라면 누구나 공감하는 말이다. 단 누가 했는지는 모른다.

•• 끝날 때까지 끝난 게 아니다.

메이저리그 선수 생활 19년 동안, 14번 월드시리즈에 진출하고, 10번 우승 반지
를 끼었던, 메이저리그의 전설 요기 베라(1925~)의 말이다. 뉴욕 양키즈의 전성
기 시절과 함께한 요기 베라는 숱한 어록을 남겼다. "대통령이 되기보다 양키즈의
포수가 되겠다.", "군중을 따라다니지 마라.", "야구의 좋은 점 중 하나는 겸손을
배우는 것이다.", "세상이 완벽했다면, 그것은 존재하지 않았을 것이다.", "똑같이
할 수 없다면, 흉내내지 마라."

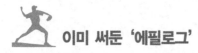

이미 써둔 '에필로그'

나의 경우 경기는 잠에서 깨는 순간부터 시작된다.
― 레지 잭슨

애초에 나는 '……마운드에 서다'를 3장에서 끝내고 이를 단행본으로 출간하려고 했다. 달리 말하면 처음 사회인 야구를 시작한 때부터 2009 시즌까지의 이야기를 책으로 엮어내려고 했다. 나쁘지 않은 마무리라고 생각했다.

사회인 야구를 시작하면서 나의 꿈은 마운드에 서는 것이었다. 2009 시즌 나는 투수로서 공식 경기에 세 번 선발 등판했다. 처음엔 공 열여섯 개만 던지며 볼넷 네 개를 내준 뒤 교체됐고, 두 번째는 스트라이크를 한두 개씩은 던졌지만 역시 볼넷 네 개를 허용하며 마운드에서 내려왔다. 마지막 등판에서는 볼넷 두 개를 연속으로 내주며 3실점을 했지만 1이닝을 마무리했다. 사회인 야구를 시작해서 5할을 치고, 다승왕이 되어야만 이야기가 되는 것은 아닐 듯싶다. 그저 나는 야구가 좋아서 연습하고 노력했고, 세 번의 도전 끝에 아주 조그마한 성취를 얻었다. 그것만으로 충분하다고 여겨졌다. 나쁘지 않은 마무리라고 한 것은 이 때문이다.

그래서 이미 써둔 '에필로그'가 있다. 다음과 같다.

윤여훈의 아들 도현. 2010 시즌 개막을 앞두고 동계훈련지인 신일베이스볼스쿨에서 찍은 사진이다.

한글97 파일은 '2009년 12월 15일 화요일, 13시 37분' 이라고 말하고 있다. 정확히 이 시각, 나는 '마흔, 마운드에 서다' 라는 파일을 만들었다. '자이언츠 키드의 헤드퍼스트 슬라이딩' 도 멋진 소설이 될 수 있겠지만 '마흔, 마운드에 서다' 라는 논픽션도 그만 못할 이유는 없지 않겠는가. 나는 새삼 야구 일기, 야구 기록을 컴퓨터 창에 띄우고, 팀 홈페이지를 들락거리며 그 분이 오신 듯, 신이 내린 듯 써내려가기 시작했다.

2009년 K 드래곤즈는 카이루키리그에서 전승 우승, 카이브론즈리그에서 7위, 원리그(루키)에서는 6위로 시즌을 마감했다. 나의 시즌 공식 기록은 카이루키리그 16타수 7안타 4할3푼8리 타점 6 사사구 4, 카이브론즈리그 3타수 1안타 3할3푼3리 타점 1, 원리그 16타수 3안타 1할8푼8리 타점 3이었다. 하지만 기록원들의 착오가 더러 있어 이

기록보다는 K 드래곤즈의 '개인종합성적표'가 더 정확하다고 할 수 있다. '개인종합성적표' 상의 내 기록은 39타수 13안타 3할3푼3리 타점 10, 득점 12, 사사구 4, 삼진 3, 도루 10, 실책 1이다.

황상호는 2010 시즌, 팀원들의 기대를 완전히 '배신' 했다. 그는 기존의 '즐기는 야구', '믿음의 야구'를 버리고 '선발 무한 경쟁'을 선언했다. 팀 분위기가 살벌해질 뻔하다가 다시 예전으로 되돌아왔다. 사람도, 팀도 쉽게 변하지 않는 법이다.

K 드래곤즈는 2010년 현재 윈리그(루키), TK리그(루키), SB챔피언스리그(마이너), SB퓨처스리그(루키), 도합 네 개의 리그에 출전하고 있다. 황상호는 "전 리그 플레이오프 진출, 두 개 리그 우승이 목표." 라고 말하는데 아무래도 그는 더 이상 감독을 할 마음이 없는 모양이다. 꼭 '나를 잘라 달라'고 발버둥을 치는 듯하다.

나는 이렇게 쓰고 나서 책을 발간 시점에 맞게 다음과 같이 끝을 맺으려고 했었다.

P.S.

2010년 0월 0일 현재 나는 몇 타수 몇 안타 몇 할을 기록하고 있다. 몇 차례 투수로 등판해 몇 승 몇 패를 거뒀다. 방어율은 몇이다.

이런 식으로 '……마운드에 서다'를 마무리한 것이 2010년 2월

초였다. 좀 더 구체적으로 말한다면 설 직전에 탈고를 했다. 두 달도 채 안 돼 초고를 완성한 셈인데 그만큼 신명나게 썼다.

그리고 한숨을 돌렸다. 좀 더 윤문을 해서 팀원들에게 원고를 돌리려 했는데 차일피일 미루다가 3월 2일 전체 팀원에게 이메일로 원고를 보냈다. 혹시 내가 잘못 기억하고 있는 부분, 사실과 다른 부분이 있을지도 모르기 때문이다. 팀원들로부터 사실 확인을 구하고 원고에 대한 의견을 받는다면 더 좋은 책을 낼 수 있겠다는 마음이었다.

팀원들이 원고에 대한 의견을 주기 시작했다. 몇 가지 예를 들면 이러하다. '그렇게 쓰면 사정을 잘 모르는 독자들이 나를 이상하게 보지 않겠느냐.' '그 부분은 네가 잘못 알고 있다. 당시 상황은 이렇다.' '그 후의 이야기를 좀 더 쓰면 더 재미있을 것 같다. 요즘 너, 꽤 잘 던지지 않느냐.'

특히 나창범과 이병진은 2010 시즌의 이야기를 조금 더 추가하면 좋을 것 같다고 내게 권유했다. 일리가 있다고 생각했다. 그래서 원고를 좀 더 추가하고 다듬고 있던 사이, 정말 소설에서나 일어날 법한 일들이 몇 가지 벌어졌다.

이제부터 야구, 그 끝나지 않는 이야기가 계속된다.

동계훈련

야구라는 종목은 경기장에서 땀 흘리는 게 아니라 경기 전에 땀을 흘리는 것이
다. 야구는 힘들다. 안 보이는 곳에서 열심히 해야 하니까.
—니시오카 츠요시

황상호는 2010 시즌을 앞두고 원대한 구상을 했다. 네 개 리그
에 참여해 전 리그에서 플레이오프(4강)에 진출하고, 적어도 두 개
리그에서는 우승을 한다는 것이었다. 그러자면 착실한 동계훈련과
투수 보강이 절실했다. K 드래곤즈는 문상남과 신동준이 번갈아
던지며 2009 시즌을 버텨냈다. 그 무렵 황상호의 심중에는 이미
영입 대상의 투수들이 있었다.

황상호는 1월 2일과 3일, 이틀 연속 실내 야구 연습장을 섭외
했다. 문성원은 '새해 벽두부터 야구질'이라며 즐거운 비명을 질렀
다. 나 역시 행복했다.

1월 2일(토) K 드래곤즈 팀원들은 경기도 포천시에 있는 '신일
베이스볼스쿨'에서 첫 동계훈련을 가졌다. 연습장이 꽤 넓었다. 나
중에 이 연습장의 홈페이지에서 확인해 보니 200평이라 한다. 피
칭 머신이 2대였고 샤워실과 사무실이 잘 갖춰져 있었다. 수도권에
선 찾기 힘든 실내연습장이라는 생각을 했다.

훈련은 오후 3시부터 6시까지 3시간 동안 이뤄졌다. 연습장을 운영하는 감독 두 명이 팀원들의 수비, 타격, 투구 자세를 지도해 주었다. K 드래곤즈의 팀 분위기가 마음에 들었던 모양인지 두 감독은 "K 드래곤즈가 신청하면 언제든지 대여 시간을 비워놓도록 노력하겠다."는 약속을 했다. 황상호와 팀원들이 고무되었음은 물론이다.

이튿날인 3일(일), K 드래곤즈 팀원들은 의정부시 호원동의 '김운태 야구클럽'을 찾았다. 앞서 언급했듯이 나는 투수 강습을 받을 만한 실내연습장을 찾기 위해 2008년 가을 '김운태 야구클럽'을 방문한 적이 있다. 그때는 쌍문역 근처의 상가 지하에 입주해 있던 협소한 실내연습장이었지만 이제는 투 · 포수 간의 거리가 나오는 공간을 확보하고 있었다. 시설 또한 그때와는 비교할 수 없이 잘 갖춰져 있었다.

훈련은 오후 5시부터 7시 반까지 진행됐다. 일요일이어서 독실한 기독교 신자인 김운태의 모습을 볼 수가 없는 게 아쉬웠다. 문상남, 신동준과 내가 돌아가며 투구 연습을 했는데 마침 스피드건이 연습장에 구비돼 있어 구속을 잴 수 있었다. 세 명이 엇비슷하게 시속 95킬로미터 언저리를 찍었던 것으로 기억된다. '선출'인 허성주는 117킬로미터를 찍었다. 현재 내 구속은 105킬로미터 정도는 나올 것 같다.

황상호는 나머지 동계훈련 계획을 팀 홈페이지에 올렸다. 1월

투수 겸 외야수 최익호(1990년생). 팀의
영건이다. 빠른 발, 강한 어깨를 두루 갖
췄다.
출처_SB리그 홈페이지.

9일, 16일, 23일 '신일베이스볼스쿨'에서 훈련을 갖기로 한 것이
다. 모두 토요일이었다.

　1월 9일 훈련 때 최익호라는 새로운 팀원이 처음으로 참석했
다. 1990년생, 최고 구속이 125킬로미터에 달하는 투수 자원이었
다. 최익호는 허성주와 친구 사이다. 청원고에서 투수로 활약했던
허성주가 개인적으로 투구 동작을 가르쳤다고 한다. 그렇다고 해
도 정식 야구단에서 활동한 적이 없는 최익호가 그런 강속구를 던
진다는 건 놀라운 일이었다. 운동신경을 타고난 듯했다. 이날 저녁

군 입대를 앞둔 이상엽의 환송회가 있었다. 한 사람이 들어오니 한 사람이 떠났다.

1월 16일(토)의 훈련은 예정대로 진행되었다. 그런데 이튿날인 일요일에도 K 드래곤즈의 훈련이 같은 장소에서 치러졌다. 원래 연습장을 예약했던 팀이 갑자기 일정을 취소해 '신일베이스볼스쿨' 쪽에서 황상호에게 연락을 취한 것이다.

안종호(安鍾豪)와 정미효(鄭美孝)는 '신일베이스볼스쿨'의 공동 운영자다. '……마운드에 서다'를 쓰기 위해 두 사람의 이름을 《한국야구인명사전》에서 찾아봤는데 재미있는 사실을 발견했다. 1966년생 동갑내기인 두 사람은 서울 화계초등, 신일중·고, 성균관대에서 함께 선수로 활약했다. 뿐만 아니라 나란히 포항제철야구단에 입단해 선수 생활을 했고, 은퇴 후에는 각각 야구 지도자로 활동했다. 그러다가 '야구스쿨'까지 함께 차린 모양이다. 공교로운 것은 두 사람의 생일이 이틀밖에 차이가 안 난다는 점이다. 안종호가 4월 26일, 정미효는 4월 28일생이다. 이 정도면 단순한 친구 사이를 넘어 인생의 동반자라고 할 만하다.

이 무렵 팀원들은 황상호가 또 다른 투수를 영입한다는 소문에 술렁이고 있었다. 이미 말한 바와 같이 새 부원의 영입은 거의 모든 사회인 야구단에서 갈등 요소가 된다. 윤여훈이 이에 대한 내 의견을 묻기에 이렇게 대답해 준 기억이 난다.

"감독이 투수 영입을 고민하며 팀원에게 찬반을 묻는 거라면 나는 반대의 의견을 내놓겠다. 하지만 이미 영입 방침을 내린 것이라면 그것은 또 다른 문제가 된다. 개인적으로 내 의견을 제시할 수는 있겠지만 감독의 방침은 따라야 한다고 본다."

다른 팀원들도 대체로 같은 생각이었다.

팀원들이 자신의 방침을 다소 오해하고 있다고 생각했는지 1월 18일 황상호는 '2010년 팀 운영 방안'을 팀 홈페이지에 올렸다. 발췌해서 인용해 본다.

우리 팀의 등록선수는 현재 24명이며 이중에 정유민, 이상엽, 배호열, 이재호 4명을 제외하면 20명입니다. 이중 작년 한 해 리그 시합 때마다 참가한 인원은 평균 13명 정도, 많을 땐 15명이었습니다.

작년 개인종합기록을 보면 알 수 있듯이 참가율이 높았던 팀원들은 최소한 타자는 20여 타석 이상, 많게는 100타석이 넘은 타자도 있습니다. 투수는 자원이 부족해서 2명이 전담하여 혹사하다시피 팀을 위해 희생했습니다.

올 한 해는 즐기는 야구를 떠나서, '이기면서 즐기는 야구'를 추구하고 싶습니다. 이젠 우리 팀도 뭔가 목표를 정해두고 매진할 시기가 되었다고 생각합니다. 그러기 위해서는 선수 보강이 필요했고 선출인 허성주와 투수 자원인 최익호를 영입했습니다.

마지막 선수 보강으로 한 명이 남았습니다. 작년에 영입하려고 했지만 제가 감독을 처음 맡으면서 선수 보강은 없다는 약속을 하였고 이를 지켰다고 생각합니다. 하지만 올해는 우리의 목표가 정해진 이상 좀 더 나은 선수의 보강 없이는 달성할 수 없다고 생각해서 1명을 더 영입하기로 했습니다. 결정은 감독인 제가 내렸고 코치진에게는 통보한 사항이며 알고 있는 팀원도 있으리라고 생각합니다.

우리 팀이 신생팀에서 어느 정도 인지도가 있는 팀으로 거듭나기 위해서는 선수 보강에 대해 이제 왈가왈부할 것이 없다고 봅니다. 믿고 따라주시길 바랍니다. 절대 소외되는 팀원이 없도록 하겠습니다. 올해는 연습 게임도 기록에 올라가게 될 것입니다. 철저한 데이터를 바탕으로 오더는 작성될 것입니다. 어느 누구도 고정 선발은 없습니다. 모든 팀원이 제로에서 시작합니다. 한마디로 무한경쟁의 한 해가 될 것입니다.

이렇게 해서 영입한 팀원이 경기고 선수 출신인 송재성이다. 1970년생인 그는 2010년부터 '선출' 딱지를 떼게 되며, 좌투좌타로 포수를 제외한 전 포지션이 가능하다. 현재도 아삼육구단에서 뛰고 있고, 그 인연으로 황상호, 문성원, 김재우, 신동준과 이미 친분이 있었다. 송재성의 영입으로 2010년 팀 운영을 위한 황상호의 복안은 결실을 맺는다.

 **우연의 시작**

아~! 아! 눼~ 눼~~ 눼~~~ 눼~~~~! 넘어……가쓰요~!
—이성득

무한경쟁…….

나로서는 좋을 것도, 나쁠 것도 없는 캐치프레이즈였다. 주전에 들기 위해 그때까지 하던 만큼 노력하면 되고, 또한 실력으로 보여줄 자신도 있었다. 팀원 대부분도 야구에 대한 내 열정과 노력만큼은 인정하는 분위기였다.

하지만 사회인 야구에서의 무한경쟁은 필연적으로 주전에서 소외되는 팀원들을 만들게 된다. 황상호가 그 사실을 모를 리 없었다. 그럼에도 그가 '무한경쟁'을 선언한 것은 야구를 열심히 하라는 권유와 격려의 의도를 담은 것이었다. 그런 게 아니라면 '무한경쟁의 한 해'와 '절대 소외되는 팀원이 없도록 하겠다'는 문구가 어떻게 양립할 수 있겠는가. 실제로 2010 시즌 초반 황상호는 '팀원들을 소외 없이 주전에 넣으면서, 될 수 있으면 이기는 야구'를 지향하는 방식으로 팀을 운영하게 된다. 어쩌면 이것이 모든 사회인 야구단이 지향하는 야구일지도 모른다.

1월 23일 (토) '신일베이스볼스쿨'에서 마지막 동계 훈련을 가졌다. 이전 몇 차례의 훈련에서는 여전히 컨트롤에 애를 먹었지만 이날은 스트라이크를 던질 수 있는, 나름의 느낌을 터득한 날이었다. 비법이랄 것도 없다. 마지막 릴리스 포인트에서만 공을 제대로 뿌려줘도 스트라이크를 넣을 수 있다는 것이었는데 그 느낌을 정확히 설명하긴 어렵다. 느낌은 느껴봐야 알 수 있는 것이니까.

감독 안종호가 일러준, 재미있는 투타 훈련 방식이 있었다. 투수조인 나와 문상남, 신동준이 한 타자씩을 상대하며 던지고, 나머지 타격조에 속한 팀원들 역시 한 투수씩 돌아가며 치는 방식이었다. 그런데 볼카운트를 투 스트라이크 원 볼로 가정한다는 데 핵심이 있었다. 투수에게는 타자를 '요리' 하는 방법을 고민케 하고, 타자에게는 집중력을 배가할 수 있는 연습 방법인 것 같았다.

나는 꽤 많은 타자와 상대했지만 정석원, 김선홍, 유진국, 윤여준과의 대결이 특히 기억에 뚜렷하다. 정석원은 첫 번째로 맞선 상대였다. 초구로 직구를 던졌다가 그대로 통타를 당했다. 다른 사람도 아니고 정석원이어서 팀원들의 환호성이 대단했다. 김선홍에게는 데드볼을 맞혔다. 너무 미안했다. 실제 경기에선 좀처럼 삼진을 당하지 않던 유진국은 내게 두 번인가, 세 번쯤 삼진을 당했다. 훨씬 이후에 유진국은 "형의 컨트롤이 워낙 안 좋아서 공에 맞을까봐 타격에 집중할 수 없었다."는 변명 아닌 변명을 했다. 팀의 대표적인 교타자인 윤여준도 내게 한두 차례 삼진을 먹었다. 슬라이더를 던져 헛스윙을 이끌어냈을 때는 특히 뿌듯했다. 하지만 연습은 연습일 뿐 내가 실제 경기에서 그들과 맞선다면 그런 결과를 얻기 어려울 것이다.

모두 여섯 차례의 동계 훈련에서 나는 단 한 차례도 빠지지 않았다. 투구 연습과 타격 연습의 비율은 6 대 4 정도였다. 훈련 내내 컨트롤이 잡히지 않아 고민을 많이 했는데 그래도 마지막 날에는 조금 나아지는 듯해 위안을 얻었다.

이때를 전후해 팀원들이 내게 타격은 그만두고 투수에 전념하라는 권유를 하기 시작했다. 구위가 충분하고 팀 내 투수 자원도 부족하니 투수로 전향하라는 것이었다. 그들의 선의는 알고 있다. 야구는 투수 놀음이다. 그리고 투수는 아무나 할 수 있는 게 아니다. 유소년 야구, 고교 야구에서는 야구에 가장 재능을 보이는 선수들이 투수를 맡게 된다. 이들이 팀의 중심 타자를 맡고 있는 경우도 많다. 한국 야구가 배출한 강타자들의 면면만 살펴봐도 고교나 대학 때까지 팀에서 투수를 맡았던 선수가 부지기수다. 이승엽, 이대호 등이 대표적인 사례다.

팀원들이 내게 투수 전향을 권유한 것은 누구나 하고 싶어하는, 그러나 아무나 할 수는 없는 목표를 이루라는 뜻이었다. 하지만 나는 타격을 포기할 수 없었다. 타격은 기본적으로 쾌감을 동반한다. 레너드 코페트는 이렇게 썼다.

타격에는 쾌감이 곁들여진다. 어쭙잖은 심리학을 동원해 보자면 인간은 본성적으로 어떤 물체를 단단한 막대기로 때릴 때 쾌감을 느낀다. 그렇기 때문에 오랜 선수 생활에 지친 노장 선수까지도 타격 연습 시간에 자기 차례가 오면 즐거운 표정을 짓는 것을 볼 수 있다.(《야구란 무엇인가》, 114-115쪽)

타격을 포기할 수 없었던 더 큰 이유는 때때로 터무니없는 곳에 발휘되는 내 자존심 때문이었다. 내게는 투수에 전념하라는 팀원들의 권유가 '너는 타격에 소질이 없으니 투구에만 전력하라'는 소리로 들렸다. 다시 한번 말하는 것이지만 누가 뭐래도 나는 '왕년의 강타자'였다. 타격에서 자존심을 세우지 못한 채 타격을 포기하라는 건 내게 야구를 그만두라는 말과 다를 게 없었다.

팀원들은 나의 투수 전향을 바라고, 나는 죽어도 타격은 포기할 수 없었던, 그런 상황과 마음가짐 속에서 첫 연습 경기가 잡혔다. K 드래곤즈는 1월 30일(토) 두 차례의 연습 경기를 치렀다.

성대 구장에서 가진 첫 경기는 제이필과의 일전이었다. 경기 전 선발투수 문상남의 공을 받아주고 있는데 상대 팀 누군가가 다가와 인사를 했다. 뜻밖에도 그는 자이언츠레전드의 동료였던 김민훈이었다. 자이언츠레전드가 두 팀으로 쪼개질 때 '둘 다 싫다'를 선택한 사람이다. 그 결정이 인상적이어서 나도 그를 뚜렷이 기억하고 있었다. 나보다는 5년 연하다. 이런 대화가 오고 갔다.

"오랜만이야. 원래 이 팀에 있었어?"

"아닙니더, 형님. 저, 자이언츠레전드에 들어가려고 기존 팀에서 나왔잖습니꺼."

"그랬지, 맞아. 그럼 이 팀하고는 어떻게 되는 거야?"

"용병으로 뛰는 겁니더."

사회인 야구에도 '용병'이 있다. 특히 연습 경기를 치를 때 팀원 구성이 안 되거나, 더 강한 전력을 원하는 경우, '야용사' 등의 사이트를 통해서 '용병'을 구하기도 한다. '야용사'에서는 '이번 주 일요일 경기, 투·포수 급구' 같은 광고를 쉽게 볼 수 있다. 김민훈을 보며 나는 '딱하게 됐네'라는 생각을 했다. 고향 선후배들과 야구를 한다는 마음에 기존 팀을 나와 자이언츠레전드에 입단한 것인데 이제는 어느 팀에도 돌아갈 수 없게 된 처지였다.

그런데 김민훈과의 조우(遭遇)는 그저 '우연의 시작'일 뿐이었다. 이후에 나는 자이언츠레전드의 옛 팀원들을 상대로 잇달아 경기를 치르게 되는데 이에 대해서는 다시 서술할 기회가 있을 것이다.

경기는 K 드래곤즈가 1 대 13으로 완패했다. 제이필의 투수와 유격수는 실력이 대단했다. K 드래곤즈 타선은 이날 안타를 두 개밖에 치지 못했다. 그나마 5회말 4번 윤여훈과 5번 소범호가 각각 좌전 안타와 좌월 3루타를 연속으로 날려 영패를 모면한 것이 다행이었다.

연습 경기인지라 나는 타격에도 나섰고, 마운드에도 올랐다. 선발 우익수로 출전한 나는 한 타석에 들어서 유격수와 3루수 사이

외야수 소범호(1977년생)와 딸 다은. 특전사 출신으로 강한 어깨를 자랑한다. 이따금 마운드에도 오른다.

로 강한 타구를 날렸다. 완전히 갈랐다고 생각했는데 상대 팀 유격수가 어느새 걸어내 역모션으로 송구했다. 아웃이었다. 실망한 채 덕아웃으로 들어오니 "수비 범위가 저렇게 넓으니……." 하는 문상남의 탄식이 들렸다. '선출'인 듯했다.

수비에서는 망신을 당했다. 우익수 쪽으로 강한 타구가 라이너로 날아왔다. 앞에 떨어지리라고 예상하고 몇 걸음을 내디뎠는데 공은 떨어지지 않고 계속 뻗어갔다. 뒤늦게 뒤쪽으로 공을 쫓아갔지만 공은 내 키를 훌쩍 넘어 펜스까지 날아가 버렸다. 3루타였다. 정확히 예측을 하고 따라갔더라도 잡을 수 없는 강한 타구였지만 실수는 실수였다. 이닝이 종료되고 덕아웃으로 걸어오는데 '저승사자' 김재우가 한마디 던졌다.

"그걸 잡겠다고 어떻게 앞으로 기어나오니?"

나는 한숨을 내지르며 "아이고, 역시 수비는 안 되겠다."고 했다. 그 말이 빌미를 제공했다. 김재우는 "와, 범준이가 수비는 포기한데."라며 환호를 질렀다.

선발로 나선 문상남이 4회까지 던졌다. 이후 나와 최익호가 각각 5회와 6회 마운드에 올라 1이닝씩을 책임졌다. 나는 볼넷 두 개를 내주고, 한 타자에게 데드볼까지 맞혔지만 1루수 플라이, 3루수 플라이, 유격수 땅볼(실책), 유격수 땅볼로 한 이닝을 마무리했다. 유격수의 실책이 아니었다면 무실점까지 노릴 수 있었지만 2실점(1자책)도 나쁘지 않은 기록이었다.

공교롭게도 내가 맞힌 타자는 김민훈이었다. 커브를 던졌는데 김민훈의 엉덩이에 공이 그대로 맞았다. 바로 달려가 웃으며 사과하고 김민훈의 엉덩이를 툭 쳐주었다. 경기 후 김민훈은 "내가 형님한테 잘못한 것도 없는데 왜 그러셨습니꺼?"라는 농담을 했다.

일화 하나가 더 있다. 6회부터 등판한 최익호가 상대 타자의 헬멧을 정통으로 맞힌 일이다. 이후 최익호는 이 경기를 포함한 세 경기에서 '헤드 샷'을 날리게 된다.

이날 저녁 8시에는 아미고스라는 팀과 야간경기를 치렀다. 장소는 시흥시 정왕동 시화구장으로 인조잔디가 깔린 곳이었다. K 드래곤즈가 8 대 7로 승리했다. 선발 신동준이 4이닝을 2실점으로 막았고, 5회말 최익호가 마무리로 등판했다. 최익호는 5회를 무실점으로 처리했지만 6회 K 드래곤즈의 수비진이 흔들리자 덩달아 불안해지기 시작했다. 그러다가 최익호는 또다시 '헤드 샷'을 날렸다. '헤드 샷'이란 타자의 머리를 맞힌 데드볼을 말한다. 상대 타자는 한동안 일어나지 못하고 교체됐다.

이 직후였던 것 같다. 황상호는 나를 마운드에 올렸다. 1사 만루, 스코어는 7 대 6인 상황이었다. 볼 카운트는 기억나지 않는다. 나는 첫 타자로부터 유격수 땅볼을 이끌어냈다. 유격수 황상호가 가슴으로 막은 공을 1루에 던져 타자를 아웃시킨 사이, 3루 주자는 홈을 밟았다. 7 대 7 동점이었다. 나는 다음 타자도 유격수 땅볼로 잡았다.

6회말 마지막 공격에서 K 드래곤즈는 한 점을 보태 경기를 끝냈고 그로 인해 나는 승리투수가 됐다. 연습 경기인데다 두 타자만 상대했던 까닭인지 그다지 기쁠 것도 없었다. 무덤덤했다. 그보다는 타석에 서지 못한 것이 많이 아쉬웠다.

경기 후 아미고스 팀원들이 K 드래곤즈 덕아웃 쪽을 지나갔다. 최익호의 공에 맞은 선수의 눈이 다소 풀려 있었다. 충격이 상당한 듯했다.

2010 시즌 개막

야구는 체력이 떨어지면 두뇌로 대신할 수 있다.
— 오 사다하루

2월의 첫 주말엔 또다시 '야구질'을 했다. 6일(토)에는 연습 경기가 두 차례 있었고, 7일(일)에는 TK리그(루키) 공식 첫 경기가 열렸다.

연습 경기는 모두 성대 구장에서 치러졌다. 동키라는 팀과의 첫 경기에서 나는 벤치를 지키다가 1루수 황상호와 교체되며 한 차례 타석에 나섰다. 가뿐하게 중전 안타를 때렸는데 느낌이 좋았다. 수비에서는 K 드래곤즈 입단 이후 처음으로 1루수로 나가 땅볼 하나를 처리했다. 2009년 포천 백로주 구장에서 가졌던 K 드래곤즈 자체 '청백전'에서도 1루 수비를 본 적이 있지만 그건 예외로 쳐야 할 듯하다. 경기는 K 드래곤즈가 7 대 4로 승리했다.

이날 나우리와의 두 번째 연습 경기에서 나는 선발 투수로 등판했다. 3이닝 동안 5실점(2자책), 볼넷 두 개, 삼진 하나, 그런 대로 괜찮은 성적이었다. 실점만을 놓고 보면 1회 4실점, 2회 1실점, 3회 무실점이다. 약간 뒤의 이야기지만 경기 초반에 실점이 잦고 차츰 나아지는 것이 거의 나의 공식처럼 된다. 경기는 15 대 7로 K 드래곤즈가 이겨 나는 또다시 승리투수가 되었다. 역시 별로 기쁘지 않았다. 한 차례 타석에 나가 3루수 플라이 아웃으로 물러난 것도 내 기분에 약간 영향을 끼쳤다.

그때까지 치러진 네 차례 연습 경기에서의 내 기록은 타격에서 3타석 3타수 1안타, 투수로서 2승이었다. 연습 경기의 성적이 개막전 선발 오더에 결정적으로 작용하는 것은 필연적이다. 그렇게 하겠다는 황상호의 천명도 있었다.

2월 7일(일) K 드래곤즈의 TK리그 개막전 상대는 프렌즈9이었다. 경기 직전 황상호는 선발 선수를 호명했다. 개막전 선발은 언제나 의미가 있다. 될 수 있으면 팀 전력의 베스트를 내보내기 때문이다.

1번 중견수 최원찬, 2번 우익수 윤여준, 3번 1루수 송재성, 4번 유격수 윤여훈, 5번 2루수 문성원, 6번 좌익수 소범호, 7번 3루수 김웅기, 8번 지명타자 이태복, 9번 포수 나창범, 선발투수 신동준

황상호와 유진국이 빠진 것을 제외하면 이의를 제기할 수 없는 오더였다. 물론 내 이름은 선발 오더에 오르지 못했다. 선발투수는 당연히 에이스인 신동준의 몫이었고, 야수를 비집고 들어가기엔 연습 경기에서의 내 타격 기록에 이렇다 할 무엇이 없었다. 그래도 타격 기회가 너무 적었다는 아쉬움은 인지상정일 것이라고 생각한다.

신동준은 2이닝까지 퍼펙트 투구를 했지만 3회초 선두타자에게 2루타를 얻어맞자 다소 흔들리며 3실점을 했다. 나머지 두 이닝은 문상남이 나서 2실점으로 막았다. 13 대 5, K 드래곤즈의 완승이었다. 나는 3회 대타로 한 차례 타석에 나가 3루 땅볼을 치고 물러났다. 개인적인 시작은 좋지 않았다.

2월의 두 번째 주말은 설 연휴가 시작되는 토요일로 시작되었다. 리그 경기는 당연히 없었다. 황상호는 연휴 기간에 연습 경기를 잡으려 했지만 여의치 않았다. 만약 경기가 잡혔다면 나는 열이면 열, 참석했을 것 같다. 설 연휴 직전인 2월 11일 나는 헬스클럽에 등록하고 곧바로 웨이트트레이닝을 시작했다. 웨이트트레이닝은 연초부터 별러온 것인데 차일피일 미루다가 이날 결정을 내렸다.

헬스클럽에 등록하겠다고 하니까 언젠가 윤여훈의 아내가 그 이유를 물은 적이 있다. 초콜릿 복근을 만들기 위해서라고 장난스럽게 말했지만 내심 다른 뜻이 있었다. 홈런을 치기 위해서였다. 홈런을 치기 위해 좀 더 힘을 기르고 싶었던 것이다. 현재도 한 달에 보름 정도는 거르지 않고 웨이트트레이닝을 하고 있다. 지금 윤여훈의 아내가 같은 질문을 한다면 '당신 남편과의 내기에서 이기기 위해서, 내 자신과의 약속을 지키기 위해서' 라는 대답을 할 듯하다.

이제는 야구를 한 주만 쉬어도 배고픔을 느끼는 지경이 됐다. 매일같이 야구를 할 수 있는 프로야구 선수들이 부러울 정도였다.

설 연휴 동안 야구를 굶었지만, 그 다음 주 주말에도 공식 경기 일정이 없었다. 야구에 굶주린 나는 먹이를 찾아 헤매는 하이에나처럼 야구를 찾아 헤매고 다녔다.

2월 20일(토) 황상호, 문성원이 정석원의 집에 있다는 정보를 입수하고 무작정 쳐들어갔다. 이날이었던 것 같다. 문성원이 내게 말했다.

"너도 이젠 한 포지션에 정착해야 하지 않을까. 네 나이에 발이 빨라야 하는 외야수를 맡기는 힘들잖아."

"나도 외야수는 포기하려고요. 대신 1루수를 보고 싶어요."

그러자 옆에서 듣고 있던 황상호가 선뜻 자신이 쓰던 1루수 미트를 주겠다고 했다. 그 미트는 조카인 정유민이 고교 시절 쓰던 선수용 글러브였다. 그야말로 애지중지하던 것인데 그걸 나한테 주겠다니 그의 마음 씀에 가슴이 울컥했다. 그러면서도 나는 "주면 고맙게 받겠다."고 잽싸게 말했던 듯하다.

어쨌든 그들도 야구에 굶주려 있었다. 이들과 함께 인근 창북중학교에서 캐치볼과 수비 연습을 했다. 황상호는 직구, 커브, 슬라이더 순서로 공을 던져 보라며 직접 볼을 받아주었다. 빠른 직구로 카운트를 잡고, 느린 커브로 타자의 타이밍을 뺏은 뒤, 직구처럼 오다가 휘는 슬라이더로 유인하면 손쉽게 타자를 요리할 수 있다는 것이었다. 그는 "네 공으로 제구만 되면 사회인 야구에선 천하무적."이라는 덕담도 했다. 속으로 '당연한 말'이라고 생각했다.

제구만 된다면 정말 무서울 게 없었다. 제구가 안 되는 게 영원한 숙제일 뿐이다. 지금도 제구만 된다면 영혼이라도 팔고 싶다.

연습 중에 불상사가 있었다. 정석원이 공에 눈언저리를 맞았다. 연습이나 경기를 할 때 흔히 있는 일로 사실 사회인 야구인 중에 얼굴에 공 한 번 안 맞아본 사람도 드물다. 나도 두 번이나 맞았지만 다행히 스친 정도여서 별다른 부상은 입지 않았다. 정석원이 운이 없었던 건 눈자위에 금세 멍이 들었다는 점이다.

이튿날(2월 21일)에도 도봉구 창원초등학교에서 전날과 비슷한 훈련을 가졌다. SB리그 경기가 취소되었기 때문이다. 황상호, 문성원, 정석원, 김선홍, 윤여훈, 윤여준 등이 참석했다. 나는 전날과 똑같은 방식으로 투구 연습을 했다. 김선홍이 포수 미트를 끼고 볼을 잡아주었고, 문성원은 좌우 타석을 오가며 '그림자 스윙'을 해주었다. '그림자 스윙'이란 실제로 배트를 휘두르지는 않았다는 뜻이다. 편하게 던져서 그런지 공이 제법 원하는 대로 들어갔다. 문성원은 신이 나서 '스트라이크', '삼진'이라며 추임새를 넣어주었다. 덩달아 나도 신이 났다. 이렇게만 던지면 실전에서도 통하겠다는 생각이 들었다.

이날 윤여훈은 아내와 자녀들을 데리고 나왔다. 정석원의 멍자국을 본 윤여훈의 딸 소은은 그에게 '팬더 삼촌'이라는 별명을 붙여 주었다.

 **Player of the Game**

자기 한계를 규정짓지 말아라.
한계를 그으면 거기까지밖에 발전하지 못한다.
—김성근

2월 27일(토)에는 시흥시 시화구장에서 제이필과의 '리턴 매치'가 있었다. 1월 30일 K 드래곤즈가 상대해 1 대 13으로 대패했던 팀이다. 용병이었던 김민훈은 이날 나오지 않았다.

투구와 타격의 기회가 내게 주어졌다. 나는 신동준, 문상남에 이어 마무리투수로 4회 원아웃 상황에서 등판했다. 2와 3분의 2이닝 동안 피안타 3, 볼넷 3, 삼진 3, 실점 3을 기록했다. 두 번의 타격에서는 유격수 땅볼과 루킹 삼진으로 물러났다. 안 그래도 투수에 전념하라는 팀원들의 목소리가 커지는 판국에 그나마 주어진 기회를 놓치고 있는 형국이었다. 삼진을 당할 때 짜증이 욱하고 치밀어 올랐다. 경기는 K 드래곤즈가 14 대 6으로 승리했다. 윤여훈은 만루홈런을 쳤다. 문성원이 펜스 너머 숲 속에서 그 공을 찾아 윤여훈에게 건네주는 아름다운 장면이 있었다.

경기 후, 오랜만에 참석한 이길형이 내게 말했다. 그는 불펜에서 몸을 풀던 나를 유심히 지켜봤다.

"형님, 감동 받았습니다."

"뭣을?"

"형님 투구 말입니다. 못 보던 사이에 볼이 정말 좋아지셨습니다."

"10개월 동안 투수 레슨을 받았는데 이 정도는 던져야지."

"저도 창단 초기엔 투수를 봤는데 이젠 팔이 아파서 못 던지겠습니다. 저는 이러고 있는데 형님을 보니⋯⋯."

나는 이길형에게 왜 그동안 자주 나오지 않았냐고 물어보았다. 그는 동반한 아내를 가리키며 이렇게 말했다.

"아시다시피 지금 신혼인데다 집사람은 임신 중입니다. 월급이 적어 집사람은 시장에서 몇 백 원을 아끼려고 하고 있는데 제가 야구한답시고 차를 끌고 다니면 솔직히 기름 값만 몇 만 원씩 뿌리고 다니는 겁니다. 사는 게 그래서 그러니 이해해 주십시오. 리그 경기에는 되도록 자주 나오겠습니다."

그런 이유라면 이해할 만했다. 나도 살짝 그에게 감동을 받았다.

보통 '글러브질'이라는 표현을 쓴다. 수비를 볼 때 땅볼을 잘 잡는 사람에게 '글러브질이 좋다'라고도 한다. 이길형은 '글러브질'에 관한 한 팀 내 최고라는 평가를 받고 있다. 그는 창단 초기에는 투수를 봤고 타격도 뛰어나 4번 타자로 활약하기도 했다. 제대 이후에는 체중이 다소 불어 주루 플레이에 애를 먹고 있는 것이 요즘의 고민이다.

이튿날(2월 28일)에는 성대 구장에서 윈리그 개막전이 있었다.

내야수 이길형(1980년생). 예비역 대위 출신으로 승부 근성이 강하다. 창단 초기에는 투수를 맡았으나 어깨가 나빠져 현재는 주로 3루수로 나서고 있다.

상대는 빅워터스라는 팀이었다. K 드래곤즈가 12 대 3으로 이겼다. 나로서는 예상치 못한 일이 일어났다. 내가 개막전 선발투수로 기용된 것이다. 나는 그것을 '깜짝 선발'로 받아들였다. 나중에 황상호에게 그때 나를 선발투수로 올린 이유를 물었더니 이렇게 말했다.

"무슨 깜짝 선발이야? 다 계획된, 계산된 선발이었던 거지. 네가 겨울 내내 투수 연습을 했는데 빨리 시험해 보고 싶었지. 원래 개막전에서 '깜짝 스타'가 나오기도 하잖니. '계획된 선발'로 할지, '계산된 선발'로 할지는 네가 알아서 잘 써 줘."

나는 1번 타자에게 볼넷을 내주며 불안하게 출발했다. 그러나 2번 타자를 삼진으로 잡았고 3번 타자는 유격수 땅볼로 처리했다. 4번 타자에겐 안타를 맞았다. 그사이 도루에 성공해 2루에 있던 주자가 홈을 밟았다. 1실점이었다. 1회는 다음 타자를 유격수 땅볼로 잡으면서 종료되었다.

2회 다시 마운드에 선 나는 선두타자를 3루 땅볼로 처리하고 후속타자를 삼진으로 물러나게 했다. 다음 타자는 중견수 플라이로 아웃되었다. 삼자범퇴였다. 3회 나창범과 교체되면서 승리투수가 되진 못했지만 나는 이날의 'Player of the Game'으로 선정되었다. 말하자면 '경기 MVP', '경기 히어로'가 된 것이다.

내가 'Player of the Game'이 되자 팀원들은 다음과 같은 댓글을 달아 축하해 주었다.

이병진: 오오!! 범준 형!!!!!!!!!!! ㅊㅋㅊㅋ!!!!!

정석원: 노력한 만큼 결실을 맺어 가는 중이구나!! 축하추우욱카하 ^^

황상호: 생애 첫 선발에 MVP라...추카추카...

문성원: OH~~~~~ Player of the Game

김재우: 축하해요~~~카캬캬캬.. 쏴라..ㅎㅎㅎ

문상남: 드뎌 손끝에 감이 왔네... 쭈~욱 계속 발전하길 기대합니다.
그리고 MVP 추카해요... ㅎㅎㅎ

신동준: 근데 범준 형 첫 승은? 죽 쒀서 뭐한테 주신겨? ㅋㅋ 농입니다~~

최원찬: 호홋~범준 형님~축하드려여~꾸벅꾸벅^^ 앞으로도 좋은 활약 부탁드려여~ㅎㅎ~

하지만 이번에도 별다른 감흥은 없었다. 당연한 일이라고 생각했다. 내가 거만해서 이런 말을 한 게 아니다. 노력해서 이루면 당연한 것이고, 노력해도 안 되면 더 노력해야 한다는 것이 내 지론이다. 언젠가 이길형 등에게 이런 말을 했던 기억이 난다.

"안주하는 순간부터 발전은 없다고 생각한다. 지금은 선발 승리투수가 목표지만 그것을 이루면 완투승을 노릴 것이고, 그 다음에는 완봉승, 노히트노런을 목표로 세울 것이다. 그리고 반드시 홈런도 칠 것이다."

차라리 투수를 포기하겠다

그때로 다시 돌아가 내가 필요하다면 나는 또 마운드에 오를 것이다.
1992년에 그렇게 던졌던 것에 대해 단 한 번도 후회를 해 본 적 없다.
그때처럼 다시 던질 수는 없겠지만, 나는 너무 행복했다.
— 염종석

3월 한 달 동안 리그 일정이 뜸한 점을 감안해 황상호는 제1회 머니투데이 전국사회인야구대회에 참가한다는 결정을 내렸다. 팀 홈페이지에 공지를 올린 것은 2월 16일이다.

3월 7일(일) 난지도 야구장에서 K 드래곤즈의 머니투데이 대회 예선 첫 경기가 치러졌다. 상대는 스케이츠라는 팀이었다. K

드래곤즈가 18 대 0, 대승을 거뒀다. 콜드게임승을 거두더라도 최소한 4회까지는 치르는 것이 사회인 야구의 규칙이지만 심판이 재량으로 3회에 경기를 종료시켰다. 더 이상 경기를 하는 것이 무의미하다고 판단했기 때문이다. 나는 경기 중반에 대수비로 나갔다. 3회에 경기가 종료돼 타석에 나가지는 못했다.

연습 경기에서 그런 대로 호투하고, 윈리그 개막전에서 'Player of the Game'으로 선정된 까닭에 투수에 전념하라는 팀원들의 권유가 절정에 달했다. 누구누구였는지 모두 기억할 수는 없지만 문상남, 황상호, 정석원, 김재우, 윤여훈 등과 몇몇 팀원들이 지나가며 한두 차례씩 그렇게 권유했던 것 같다. 그러니 나로서는 똑같은 말을 열 번도 넘게 들은 셈이다. 김재우와 이런 대화가 오고 간 적이 있다.

"자꾸 나한테 투수에만 전념하라고 하는데 나는 타격을 포기할 수는 없다."

"타격을 포기하라는 말이 아니야. 투구 연습에 더 많은 비중을 두라는 거지."

"이 이상 더 어떻게 투구를 연습하냐? 알다시피 평일에는 공 받아줄 사람도, 공간도 없다. 일주일에 한 번 경기장에 나와 투구 연습하는 게 전부인데 그때마다 나름대로 연습하고 있다."

한 번은 황상호의 차를 타고 가는데 무슨 이야기 끝에 "나도 잘 쳐요!"라고 고함을 지르고 바로 담배를 꺼내 문 적도 있다. 그러자 황상호의 '고길동 캐릭터'가 또다시 작렬했다. 그는 나보다 더 큰 목소리로 이렇게 말했다.

"나도 알아, 너 잘 치는 거! 내가 괜히 너한테 1루수 미트를 줬겠냐? 나는 너를 투수로만 쓸 생각은 추호도 없어. 네가 소질도 있고, 팀에 투수 자원도 부족하니 좀 더 투구 연습에 신경 쓰라는 거지."

3월 11일(목) 정석원, 윤여훈과 쌍문동에서 술을 마시다가 드디어 나는 폭발했다. 연상인 정석원에게 대들지 않는 정도의 예의는 내게 있어 윤여훈이 엉뚱한 화살을 맞았다.

"형, 솔직히 형 타격은 조금 아니에요."

"너, 작년에 몇 할 쳤냐?"

"3할4푼요."

"나는 3할3푼3리 쳤다. 사회인 야구에선 잘 친 것도 아니지만 3할3푼3리가 못 치는 거냐?"

"저는 100타석이 넘고 형은 40타석 정도밖에 안 되잖아요. 그리고 단순히 타율 문제가 아니잖아요. 형은 타격에서 뭔가 보여준 적이 별로 없어요."

"앞으로 보여준대잖아."

"형, 우리 팀 투수 중에선 아마 동준이 형이 제일 잘 칠 거예요. 그래도 동준이 형은 타격에 안 나가잖아요. 형만 투수도 보고 타자도 하는 게 특혜라고 생각하지 않아요?"

"팀에서 그걸 받아들이지 못한다면 투타 모두가 가능한 다른 팀을 찾아볼 거다. 나는 K 드래곤즈와 팀원들을 정말 좋아하지만 야구를 더 사랑한다. 내가 야구를 하면서 가지게 된 꿈과 목표가 있는데 그걸 포기해야 한다면 타격을 할 수 있는 팀을 찾아 떠날 거다."

"형이 정말 팀을 떠날 수 있어요?"

"그럼. 내가 지향하는 야구를 위해서니까."

"정말?"

"그렇다니까. 하나를 선택하라고 한다면 차라리 투수를 포기하겠다. 두고 봐라. 타격에서 반드시 보여줄 테니까."

뭔가 보여줄 날은 빨리도 찾아왔다. 내게 3월 13일(토)은 야구를 시작한 이래 최고의 날이었다. 남양주시 와부읍에 있는 덕소고 야구장에서 프랜즈라는 팀과 연습 경기를 가졌다. 황상호가 내게 투타의 기회를 모두 준 덕분에 나는 선발 지명타자로 출전했다.

첫 타석에서 중전 안타를 때렸다. 하지만 타구의 질이 좋지 않았다. 바가지성 안타였다. 문제의 두 번째 타석이었다. 초구였다. 상대 팀 투수가 던진 커브가 가운데로 날아왔다. 어떻게 휘둘렀는지는 모르겠다. '통' 하는 경쾌한 소리와 함께, 뭐라 설명할 수 없는 짜릿한 촉감이 두 손에 전해졌다. 이른바 '손맛'이었다. 아, 그것을 어떻게 필설로 형용할 수 있을까.

내가 친 공은 총알같이 좌익수 쪽으로 날아갔다. 팀원들이 환호성을 질렀고 누군가는 '넘었다'라고 외쳤다. 비록 홈런이 되지는 않았지만 내 타구는 좌익수 키를 훌쩍 넘기고는 원바운드로 펜스를 넘어갔다. 2루타였다. 공수 교대로 덕아웃에 들어오니 김재우는 "각도만 좋았으면 홈런인데. 너무 잘 맞아서 안 넘어갔다."며 아쉬워했다.

마운드에서는 5회부터 2이닝을 1실점으로 지켜냈다. 여덟 타자를 상대해 삼진을 세 개 잡았고 안타는 두 개를 맞았다. 무엇보다 무사사구였다는 게 뿌듯했다. 선발투수로 등판했던 문상남은 나의 호투를 자신의 일처럼 기뻐했다.

"와, 범준이 공 정말 좋아졌네. 어떻게 갑자기 그렇게 공 끝에 힘이 붙었지?"

"제구가 조금씩 되면서 그런 것 같습니다."

이튿날(3월 14일)에는 리그 경기가 없었다. 오후에 삼청공원 공터에서 기범, 정웅과 캐치볼을 하기로 했다. 실력을 보여주고 싶어 포수 미트를 챙겼다. 가볍게 어깨를 풀고 "이제부터 세게 던진다." 라고 말한 뒤, 열 몇 개쯤 뿌렸을 것이다. 직구, 커브, 슬라이더를 종류대로 보여주었다. 갑자기 기범이 그만하자고 했다. 내가 물었다.

"니, 손 아파서 그라는 기제?"

"어, 잘못 받았다. 이쯤이면 되겠다 생각했는데 공이 갑자기 확 꺾이뿌데."

"내 공 괜않제?"

"어, 니가 몇 개월 레슨 받았다꼬?"

"10개월."

"10개월 받으면 그렇게 되나?"

"어."

정웅과도 가볍게 캐치볼을 했다. 그에게 이전보다 훨씬 고급이 된, 나의 '야구 이론'을 발휘하여 수비 자세, 타격 자세 등을 가르쳐주었다. 대학 후배이자 경향신문 야구기자인 이용균이 내게 이런 농담을 한 적이 있다.

"사람이면 아들과 캐치볼을 해야 합니다. 아들과 캐치볼을 하지 않으면 사람이 아닙니다."

정웅이 내 아들처럼 느껴졌다.

 충성 맹세

내 몸엔 푸른 피가 흐른다.
— 양준혁

3월 21일(일)에는 더블헤더가 있었다. 오전에는 성대 구장에서 원리그 경기를, 오후에는 배재고 구장에서 TK리그 경기를 가졌다.

오전 경기의 상대는 이스틸. 나는 선발 문상남의 뒤를 이어 5회

1사 2루 상황에서 마무리로 등판했다. 경기 전 황상호는 내게 4회가 끝나면 몸을 풀라고 지시했다. 그런데 내가 너무 몸을 일찍 풀었던 것이 문제였다. 5회말 K 드래곤즈의 수비 때도 투수 교체가 없자 나는 '이번 회도 그냥 가나 보다'는 생각에 덕아웃 옆 벤치에서 담배를 피웠다. 그러다가 갑작스럽게 등판 지시를 받았다. 황급히 담배를 비벼 끄고 마운드로 달려갔다.

첫 타자에게는 볼넷을 내줬다. 두 번째 타자도 볼넷이었다. 1사 만루 상황. 어깨가 식었는지 제구가 되지 않았다. 나는 다음 타자를 상대하다가 폭투를 던졌다. 포수 황상호가 재빨리 공을 따라갔지만 3루 주자가 홈에 들어왔다. 그리고 또다시 볼넷을 허용했다. 상황은 변함없이 1사 만루였다.

그리고 또 폭투를 던졌다. 황상호의 블로킹에 굴절된 공은 다행히도 심판 뒤쪽 2, 3미터 지점에 멈춰 섰다. 그사이 3루 주자가 홈으로 뛰었고, 나도 홈 커버를 위해 홈으로 달렸다. 황상호가 공을 집어 들었다. 그러곤 '노구(老軀)'를 던져 홈으로 다이빙을 했다. 태그아웃이었다. 덕분에 한숨을 돌릴 수 있었다.

상대 팀의 다음 타자는 3번이었다. 그는 그때까지 3타수 3안타로 최고의 타격감을 자랑하고 있었다. 첫 타석엔 중전 안타, 두 번째, 세 번째 타석에선 좌전 안타를 쳐냈다. 볼넷을 연속으로 세 개를 내줬으니 상대 팀은 원 스트라이크까지 기다린 뒤, 스윙을 할 것이 뻔했다. 하지만 그때서야 나도 제구가 잡히기 시작했다.

내 투구 모습이다. 2010년 4월 4일 송추1구장. 출처_SB리그 홈페이지.

초구에 스트라이크를 꽂았다. 2구에도 스트라이크를 던져 파울을 이끌어냈다. 이제 투수가 유리한 상황이었다. 3구인지, 4구인지 확실치는 않지만 나는 이 타자를 1루수 땅볼로 잡아내고 이닝을 끝냈다.

마지막 회에 상대 팀은 4번 타자부터 타순이 시작되었다. 그는 이날 2타수 1안타를 기록하고 있었다. 투쓰리, 풀카운트 상황이었던 것 같다. 황상호가 몸쪽 직구 사인을 냈다. 고개를 끄덕였다. 그런데 어쩌다가 공이 기가 막히게 몸쪽으로 들어갔다. 루킹 삼진이었다. 경기의 흐름이 완전히 우리 쪽으로 왔다는 느낌이 들었다. 다른 팀원들도 그렇게 느꼈다고 한다.

나는 다음 타자에게 볼넷을 허용했지만 나머지 타자를 좌익수 플라이, 투수 땅볼로 잡아내며 경기를 끝냈다. 특히 좌익수 유진국은 처리가 어려운 라인드라이브성 타구를 걷어내 나를 도와주었다. K 드래곤즈가 11 대 6으로 이겼다. 나의 첫 세이브라고 할 수 있었다. 경기 후 문성원은 '첫 세이브 공' 이라며 공을 챙겨 내게 건네주었다. 지금 그 공은 내 사무실에 있다. 손의 감각을 유지하기 위해 이따금 쥐어보곤 한다.

오후 경기는 씨드나인과의 일전이었다. 경기 중간에 김재우가 내게 물었다. 그때 나는 선발로 나가지 못하고 벤치를 지키고 있었다.

"너, 팔 아프냐?"

나는 "어." 라고 대답했다.

"아파?"

"어."

거짓말이었다. 타석에 서고 싶었던 것이다.

김재우가 만약 "팔 아프냐?"고 묻지 않고 "팔은 어때?"라고 물었다면 나는 "괜찮다."고 대답했을지도 모른다.

이후 나는 배트를 들고 덕아웃 근처에서 스윙 연습을 했다. 타석에 나가게 해달라는 일종의 '무력 시위' 였다. 리그 공식 경기의 타격에서도 뭔가를 보여주고 싶었다. 황상호도 나의 의도를 눈치 챈 듯했다.

2회까지 6 대 0으로 K 드래곤즈가 앞서자 황상호는 우익수 윤여준을 빼고 나를 투입했다. 덕분에 두 차례 타석에 설 수 있었지만 결과는 참담했다. 한 번은 볼넷을 골랐고 두 번째는 루킹 삼진이었다. 완전한 볼이었는데 심판의 손이 올라가 황당했다. 뭔가 보여주기는커녕 또다시 망신이었다.

이튿날 회사에 출근하면서 나는 고민에 빠졌다. 윤여훈의 말대로 나 홀로 투타를 겸한다는 것은 특혜나 다름없는 듯했다. 3월 24일(수) 나는 황상호에게 '투수를 포기하겠다'는 취지의 메일을 보냈다.

전화를 하지 않은 것은 일단 황상호와 대화를 나누면 그의 언변을 당할 수가 없기 때문이다. 말은 어눌한 편이지만 그는 매우 설득력이 좋은 사람이다. 그것은 사람이 진실해서이기도 하고, 그의 언변이 나쁘지 않기 때문이기도 하다. 팀원들은 농담 삼아 "황상호의 설레발은 못 당한다."는 말을 한다.

황상호는 "뭔가 오해가 있는지 모르겠지만 난 타자로서도 널 중용할 것이고, 오로지 투수로서만 올 시즌을 마감시킬 생각은 추호도 없다는 걸 알아줬으면 좋겠다."는 답장을 보내왔다. 옮기지 않은 문면에 그의 노여움이 다소 느껴지는 대목이 있어 결국 전화를 했다. 대략 이런 말을 했던 것 같다.

'솔직히 상남 형님인들, 동준인들 타석에 서고 치고 싶은 마음이 왜 없겠는가.'

'내가 투수를 포기하겠다고 하는 것은 형과 팀에 부담을 덜어주기 위해서다.'

'제가 그런 메일을 보내지 않고 가만히 있었으면 형의 말대로 투타에서 기회가 주어졌을 것이다. 하지만 나는 형이나 팀에 미안함을 느꼈다.'

결과는 뻔했다. 황상호의 '설레발'은 당해낼 수가 없었다. 나는 "형 말대로 따르겠다."는 '충성 맹세'를 하고 통화를 끝내야 했다.

3월 28일(일)에는 머니투데이 대회의 두 번째 예선 경기가 있었다. 상대는 이기스라는 연예인 팀이었다. 뉴스나 스포츠중계, 개그콘서트 말고는 거의 텔레비전을 보지 않아 솔직히 누가 연예인인지는 알 수가 없었다. 나중에 팀원들에게 물어보니 탤런트 여욱환, 한상진, 영화배우 이정호, 가수 겸 영화배우 이재수 등이 참석했다고 한다.

경기는 19 대 2로 K 드래곤즈가 낙승을 거뒀다. 나는 교체선수로 나가 두 차례 타석에 섰다. 좌전 안타와 3루 땅볼로 2타수 1안타를 기록해 겨우 체면치레를 했다. 마무리 투수 최익호가 경기 도중 여욱환의 목덜미를 맞히는 불상사가 있었다. 몸이 재산인 연예인인지라 아찔한 순간이었다. 다행히 여욱환은 툴툴 털고 일어났다. 야구를 하는 사람답게 매너가 좋아 보였다.

자이언츠＋레전드

신(神)은 부산에 최악의 팀과 최고의 팬을 주었다.
— 미상

3월 31일(수) 오후에 회사 사무실에서 일을 하는데 휴대폰이 울렸다. 김시원이었다. 전 자이언츠레전드의 감독이다.

"오랜만이다. 웬일이냐?"

"네가 속한 팀이 K 드래곤즈냐?"

"어, 어떻게 알았냐?"

"너희 팀이랑 우리 팀, 머니투데이 대회 8강에서 맞붙겠더라. 전력 분석차 홈페이지에 들어갔더니 네 이름이 보이는 거야."

"야, 재밌게 됐네. 어쨌든 잘 싸워보자."

나는 김시원에게 K 드래곤즈의 전력을 간략하게 말해주었다. 좌완 에이스가 있다는 것, 잘 하면 내가 던질 수도 있다는 것, 선출 같은 비선출이 있고 그가 125킬로미터를 찍었다는 것 등등이었다.

자이언츠레전드가 두 팀으로 쪼개진 것은 이미 언급한 적이 있다. 편의상 한 팀은 '자이언츠'로, 또 다른 팀은 '레전드'로 칭하기로 한다. 김시원이 속한 팀은 '자이언츠' 팀이다. 김시원과의 통화를 끝내고 나서 나는 황상호에게 전화를 걸었다. 이번에는 황상호에게 '자이언츠'의 전력을 설명해 주었다. 졸지에 '이중간첩' 노릇을 하게 되었다.

4월 3일(토) K 드래곤즈는 모락스레전드를 상대로 머니투데이 대회 세 번째 예선 경기를 치렀다. 11 대 1, K 드래곤즈가 완승을 거두며 당당히 8강에 진출했다. 이날 '자이언츠'도 승리를 거둬 K 드래곤즈와 8강에서 맞붙게 되었다. '자이언츠'와의 경기일은 4월 10일(토)로 잡혔다.

모락스레전드와의 경기에서 선발 우익수로 출전한 나는 첫 타석에서 좌익수 키를 넘기는 2루타, 두 번째, 세 번째 타석에서 각각 좌전 안타를 때렸다. 3타수 3안타였다. 입이 찢어질 만큼 기분이 최고였다. 유진국은 "형만 싱글벙글이네."라며 웃기도 했다. 참으로 이상했다. 삼진을 잡아도, 승리투수가 돼도 안타 하나 날리는 것만큼 기분이 좋아지지는 않았다. 지금도 그 이유는 알 수가 없다.

이튿날(4월 4일) K 드래곤즈는 송추1구장에서 SB리그퓨처(루키), SB리그챔프(마이너) 개막전을 연이어 치렀다. 전자는 오전 11시, 후자는 오후 1시에 열렸다. 잠깐의 휴식도 없는 더블헤더였다.

첫 경기의 상대는 FS트윈스. 루키 리그에 속한 팀이었지만 전력이 만만치 않았다. 문상남이 선발로 나서 4회까지는 잘 막았다. 그때까지 K 드래곤즈는 7 대 4로 앞서고 있었다. 하지만 5회부터 문상남의 체력이 떨어졌던 모양이다. 그는 연속 안타를 맞으며 5실점을 했고 K 드래곤즈는 8 대 9로 역전을 당했다.

황상호가 급하게 나를 마운드에 올렸다. 투아웃 2루 상황이었을 것이다. 문제는 시간이었다. 내가 마운드에 오른 시각이 오후 12시 46분이었다. 사회인 야구 규칙 중에는 '경기 제한 시간 10분 전에는 새로운 이닝에 들어갈 수 없다'는 규정이 있다. FS트윈스가 말 공격이었다. 내가 마운드에서 볼넷을 내주거나 안타를 맞아 4분을 넘겨버리면 K 드래곤즈는 새로운 이닝에 들어가지 못하고 경기에 지게 된다.

연습구도 몇 개 던지지 못하고 심판에게 경기를 속개하자는 사인을 보냈다. 타자가 타석에 들어섰다. "범준아, 4분 안에 끝내야 된다."는 문성원의 외침이 들렸다. 안 그래도 예민한 성격인데 가슴이 콩닥콩닥 뛰었다. 제구마저 잘 되지 않았다. 볼카운트를 꾸역꾸역 투쓰리까지 몰고 갔다. 그사이 2,3분은 지났을 터였다. 볼넷을 내주면 경기는 끝이다. 마지막 공이었다. 내 손을 빠져나간 공은 타자 몸쪽으로 낮게 날아갔다. 놔두면 볼이었지만 다행히 타자가 헛스윙을 해주었다.

경기에라도 이긴 것처럼 K 드래곤즈 덕아웃에서 환호성이 들렸다. 덕아웃에 들어가자 나는 '영웅'이 되었다. 실제로 그랬다. 여기저기서 칭찬과 격려의 목소리가 쏟아졌다. 나도 몹시 고무되어 "이제, 점수 뽑아! 역전시켜!"라고 팀원들에게 외쳤다. 나중에 유진국은 "형, 그땐 정말 멋졌어요."라는 말을 했다. 하지만 나는 거기까지만 '영웅'이었다.

새로운 이닝에 들어갔다. K 드래곤즈 타선은 2점을 더 보태 10 대 9로 재역전을 시킨다. 이제 한 점 차의 리드를 지키는 것은 나의 몫이었다. 첫 타자에게 사구(死球)를 맞힌 것이 화근이었다. 볼카운트 투앤투에서 회심의 일구를 바깥쪽에 꽂았는데 심판의 손이 올라가지 않았다. 그때 삼진을 잡았더라면 나는 진정한 영웅이 됐을지도 모른다. 풀카운트 상황에 몰려 직구를 던졌다. 그게 상대 타자의 옆구리에 그대로 맞아버렸다. 꽤 아파했는데 정말 미안했다.

다음 타자에게는 볼넷을 허용했다. 원체 견제 동작이 좋지 않아 주자들은 잇달아 도루에 성공했다. 노아웃, 2 · 3루였다. 다음 타자를 중견수 플라이로 잡아냈지만 그사이 3루 주자가 언더베이스로 홈을 밟았다. 동점이었다. 그리고 다음 타자와 상대했는데, 볼카운트는 기억나지 않는다. 내가 던진 공이 홈플레이트 앞을 튕겨 포수 김선홍의 마스크에 맞고 튀었다. 공은 포수 좌측 3, 4미터 지점에 떨어졌지만 김선홍이 잠시 공을 찾지 못했다.

주자도, 나도 홈으로 뛰었다. 김선홍이 내게 공을 던졌다. 하지만 공은 홈플레이트 근처에 서 있던 상대 타자의 몸에 맞고 굴절됐다. 얼마 동안 상황을 파악할 수 없었다. 그때까지만 해도 공이 타자의 몸에 맞았는지 몰랐기 때문이다. 야구 규칙상으로는 수비방해로 인한 주자의 아웃이었다. 나중에 공이 타자의 몸에 맞았다는 김선홍의 말을 듣고 심판에게 어필하지 못한 것을 아쉬워했지만 오심도 경기의 일부임은 분명했다.

포수 김선홍(1971년생). 수비 센스가 뛰어나다. 운동
신경이 좋은 듯하다. 2009 시즌까지는 거의 유격수를
맡았지만 송구 능력이 좋아 최근에는 포수를 맡게 되
었다.
출처_SB리그 홈페이지.

아쉬움을 안은 채 K 드래곤즈는 BMIGNIZ팀과의 새로운 경
기에 들어갔다. 말하자면 더블헤더 2차전이다. 1회말 K 드래곤즈
공격에서 3번 허성주, 4번 윤여훈이 백투백홈런을 날렸다. 한 심판
은 백투백홈런은 리그 최초라고 했다. 덕아웃 분위기는 한껏 달아
올랐다. 가뿐히 이길 거라고 느꼈는데 경기 분위기가 심상치 않게
흘러갔다. 연속 홈런으로 기분은 기분대로 다 낸 듯했지만 3회까지
의 스코어는 6 대 3이었다. 사회인 야구에서 3점 차의 리드는 언제
라도 뒤집어질 수 있었다. K 드래곤즈는 결국 4회초 수비에서 6 대

6 동점을 허용한다.

4회말 K 드래곤즈의 공격. 선두타자인 2번 윤여준이 데드볼을 맞고 출루했지만 3번 허성주는 좌익수 플라이로 물러났다. 4번 윤여훈은 유격수 땅볼로 아웃되었고 5번 황상호는 볼넷을 골라 출루했다. 6번 문성원은 좌전안타를 쳤고, 7번 유진국이 볼넷을 골랐다. 그사이 윤여준이 홈을 밟아 스코어는 7 대 6. 1점 차 리드였다.

8번이었던 내가 투아웃 만루 상황에서 타석에 섰다. 경기 흐름상 중요한 순간이라는 건 나도, 팀원들도 직감하고 있었다. 여기서 추가 점수를 뽑아내지 않으면 분위기가 상대 팀으로 넘어갈 것이 분명했다. 그때까지 나는 첫 타석에서 1루 땅볼, 두 번째 타석에서 볼넷을 기록하고 있었다. 결국 나는 2타점 중전 적시타를 쳤다. 1루에 뛰어나가며 나는 두 주먹을 움켜쥐었다. 그때 타르델리처럼 포효라도 질렀다면 어땠을까 하는 상상을 해본다.

이후 K 드래곤즈 타선은 4점을 더 뽑아내며 완전히 승기를 잡았다. 결과는 13 대 7, K 드래곤즈의 승리였다. 경기 후 내가 황상호에게 "경기의 흐름을 바꾼 안타였지 않느냐."고 물었더니 그는 "그건 맞아."라고 하면서도 인정하고 싶지 않다는 듯 매우 떨떠름한 표정을 지었다. 그게 귀여웠다.

무너진 타격폼

3할 타자는 100번 나오면 30번은 친단 말이죠.
─ 김상훈

4월 6일 (화) 오전 회사에서 전화를 한 통 받았다. 김창민이었다. 전 자이언츠레전드의 주장으로 3년 연하다.

"형님 팀이랑 우리 팀이랑 붙는다면서요?"

거기서 나는 약간 헷갈렸다. 김창민이 '레전드'의 팀원인 줄 알고 있었기 때문이다. 나는 '내가 잘못 알고 있었나' 라고 생각하며 그에게 물었다.

"너도 '자이언츠' 팀 소속이었구나."

"아닙니다, 형. 저희 팀은 '레전드' 입니다."

"그래? 그런데 어디서 붙는다는 얘기야?"

"우리 팀도 원리그에 들어갔습니다. 이번 일요일 경기 상대가 K 드래곤즈던데요."

어떻게 이런 일이 일어날 수 있을까. 일요일 경기라면 4월 11일이다. K 드래곤즈는 하루 전인 4월 10일 '자이언츠'와 머니투데이 대회 8강전에서 맞붙을 예정이었다. 하루 사이로 '자이언츠'와 '레전드'를 잇달아 상대하게 된 것이다. 나는 김창민에게도 K 드래곤즈에 대한 정보를 일러주고 나서 황상호에게 전화를 걸었다. 그는 우하하하, 웃음부터 터뜨렸다.

"어떻게 그런 일이 다 생기냐. 남이 들으면 소설 쓴다고 하겠다."

"그러게요. 논픽션인데도 아무도 안 믿어줄 것 같아요."

그러나 마냥 유쾌한 일은 아니었다. 토요일 K 드래곤즈가 '자이언츠'에 승리할 경우, 이튿날 4강전을 치르게 되고, 4강전에서 이기면 당일 곧바로 결승전을 치르게 된다. 게다가 이날 K 드래곤즈는 '레전드'와의 윈리그 경기와, win아웃사이더와의 SB리그챔프 경기가 예정돼 있었다. '자이언츠'에게 이긴다면 일요일에 적어도 세 경기, 많게는 네 경기를 치르게 되는 상황이다.

황상호는 일단 '자이언츠'와 승부를 본 뒤, 일시적으로 K 드래곤즈를 두 팀으로 나누기로 했다.

4월 10일(토) '자이언츠'와의 8강전. 장소는 한강변의 인창고 야구장이었다. 옛 동료이던 '자이언츠'의 팀원들, 서포터들을 만나 반갑게 인사를 나눴다. 하지만 인사는 인사고, 승부는 승부였다. 나는 6번 지명타자로 선발 출장했다.

고향 사람들과 경기를 치른다고 긴장하지는 않았다. 그러나 왠지 어색했다. 첫 타석에서 삼진을 먹었고, 두 번째 타석에서도 삼진을 당했다. 내가 생각해 봐도 내 스윙이 아니었다. 흔히 '방망이를 그린다'는 표현을 쓴다. 정확히 설명하기는 어렵지만 엉성한 스윙이라는 뜻이다. 이날 내가 방망이를 그리고 있었다. 연속 삼진을 당하고 덕아웃에 들어갔더니 "타격폼이 완전히 무너졌구만." 하는 문상남의 탄식이 들렸다. 다음 타석에서 나는 이병진과 교체되었다.

이날따라 선발 신동준의 컨디션이 유독 좋지 않았다. 5 대 2로 앞서가던 K 드래곤즈는 3회 5실점을 하며 역전을 허용했다. 하지만 K 드래곤즈는 뒷심을 발휘해 4회 1점, 5회 6점을 뽑아내며 12 대 7로 승리했다. 특히 2번 최원찬은 4타수 4안타를 날리며 승리의 주역이 됐다. K 드래곤즈에서 최원찬은 윤여준과 더불어 호타준족의 상징이다. 윤여준에 비해 키는 작지만 발은 비슷하게 빠르다. 경기 후 김시원은 "많이 배웠다. 우리를 이겼으니 꼭 결승에 올라가라."고 덕담을 했다.

이날 저녁 황상호는 팀 홈페이지에 긴급 공지를 올렸다.

머니투데이 사회인야구대회 일정과 기존 우리 팀의 일정(WIN리그, SB리그)이 겹치는 바람에 부득불 팀을 둘로 나누어 운영하기로 하였습니다. 모든 팀원이 힘을 합칠 때라고 생각됩니다. 각자 위치에서 전력을 다해주시기를 바랍니다.

머니투데이 4강 참석자 : 황상호 감독, 문성원 코치, 신동준, 유진국, 윤여훈, 윤여준, 이길형, 최원찬, 최익호 이상 9명.

WIN리그, SB리그 참석자 : 김재우 코치, 문상남, 정석원, 나창범, 정범준, 김선홍, 이병진, 이태복, 소범호, 김웅기, 소경수 이상 11명.

이튿날이 밝았다. '호떡집에 불이 나는' 날이었다.

나를 포함한 11명은 성대 구장에서 '레전드'를, 송추2구장에서 win아웃사이더를 상대해야 했다. 그리고 황상호 등 9명은 난지 구장에서 4강전을, 4강전에서 이기면 곧바로 결승전을 치러야 한다. 황상호가 시즌 초 예측했던 대로 부족한 투수 자원이 문제였다.

11명 팀에는 문상남과 나, 투수가 두 명이었다. 여차하면 나창범이나 소범호까지 가동할 수가 있다. '레전드'와의 경기에는 문상남이, win아웃사이더와의 일전에는 내가 선발로 나가기로 했다.

9명 팀에는 투수가 신동준과 최익호, 둘뿐이었다. 4강전까진 둘로도 충분하지만 결승까지 가면 상황이 복잡해진다. 황상호와 코치진은 K 드래곤즈가 4강에서 이길 경우, 결승전엔 나를 선발투수로 내세운다는 계획을 세웠다. 그것은 택시를 타든, 퀵서비스를 이용하든 내가 송추2구장에서 난지 구장으로 가야 한다는 뜻이었다.

제비뽑기로 지다

설불리 예상하지 마라. 특히 미래에 대해선.
— 케이시 스텐걸

최소한 세 경기, 많으면 네 경기…….

4월 11일(일) 오전 9시, 성대구장에서 '레전드'와의 경기가 시작되었다. '레전드'의 팀원들, 서포터들과도 반갑게 인사를 나눈 것은 물론이다. 16 대 12, K 드래곤즈가 승리했다. 접전을 벌인 것으로 보일 테지만 실은 그렇지 않다. K 드래곤즈는 1회 7점, 2회 8점을 뽑아내며 일찌감치 달아났다. 그러자 팀원들이 집중력을 잃기 시작했다. 에러를 남발하며 2회 3점, 3회 4점, 5회 5점을 내준 것이다. 쉰이 넘은 문상남이 마운드에 있는데 팀원들이 받쳐주지를 못했다. 그에게 민망하고 미안했다.

우익수 선발로 출전한 나는 이날 타석에서도 죽을 쑤었다. 작가로 살아가는 데 예민한 성격은 다소 도움을 주지만 타격에서는 그 성격이 문제가 되는 것 같다. '무심타법'이란 말도 있지 않은가. 고향 사람들을 의식해서 그런지 내 스윙이 나오지 않았다.

첫 타석에선 그야말로 삐리리한 3루 땅볼을 쳤다. 실책으로 진루하기는 했다. 두 번째 타석에선 유격수 쪽으로 강한 직선타를 날

윈리그(루키) 준우승 기념 촬영. 트로피를 들고 있는 이가 창단 감독인 나창범이다. K드래곤즈는 제 1회 머니투데이 사회인야구대회에 출전해 4강까지 올랐다. 감독 황상호가 주최측으로부터 상금을 받고 있다. 2010년 4월 11일.

렸다. 본능적으로 3루로 뛰려던 2루 주자까지 아웃되는 병살타였다. 세 번째 타석에선 그나마 볼넷을 골랐다. 마지막 타석에 들어서자 나는 자학적인 심정이 되었다. 볼인 줄 알면서도 무작정 휘둘러 중견수 플라이로 물러났다. 이틀 연속 고향 팀과 상대하느라, 5할이 넘었던 타율이 3할7푼대까지 내려왔다.

'레전드'와의 경기 도중인 오전 10시, 난지 구장에서는 K 드래곤즈 9명 팀과 웨이브스 간의 4강전이 개시되었다. 11명 팀의 임시 감독인 김재우는 휴대폰으로 난지 구장의 상황을 실시간으로 확인하기 시작했다. 11명 팀이 '레전드'와의 경기를 끝내고 송추2

구장에 도착한 것이 오후 12시쯤이다. 김재우에게 난지 구장은 어떻게 되고 있냐고 물었더니 1 대 7로 지고 있다고 했다. 진다면 내가 갈 필요는 없었다. 팀원들과 나는 일단 인근 식당에서 점심부터 해결했다.

오후 12시 30분쯤인 듯싶다. 송추2구장에 도착해 몸을 풀었다. 김재우는 선발 오더를 짜느라 정신이 없는 듯했다. 그때 난지 구장 쪽에서 '범준이 준비시켜라' 는 급보가 날아들었다. 잘하면 동점을 만들 수도 있다는 것이었다. 내가 난지 구장으로 가게 되면 김재우는 선발 오더를 다시 짜야 한다. 그는 이미 작성해 둔 선발 오더를 찢고 새 오더를 작성했다. 얼마 후 이번에는 '범준이 빨리 보내라' 라는 전갈이 왔다. 9 대 9, 동점을 만들었다는 것이었다.

내가 장비를 챙기고 있는 사이, 다시 9명 팀 쪽에서 '일단 대기하라' 는 연락이 왔다. 또 얼마 후 김재우는 전화를 받았다. 황상호의 말이 있었다.

"범준이 보낼 필요 없다. 제비뽑기로 졌다. 우리가 그쪽으로 갈게."

김재우는 선발 오더를 또 한 번 찢었다. 내가 다시 선발로 나가야 하기 때문이다.

그런 우여곡절 끝에 나는 마운드에 섰다. 제구가 잘 되지 않았다. 1번 타자에게 중전 안타를 맞았고, 2번 타자에게는 볼넷을 허용했지만 3번 타자는 유격수 땅볼로 잡았다. 4번에게 또다시 볼넷을 내쳤고 5번은 중견수 플라이로 처리했다. 그사이 한 명이 홈을 밟아 1실점했다.

6번이 친 타구는 힘없이 우익수 쪽에 떴다. 당연히 우익수 플라이라고 생각했는데 그게 그냥 펜스를 넘어가 홈런이 되었다. 당시 송추2구장은 송추1구장과는 달리 우익수 쪽이 매우 짧았다. 홈까지 60미터 정도밖에 되지 않아 보였다. '우익수 땅볼 아웃'이 나올 만큼 거리가 짧았다면 이해가 빠를 것이다. 그 타구가 홈런이 되자 2루수인 이병진이 나보다 더 황당해할 정도였다.

이런 구장이라면 나도 홈런을 칠 수 있을 것 같았다. 홈부터 좌측 펜스 거리도 80미터가 될까 말까 했다. 하지만 구장의 특성도 경기의 일부다. 다음 타자를 삼진으로 잡았지만 나는 첫 피홈런을 기록하며 1회에만 4실점했다. 지명타자 없이 오더를 짠 까닭에 나도 타석에 나갈 수 있었다. 6번이었다. 첫 타석에서 1타점 중전안타를 때렸다. 그 타점으로 K 드래곤즈는 4 대 3까지 추격했다. 이때를 전후해 9명 팀이 송추2구장에 도착했다.

내가 안타를 쳤을 때의 상황이다. 야구를 시작한 이래 처음이었다. 나는 엉겁결에 헤드퍼스트 슬라이딩을 했다. 내 안타에 3루 주자였던 소범호가 홈을 밟았고, 2루 주자 허성주는 3루를 돌아 홈을 넘보고 있었다. 상대 팀 중견수가 홈으로 송구하는 사이, 나는 2루까지 내달렸다. 그런데 중간에 커트맨이 공을 잡아 2루에 송구했다. 아슬아슬했다. 그때 태그를 피하기 위해 몸을 살짝 오른쪽으로 빼며 무의식적으로 헤드퍼스트 슬라이딩을 했다. 나름 뿌듯함을 느끼며 몸을 털고 일어났다. 그런데 이상한 상황이 연출됐다. 살긴 살았는데 살아도 산 게 아니었다. 상대 팀 2루수는 나에 대한 태그를 포기하고 오버런을 하고 있는 허성주를 잡기 위해 공을 3루에 뿌렸다. 허성주는 결국 런다운에 걸려 아웃이 되었다.

2회와 3회 나는 안정을 찾았다. 2회 1점을 내준 게 실점의 전부였다. 나는 4회 신동준과 교체되어 마운드에서 내려왔다. 그가 무실점으로 나머지 이닝을 잘 막아 K 드래곤즈가 11 대 5로 승리했다. 나는 리그 공식 경기에서 첫 승을 거뒀다. 이날 윤여훈과 허성주는 또 홈런을 날려 팀의 승리에 기여했다.

'자이언츠 키드의 헤드퍼스트 슬라이딩'이라는 소설을 쓰면서 나는 주인공이 홈런, 선발 첫 승리투수, 헤드퍼스트슬라이딩 순으로 목표를 이루는 줄거리를 구상한 적이 있다. 그런데 현실의 나는 헤드퍼스트 슬라이딩을 엉겹결에 먼저 하고 난 뒤, 첫 선발승을 거뒀다. 머리에 스치는 무엇이 있었다. 그래, 이제 남은 것은 홈런이다!

프로야구에 국한된 얘기지만 야구는 생활처럼 매일 반복된다. 생활처럼 일주일에 하루 휴식일도 있다. 야구에 관한 이야기는 끝나지 않는다. 그 무렵 나는 고민하고 있었다. 도대체 '……마운드에 서다'를 어디에서 끝내야 할까. 그러다 또다시 머리를 스치는 생각이 있었다.

'홈런을 치면 끝내자.'

이튿날 나는 팀 홈페이지에 들어가 경기 일정을 확인했다. 4월 18일(일)은 리그 경기가 없었고, 4월 25일(일)에는 배재고에서 TK리그 경기가 있었다. 5월 2일(일) 일정이 눈에 들어왔다. 송추2구장에서 SB리그챔프 경기가 잡혀 있었다. 아담한 송추2구장이라면 나도 홈런을 칠 수가 있을 것 같았다. 어느 정도 자신도 있었다.

홈런을 치든, 못 치든 좋다. 홈런을 치면 친 대로 좋을 듯했고, 못 치면 못 친 대로 나쁘지 않을 듯싶었다. 다만 홈런을 쳤는지 못 쳤는지는 여운을 남기기 위해 밝히지 않는 것이 좋을 것 같았다. 나는 '……마운드에 서다'를 5월 2일까지의 이야기로 끝내기로 했다.

펜스, 그 너머를 향하여

끝날 때까지 끝난 게 아니다.
— 요기 베라

리그 일정이 없었던 4월 18일, 나는 정석원의 집을 찾았다. 황상호, 정유민이 진을 치고 있었다. 전날 이곳에서 잠을 잤다고 한다. 나는 황상호를 보자마자 그에게 "로비를 하러 왔다."고 말했다.

"무슨 로비?"

황상호에게 '……마운드에 서다'의 끝맺음에 대한 구상을 말해주었다. 그리고 4월 25일의 경기는 못 뛰어도 좋으니, 5월 2일의 경기만은 타석에 나가게 해달라고 부탁했다. 그는 "너무 작위적인 거 아니냐."고 하면서도 내 부탁을 선뜻 들어주었다.

여느 주말과는 달리 정유민이 와 있는 게 이상했다. 나중에 들어보니 야구를 그만두겠다고 합숙소를 뛰쳐나왔다고 한다. 벌써 서너 번째 있는 일이었다. 그때마다 황상호가 꾸짖고 달래서 다시 들어가곤 했는데 이번엔 좀 심각했다. 정석원은 이 소동에 대해 '정유민의 난(亂)'이라는 표현을 썼는데 더 구체적인 이야기는 쓸 수가 없다.

정유민은 코흘리개 시절부터 외삼촌인 황상호를 따라다니며 야구에 대한 꿈을 키웠다. 그에 대한 황상호의 정성은 이루 말할 수가 없다. 학부모처럼 학교의 감독과 자리를 같이 하면서 정유민의 진로와 장래에 대해 고민하고 상담했다. 정유민의 소속 학교가 대회에 나가는 날에는 거의 빠짐없이 경기장에 나가 응원을 했다. 그렇게 10년에 가까운 세월을 보냈다. 모자 하나 없이 땡볕에서 북을 치느라 얼굴이 새까맣게 탄 게 불과 한두 달 전의 일이다.

황상호의 상처는 커 보였다. 정유민이 자신의 믿음을 저버렸다는 생각에 괴로워하는 것 같았다. '정유민의 난' 이후 황상호가 윤여훈의 아들 도현에게 혼잣말을 하듯 던진 말이 생각난다.

"빨리 커라. 이 녀석 크면 내가 야구 시켜야지."

포수 최경태(1991년생). 가장 최근에 입단한 팀의 막내다. 출처_SB리그 홈페이지.

도현은 이제 네 살이다. 우연히 나는 그렇게 말하는 황상호의 뒷모습을 보게 되었다. 어깨가 쓸쓸해 보였다. 어떤 이는 야구만 매일 했으면 좋겠다고 하고, 어떤 이는 다시는 야구를 안 하겠다고 말한다. 각자의 생각과 선택일 수밖에 없다.

4월 25일, 5월 2일 경기에 대해 쓰기 전에 사전 설명을 해야 한다. 기범이 직장 일로 4월 13일 장기 출장을 떠났다. 그 전날 그와 만났다. 그는 4월 29일에야 돌아온다고 했다. 이 기간에는 그와 연락이 되지 않는다. 그는 내게 "4월 29일부터 5월 3일까지 휴가를 받았으니까 성만이와 함께 캠핑을 가자."며 "주도면밀한 네가 계획을 잘 세워 보라."고 했다. '주도면밀'은 기범이 나를 비꼴 때 자주 쓰는 표현이다.

기범이 내게 그런 말을 했을 때는 '……마운드에 서다'의 결말에 대한 구상을 세우지 못한 시점이었다. 그래서 "그러마."라고 대답하고는 캠핑에 대해 잊어버렸다. 그러다가 성만의 전화를 받았다. 이때는 결말을 구상한 이후다. 그에게 사정을 설명하고 "5월 2일 경기는 절대로 빠질 수 없다. 송추2구장과 가까우니 캠핑을 간다면 송추계곡으로 가자. 그러면 캠핑도, 야구도 할 수 있다."고 했다. 그러고는 "모든 건 기범이 와봐야 결정된다."고 덧붙였다. 성만도 그 말에 고개를 끄덕였다.

4월 25일(일) TK리그 경기 상대 팀은 프리스타일이었다. K 드래곤즈가 14 대 11로 승리했다. 나는 황상호와의 약속대로 타석에서는 빠지고 14 대 8로 앞서던 4회초 마무리투수로 등판했다. 어찌나 뻥뻥 맞았는지 정신이 하나도 없었다. 다행히 야수 정면으로 간 타구가 많아 3실점으로 이닝을 끝낼 수 있었다. 유격수 이길형이 두 번이나 좋은 수비로 타구를 잡아낸 게 큰 힘이 됐다. 포수 김선홍은 "형, 오늘 공 끝에 힘이 없고 너무 가운데로 몰렸어요."라고 했다. 경기 후 수락산으로 자리를 옮겨 회식을 했다.

4월 26일(월) 정석원의 집을 찾았다. 언젠가부터 그의 집에 팀 장비를 보관하고 있다. 그의 집에 들러 내가 즐겨 사용하는 팀 배트를 빌려왔다. 집이나 사무실에서 연습할 때 쓰는 배트가 다르고, 실제 경기에서 쓰는 방망이가 다르니 아무래도 손의 감각이 살아나지 않았다. 그냥 경기라면 모르겠지만 예고한 홈런을 쳐야 하는 경기이기에 그 정도의 준비와 노력은 해야 했다. 나는 일주일 동안 이 배트를 들고 출퇴근을 하며 집에서도, 회사에서도 스윙 연습을 했다. 사무실을 혼자 쓰고 있어 회사에서도 배팅 연습이 가능했기 때문이다.

4월 29일(목) 기범이 출장에서 돌아왔다. 내심 캠핑을 안 갔으면 좋겠다는 생각을 하고 있었는데 기범은 가자고 했다. 그렇다면 송추계곡이었다. 5월 1일(토) 송추계곡 캠핑장에 찾아가니 성만 내외가 이미 텐트를 쳐놓고 있었다. 한두 시간 후 기범과 그 가족들이 도착했다. 웃고 떠들고 마시며 즐거운 시간을 보냈다. 예의 그 배트로 틈틈이 스윙 연습을 했다.

그날 밤 기범, 성만과 잔을 기울였다. 공기가 좋아 그런지 잘 취하지 않았다. 그래서 잔을 채우고 또 채웠다. 밤 11시쯤이었다. 문상남으로부터 전화가 왔다.

"범준아, 내가 내일 참석하기는 할 건데 몸이 안 좋다. 동준이도 볼 일이 있어 못 나오니까 네가 던져야 할지도 모른다. 네가 어디서 술 마시고 있을 것 같아 전화한 거다. 너무 많이 마시진 마라."

다시 말하지만 그때가 밤11시였다. 발동이 걸려버린 마당에 브레이크가 들을 리 없다. 그렇게 밤늦도록 우리는 잔을 비우고 채웠다.

다음 날(5월 2일) 일어나 보니 언제 텐트에 들어가 잤는지 기억나지 않았다. 라면을 끓여 먹은 흔적까지 있는데 기범도, 성만도 기억하지 못했다. 성만이 준비한 군용 침낭 덕분에 잠은 따뜻하게 잘 잤는데 다른 사람들은 얇은 담요를 덮어 추위에 몇 번을 깬 모양이었다. "범준이 내일 홈런 쳐야 된다."며, "잠이라도 잘 자야 된다."며 침낭을 챙겨준 성만을 봐서라도 꼭 홈런을 쳤으면 좋겠다는 생각을 했다.

경기 개시 시간은 오전 11시였다. 성만 내외가 차려준 아침을 먹었다. 오전 10시, 송추2구장까지 태워주면서 성만은 빨대까지 꽂은 헛개나무열매즙을 건네며 마시라고 했다. 차에 내려서는 칡차를 손에 쥐어주며 또 마시라고 했다. 홈런을 못 친다면 이제 성만을 볼 면목이 없을 듯했다. 성만은 텐트를 걷기 위해 캠핑장으로 돌아가고 나는 몸을 풀 준비를 했다. 그때 황상호가 말했다.

"어떻게 하냐? 동준이는 못 나오고, 상남 형님은 늦게 나오시는데다가 몸까지 안 좋으시니 네가 던질 수밖에 없다."

타석에 설 기회가, 홈런을 칠 기회가 사라지는 순간이었다. 지명타자 없이 투수도 타석에 설 수는 있었지만 그러자면 선발 지명타자에 이름을 올린 정석원이 벤치를 지켜야 했다. 나를 위해, 내 홈런을 위해, 내 글을 위해 팀원 누군가가 희생해야 한다는 건 내가 바라는 바가 아니었다. 나는 황상호의 지시를 흔쾌히 받아들였다.

문제는 몸 상태였다. 간밤의 술로 다리가 후들거렸다. 공 몇 개를 던지고 나니 어지러워 쓰러질 정도였다. 그래도 나는 던져야 했다. 경기 시작 10여 분 전, 기범과 가족들이 경기장에 도착했다. 성만 부부는 짐을 정리하기 위해 조금 늦게 오기로 했다고 한다. 파라솔을 펴고 기범의 아내, 아들 정웅, 딸 소정이 나란히 앉았다.

언제쯤 나는 홈런을 칠 수 있을까. 그날
내가 친 공은 펜스, 그 너머를 향해 아직
도 날아가고 있을 것이다.
출처 _SB리그 홈페이지.

오전 11시, 경기가 시작되었다. 상대는 카크라. K 드래곤즈는
1회초 공격에서 4점을 선취했다. 내가 마운드에 오를 차례였다. 마
운드에 올라 몇 차례 연습 투구를 했다. 기범과 그 가족들의 시선
이 느껴졌다. 초여름 같은 5월의 따가운 햇살도 사정없이 내 머리
위로 내리쬐고 있었다.

　1번 타자에게 볼넷을 내줬다. 2번, 3번에게도 4구를 허용했다.
4번에게 싹쓸이 2루타를 맞았다. 그리고 5번 볼넷, 6번 볼넷, 7번
볼넷, 8번에게도 볼넷을 내줬다. 그 이상 볼넷을 주지 않았던 건 이

후 내가 문상남과 교체됐기 때문이다.

나 혼자서 말아먹은 경기였다. K 드래곤즈가 14 대 12로 졌다. 괴로웠다. 경기 후 기범, 성만과 점심을 먹었다. 과한 반주가 곁들여졌다. 늦은 오후에는 K 드래곤즈 팀원들과 합류했다. 무엇을 했겠는가. 이튿날, 그 이튿날에도 나는 지독한 숙취로 하루 종일 고생했다. 소설가 이병주(李炳注)는 그럴 때 자살할 수도 있을 것 같다고 썼는데 대(大) 소설가다운 탁견인 듯하다. 농담이지만 어디 가서 뚝, 죽어버리고 싶다는 생각도 했다.

어쩔 수 없다. '……마운드에 서다'는 5월 2일까지의 이야기로 끝내야 한다. 홈런을 치지 못하고 그보다 더 큰 좌절을 겪었지만 앞으로 또다시 도전해서 성공하면 될 일이다. '차명석 어록'이라는 게 있다. 야구를 좋아하는 사람들은 잘 알고 있을 것이다. 그 중 하나를 옮겨본다.

저런 홈런을 쳐본 적은 없어도 맞아는 봤습니다. 대전구장에서 장종훈에게 맞은 홈런이 어찌나 컸는지 아직까지 날아가고 있을 겁니다.

어린 시절, 감명 깊게 읽은 만화《태양을 향해 달려라》(허영만 작)는 이렇게 끝을 맺는다.

직감적으로 가운데 낮은 직구라고 느꼈다. 오른발을 힘차게 내딛는 것과 동시에 스윙은 시작됐다. 손바닥에 감촉이 온다. 공이 배트 가운데 정통으로 맞았을 때의 휘청하는 듯한 느낌!

이것은 홈런이다. 아니, 홈런이 아니래도 좋다. 그저 좋을 뿐이다. 우리는 언제나 저 높은 곳 태양을 향하여 달리기 때문이다.

나는 이렇게 말하고 싶다. 그날 내가 만약 마운드에 오르지 않고 타석에 섰다면 어떻게 됐을까. 홈런을 쳤을까, 못 쳤을까.

나는 상상해 본다. 6회말 투아웃 만루 정도의 상황이라면 더욱 좋을 것이다. 볼카운트는 아무래도 좋다. 직구든 변화구든 상관 않는다. 스트라이크라는 직감에 배트를 힘차게 돌리기 시작한다. 그리고 배트와 공이 충돌한다. 순간, 짜릿한 '손맛'이 느껴진다. 공은 좌중간으로 날아간다. 홈런이어도, 아니어도 좋을 것 같다. 하지만 내가 친 공은 펜스, 그 너머를 향해 아직도 날아가고 있을 것이다.

주석

1) 내 필명인 정범준(鄭範俊)은 규범·기범의 범(範) 자와, 준용의 준(俊) 자를 따서 만든 것이다.

2) 《거인의 추억》, 162쪽.

3) 《한국야구인명사전》에는 모두 여섯 명의 '김정수'가 등장한다. 롯데 자이언츠 창단 멤버로 활약한 김정수는 1953년생이며 부산고와 한양대를 졸업했다.

4) 부산 연제구의 지명이다.

5) 당시 교명이다. 부산개방대학은 이후 부산공업대학, 부산공업대학교로 교명이 바뀌었다가 1996년 부산수산대학교와 통합돼 부경대학교가 되었다.

6) 40-41쪽.

7) 《야구의 역사》 원문에는 '20세기 초반'이라고 기록돼 있지만 이는 '21세기 초반'의 오기(誤記)로 보인다.

8) 실제 프로그램명은 '천하무적 토요일'이다. 여기서는 '천하무적 야구단'으로 서술한다.

9) 이상의 숫자는 2009년 12월 29일자 《한겨레》 기사에 근거한 것임.

10) 2010년 3월 16일 전화 인터뷰.

11) 2010년 현재는 봉황대기와 황금사자기가 지역 예선 없이 대회를 치르고 있다.

12) 2009년 12월 29일자 《한겨레》.

13) 《거인의 추억》, 361쪽.

14) 제목은 '한 장의 사진'이다. 《거인의 추억》에 수록했던 글이다.

15) '한 장의 사진' 동영상을 볼 수 있는 URL은 다음과 같다. 하지만 일일이 URL을 입력하기보다는 다음(Daum) 야구게시판에서 글쓴이 '실크캐슬'로 검색하면 쉽게 찾아볼 수 있다.

http://sports.media.daum.net/baseball/bbs/#read?articleId=216974&&bbsId=F001&searchName=%24%21loginUser.daumName&searchValue=Mie-eTxyZ_90&searchKey=userid&pageIndex=1

16) 1976년생으로 2010년 현재 두산 베어스의 외야수이다.

17) 포털사이트 네이버에서 검색한 고길동에 대한 '캐릭터 정보'에 따른 것이다.

18) 지금도 '자이언츠 키드……'의 한글97 파일은 마지막 수정일이 '2009-06-09 오전 11:10'으로 기록돼 있다. 그 후로는 파일을 열기조차 싫을 정도다.

19) 레너드 코페트, 《야구란 무엇인가》(이종남 옮김), 117쪽.

20) 이데일리SPN 2010년 2월 4일자.

21) 《야구란 무엇인가》(이종남 옮김), 72쪽.

마흔, 마운드에 서다

1판 1쇄 발행 2010년 11월 1일

지은이 정범준
펴낸이 조영남
펴낸곳 알렙

디자인 김상보
종이 페이퍼릿
인쇄 대덕문화사

출판등록 2009년 11월 20일 제313-2010-132호
주소 (121-897)서울시 마포구 합정동 373-4 성지빌딩 615호
전자우편 alephbook@naver.com
홈페이지 www.alephbook.com
전화번호 02) 325-2015
팩스 02) 325-2016

ISBN 978-89-965171-0-8 03810

책값은 뒤표지에 있습니다.
잘못된 책은 구입하신 곳에서 바꾸어 드립니다.